ONDES DE CHOC

Landry Miñana

1. Histoires de gratte-papiers

***

Il était déjà tard ce soir-là et le bâtiment s'était vidé depuis belle lurette. Cependant au troisième étage, les néons inondaient encore de leur lumière froide toute la salle de rédaction. Deux, trois personnes travaillaient encore à peaufiner leur texte. Les petites mains invisibles de l'entretien, venaient de commencer leur service. Elles ignoraient ces retardataires qui perturbaient leur routine quotidienne et c'était réciproque. Personne ne semblait se soucier de l'infatigable pluie qui tombait au dehors et qui tambourinait aux fenêtres.

Au milieu de l'open-space, il y avait une pièce, à la fois bureau et salle de réunion, sorte de cage de verre que tout le monde appelait « l'aquarium ». À l'intérieur, deux hommes discutaient plutôt vivement. Le plus jeune marchait de long en large en agitant par moment les bras tandis que son interlocuteur restait plutôt calme enfoncé dans son fauteuil devant un grand bureau inondé de papiers.

— Enfin, Julian, je ne peux pas publier ça !
— Et pourquoi donc ?
— Et bien tu le sais... Tu...

— Ils nous mentent, ils mentent à tous le monde, tout ça ce ne sont que des problèmes de gros sous et tu le sais !

— Oui mais si je le publie tel quel on va s'attirer des ennuis, crois-moi, il vaut mieux que tu mettes un peu de beurre dans tout ça !

— Un peu de beurre ? Un peu de beurre ! T'en as de bonnes ! Il en va de la vie des gens !

— Comme tu y vas ! Toutes les études montrent qu'il n'y a rien d'avéré... D'ailleurs c'était déjà le cas pour la 4G et la 5G !

— Arrête veux-tu ! Tu sais comme moi que les enquêtes sont financées par les industriels et qu'elles ne sont pas objectives. Ce sont des histoires de gros sous et de trafic d'influences.

— Pfff...

— Rappelle-toi du scandale des souris !

— Des souris ?

— Oui ces laboratoires pharmaceutiques qui utilisaient des souris génétiquement modifiées pour tester leurs médicaments... Sur le papier on ne se doutait de rien si on ne le savait pas, mais cela orientait les résultats des études dans la direction qu'ils voulaient...

— Hum moui.... et alors ?

— Tu sais bien que les études ne sont plus menées par des organismes publics ou indépendants... alors quant à la neutralité des cabinets d'études...

— Oui, oui... je sais tout ça ! Mais quand même, là, tu vas trop fort ! Tu écris, et je te cite, « l'utilisation des technologies modernes, notamment celle de la 5G et maintenant de la 6G n'avait pour seul objectif que d'être le prélude à une surveillance de masse, en asservissant les populations à un besoin inutile, pour finalement servir des intérêts anti-démocratiques et militaires et d'éliminer les opposants... ».

— Et alors ? C'est vrai ! Les recherches qu'ils mènent actuellement sont du domaine militaire et le public devrait le savoir ! C'est son droit !

— Tu n'as aucune preuve de ce que tu avances !

— Parce qu'elles sont difficiles à trouver pardi !

— Enfin tu es journaliste, Julian, tu sais très bien qu'on ne peux pas publier ce genre d'affirmations sans un minimum de preuves. Ça risque de faire de toi un complotiste !

— Ça y est, je m'y attendais, les grands maux... complotiste !

— Ne commence pas, Julian ! Tu es un pro, tu sais très bien qu'il faut borner ton travail et avoir des sources fiables, surtout quand on affirme ce genre d'élucubrations.

Le plus jeune des deux, Julian, la trentaine naissante, s'apaisa subitement et vint s'asseoir au bureau. Le plus âgé, certainement le rédacteur en chef, reprit alors lui aussi sur un ton plus amical.

— Écoute, Julian, tu fais partie des bons, des très bons même, mais tu conviendras qu'il me faut quelque chose de plus solide, sinon on va se faire démolir.

— Oui, oui je sais...

— Tu te souviens la dernière fois lorsqu'on avait osé dire qu'il pouvait y avoir d'autres alternatives au sacerdoce du gouvernement. On n'était passé pas loin de la fermeture...

— Justement... Il ne faut pas les laisser faire !

— Oui mais ce n'est pas en les braquant qu'on va réussir à changer les choses. Il faut que nous soyons inattaquables et l'opinion suivra...

— Elle suivra peut-être mais elle se fera démolir à la moindre manif à coup de gaz lacrymogènes, de matraques ou je ne sais quoi encore... Jusqu'à ce que plus personne ne veuille plus faire de manif et donc s'opposer à toutes ces dérives.

— Tu parles comme les extrémistes...

— Les activistes ! Ils n'ont rien d'extrémistes ! Ils veulent simplement remettre les choses à leur place.

— J'en ai rien à faire de ce qu'ils veulent nous ne donnons pas dans ce genre là, je te le rappelle ! « Technological » est un journal honnête et indépendant qui se fait fort de mener des études sérieuses sur des sujets techniques pointus ! Point final ! Alors la politique, je ne veux pas en entendre parler ici ! Suis-je clair ?

— Très clair mon commandant !

Le plus âgé des deux affichait la cinquantaine bien tassée. La bedaine débordante, les boutons de sa chemise rayée résistaient tant bien que mal, ce qui en disait long sur les faiblesses de ce personnage. Il se retourna et ouvrit la porte du petit secrétaire derrière lui pour en sortir deux verres et une bouteille de scotch qu'il posa devant Julian.

— Tout en remplissant les verres d'une bonne dose du breuvage écossais, il poursuivit.

— Écoute, je te propose de remanier ton texte, de sorte que tu réorientes tout ça, sur le ton de l'enquête, de la supposition et non comme une dénonciation.

— Hum...

— Tu atténues tout ça et fais en sorte que les éléments les plus fumeux comme « anti-démocratique, militaire et éliminer des opposants » disparaissent de ton article et alors je te promets de le publier.

— Mais cela n'aura plus de sens...

— Tant que tu n'as rien pour étoffer tes accusations, enfin tes dires, cela ne vaut rien, sinon des calomnies.

— Et pourtant, il y a bien eu des prémices avec les événements de la Havane en 2016 et le projet Médusa.

— Mais tu ne peux rien prouver, bon Dieu ! Fais ton boulot de journaliste, apporte-moi des faits avérés, des documents, des preuves... et alors seulement, on pourra aller plus loin !

— Tu veux dire que si je te trouve tout ça, tu publieras un nouvel article ?

— Même un dossier complet si tu veux !

— Ok ! Laisse-moi deux, trois mois et je te ramène le scoop du siècle !

Julian empoigna son verre et le cogna contre celui du rédacteur en chef qui l'avait levé. Il le bu d'un trait... Pas très fan des alcools en général, Julian s'était senti obligé d'accepter ce verre de whisky mais il le regrettait déjà. Il sentait le liquide couler le long de son œsophage, faisant passer de vie à trépas tout ce qu'il rencontrait sur son passage, à grands coups de lance flammes. La grimace qu'il fit, amusa son rédacteur en chef qui esquissa un sourire.

— Tu as une photo qu'on puisse publier avec l'article ?

— Oui mais je ne sais pas si c'est bien, dit-il en sortant un cliché de son dossier.

— Ouais, pourquoi pas ! fit-il en l'inspectant. Où ça a été pris ?

— Aucune idée, c'est un centre de recherche d'OMP...

— Et les personnes devant ?

— Un groupe de chercheurs et de techniciens... Je sais seulement que parmi eux figure un certain Thorensen... Il serait le chef du projet...

— Et c'est lequel sur la photo ?

— Je n'en sais rien, c'est une photo prise au téléobjectif par une de mes sources... Et pour l'instant on est resté bloqué sur l'identité de ces personnes...

— Bon... Comme on ne sait pas qui ils sont, on va avoir du mal à leur demander leur consentement. Ta source est fiable ?

— Pour l'instant je n'ai pas à m'en plaindre...

— Ok, je te propose de la publier comme ça, sans nommer qui que ce soit, ni OMP, même si tu arrives à en identifier un. On est d'accord ?

— Oui, oui...

— Bon et au pire, on floutera l'ensemble et on aura l'impression d'une photo volée par un paparazzi.

— Comme tu veux, du moment que l'article est publié.

— Bon, on fait comme ça ! Mais je veux ton article remanié demain matin, avant midi ! Sinon je ne publie rien !

— Pas de problème tu l'auras !

Julian avait rapidement rangé ses dossiers dans son porte-document en cuir bousculant un peu l'ordinateur portable dont il ne se séparait jamais. Il avait déjà la main sur la poignée de la porte de l'aquarium quand son rédacteur en chef l'interpella à nouveau.

— Et comment va ta sœur ?

— Le jeune homme regarda machinalement sa montre, une vieille Kelton à aiguilles, certainement l'héritage d'un parent.

— Ma sœur ? Elle va mieux... Elle se remet à son rythme mais c'est difficile pour elle, je te remercie de t'en soucier.

— C'est bien normal !

— C'est une battante, je suis confiant !

— Je te le souhaite, Julian... Je te le souhaite...

— Au revoir boss...

— Au revoir, Julian, et n'oublie pas, demain avant midi... sinon...

— Niet... je sais... Salut !

Julian disparut dans le corridor. Il n'y avait à présent plus personne à la rédaction. Le personnel d'entretien avait lui aussi disparu, certainement affairé à un autre étage.

Le rédacteur en chef se servit une nouvelle rasade du liquide doré qu'il avala aussi sec. Péniblement il décrocha son téléphone et composa un numéro qui avait été griffonné sur un post-it collé devant lui.

— Allo ?

— ...

— Oui, c'est moi...

— ...

— Bien, bien...

— ...

— Oui. Il vient de sortir d'ici ! C'est pour ça que je vous appelle !

— ...

— Non je ne peux pas faire mieux, si je ne le publie pas, il va avoir des soupçons.

— ...

— Je peux en faire la maquette, oui... Après je pourrais toujours stopper l'impression.

— ...

— Non... Je trouverai bien une raison.

— ...

— Hein ? Non, bien sûr que non ! Il n'a rien... Rien du tout !

— ...

— Non aucune preuve, aucun document, je vous dis... Au mieux il passera pour un complotiste !

— ...

— Quoi ? Non ! Je n'en sais rien à vrai dire, c'est un bon journaliste !

— ...

— Oui c'est... c'est aussi un bon enquêteur, je vous l'accorde...

— ...

— Quoi ? L'article sur les institutions européennes et les collusions d'intérêt ? Oui c'est lui l'auteur... Il avait été en infiltration pendant un an !

— ...

— À vrai dire je n'en sais rien, c'est possible, il a trois mois pour trouver des preuves.

— ...

— Certes... Les élections... L'eau aura coulé sous les ponts d'ici là...

— ...

— Oui oui... Je vous tiens au courant... Au revoir !

Il raccrocha le combiné téléphonique et dans la foulée empoigna la bouteille de Scotch. Cependant au lieu de s'en verser un peu dans le verre, il vida directement au goulot la moitié de son contenu, puis il la rangea dans le petit secrétaire derrière lui.

2. Sale temps pour mourir

***

La voiture traversait à vive allure les paysages d'aquarelle du district campagnard et de grandes gerbes d'eau venaient asperger par moments les arbres du bas-côté. Les yeux encore embrumés par une nuit trop courte, Bastien fixait la route tout en absorbant les couleurs brouillées de l'horizon, mélange fade que seul Monet aurait pu sublimer. Il essayait de se rappeler la dernière fois qu'il avait vu un peu de bleu au milieu de cette grisaille sans fin… Des spectres filandreux surgissaient de temps à autre à la lueur des phares et venaient rompre la monotonie de cette vieille départementale dans la fraîcheur du petit matin.

Le véhicule de service qu'on lui avait refilé ne tenait pas la charge, aussi il n'avait pas eu d'autre choix que de couper le chauffage et de faire fonctionner ses essuie-glaces par intermittence malgré la pluie battante. Il ne parvenait pas à se réchauffer et l'humidité ambiante lui mordait les chairs jusqu'à l'os. Il avait hâte d'arriver. Enfin, au loin, des flashs bleus et rouges se délitaient sur la route et créaient de drôles de reflets sur les troncs de la forêt domaniale. La voix synthétique du GPS lui confirma son arrivée imminente, il ralentit puis se gara sur l'accotement détrempé.

Le château d'eau se tenait là, proue blanchâtre d'un énorme brise-glace haut de 40 mètres, fendant la houle végétale. Bien isolé de toute civilisation, son implantation au milieu de la forêt posait question.

En travers du parvis boueux, l'ambulance était encore là, portes ouvertes et deux voitures de police garées à la va-vite, masquaient la porte du château d'eau. Les longues silhouettes qui dansaient langoureusement sur les parois délavées du bâtiment, s'évaporèrent subitement lorsqu'il coupa le contact.

Bastien sortit de la voiture et se dirigea vers les deux personnes qui discutaient entre-elles, engoncées dans leur imperméable très réglementaire, un gobelet de café à la main. Un type en combinaison blanche, se mouvait devant eux, faisant par moment crépiter le flash de son appareil photo.

— De quoi s'agit-il ? demanda-t-il.
— Vous êtes ? répondit un jeune policier boutonneux.

Bastien sortit son badge de la poche intérieure de sa parka et le lui présenta.

— Inspecteur Bastien, police criminelle !
— La criminelle ?
— Oui, la criminelle ! Ça vous étonne ?
— Oui quand même… En plus un dimanche…

— Que voulez-vous dire ?

Le jeune flic se rendit compte que la conversation s'engageait bien mal et tenta de rectifier le tir.

— Oui… Un dimanche, c'est pas de chance !
— Précisez, je vous prie ! bougonna Bastien qui manifestement ne semblait pas de bonne humeur.
— Euh… Eh bien, un technicien est tombé de là-haut ! fit-il en désignant le haut du château d'eau. C'est un accident alors je pense que vous vous êtes déplacé pour rien, ça doit pourrir votre week-end, non ?

Bien sûr que son week-end était fichu ! Mais ce n'était pas cela qui le mettait en rogne. Ce maudit temps y était pour quelque chose. Ces longs mois gris et cette sempiternelle pluie avaient eu raison de sa bonne humeur depuis belle lurette. Quant au froid ! Ce froid si incisif, il ne supportait plus ! Mais pire que tout, c'était ce sentiment d'inutilité… Oh non pas que la criminalité avait baissé ! Certes non ! Mais le métier n'était plus le même. Il était à l'image du temps, froid, glacial, gris, sans âme !

Tout était digitalisé, le moindre QR-code scanné remontait une foule de renseignements sur la personne : ses derniers achats, ses relevés bancaires, ses assurances, son dernier rendez-vous chez le coiffeur, les vidéos des derniers endroits où elle était allée… Et pas de bol ! Si ça ne suffisait pas, son smartphone caftait tout le reste, les derniers moments de son intimité, ses dernières paroles… Tout ça, sans bouger de sa chaise, ni voir personne ! Cerise sur le gâteau, si la personne était un imbécile qui avait opté pour la monnaie numérique, d'un simple clic, elle ne pouvait plus retirer d'argent, ni payer nulle part. Depuis la grande pandémie tout s'était accéléré, la technique avait envahi tous les espaces de liberté qu'il restait. La démocratie reculait dans tous les pays et le contrôle était devenu plus facile, il était numérique et il s'était généralisé. La peur et l'ignorance dominaient la raison, l'intelligence s'était éteinte, quant à l'esprit critique, il était qualifié de complotiste, chose immonde et illégale. Le métier avait bien changé, il ne l'aimait plus et cela déteignait sur son rapport avec les gens. À ce moment, les mots du jeune flic le ramenèrent à une réalité plus humaine.

— Désolé… Sans café je ne vaux rien ! répondit-il en lui tendant la main pour le saluer. Ce petit geste de cordialité des plus élémentaires, sembla apaiser son interlocuteur.

— Ce sale temps porte sur le système, n'est-ce pas inspecteur ? On n'y peut rien ! Mais pour le café, demandez donc aux ambulanciers, je suis certain qu'il leur en reste encore un peu.

— Ah sympa ! Je verrai ça tout à l'heure… Mais qu'est-ce qui vous fait croire que je me suis déplacé pour rien ?

— Pour moi, il s'agit clairement d'une chute ! Demandez à Gilles, là-bas ! Le type qui prend des photos là ! Il est de la scientifique, il vous en dira plus !

Bastien se dirigea prudemment vers le corps qui gisait dans la boue, en prenant soin de ne pas piétiner l'endroit ni de s'enfoncer dans ce sol spongieux.

— Vous pouvez vous avancer sans crainte mon ami ! J'ai fini ! lui lança Gilles sans quitter l'œilleton de son appareil photo.
— Vous êtes de la scientifique ?
— Et vous de la criminelle ?
— Euh… Oui comment savez-vous ?
— Y'a que les flics de la criminelle qui avancent avec précaution sur une scène de crime. C'est pas comme ces deux bourrins, là !
— Eh Gilles ! Il fallait bien constater que le type était mort ! râlèrent les deux policiers à l'unisson.
— Vous pouviez le faire autrement !! Bande de crétins ! leur lança-t-il.
— Et comment voulais-tu qu'on fasse ? Tu as vu la merde que c'est !

Bastien regarda par terre et remarqua les sillons de boue laissés par les bottes des deux policiers ruraux. Le sol était complètement détrempé, aucune chance de trouver le moindre indice !

— C'est un accident selon vous ?

— Ça m'en a tout l'air ! Regardez la position du corps.

La victime était allongée sur le ventre, légèrement de côté, les bras en croix. Une bosse sur la partie latérale du dos laissait deviner une dislocation de l'épaule certainement due à la chute. La tête était penchée d'une drôle de manière, à coup sûr la marque d'une rupture cervicale. Mais, hormis cela, le corps paraissait intact, le sol spongieux avait dû amortir la chute et limiter les dégâts corporels. La face à moitié enfoncée dans le sol laissait apparaître un œil marron injecté de sang qui fixait le néant. 40 mètres de chute, ça ne pardonne pas !

Le pauvre type devait avoir une quarantaine d'année. Il portait la combinaison brune des techniciens du téléphone et avait sans doute été dépêché là pour régler un problème important. Au milieu de toute cette bout, Bastien aperçu l'éclat d'une alliance. Tout de suite il imagina toute la douleur de la femme du type lorsqu'elle allait recevoir le SMS officiel la convoquant à la morgue pour identifier son mari. Même si jadis il détestait annoncer ce genre de nouvelle aux familles, avec un peu de chaleur humaine c'était quand même mieux que trois lignes de texte dans un message électronique !

— Oui vous avez raison. Ça laisse peu de doutes. Il nous reste quand même l'éventualité d'un suicide.

— Oh vous savez bien, ajouta Gilles, généralement ils nous laissent des petits mots. Ici à première vue ce n'est rien qu'un malheureux accident !

— Vous avez pris des photos des alentours, je suppose ?

— Oui ! Oui ! J'ai pris tout ce que je pouvais. Ne sachant pas qu'ils allaient envoyer un type de la criminelle j'ai préféré arroser au cas où…

— Et les traces là ? Ce sont celles des collègues ?

— A priori oui… Ce n'est pas la première fois qu'ils me font le coup ! J'ai beau leur dire mais rien n'y fait, il faut absolument qu'ils piétinent TOUT ! tempêta-t-il pour mieux se faire entendre des deux autres policiers…

— Donc s'il s'était passé quelque chose d'autre ici, il serait impossible de le savoir !

— Mais vous avez vu ce sol ? Qu'est-ce que vous voulez qu'on trouve là-dedans. Une troupe d'éléphants nains en tutu bleu aurait dansé « Casse-noisette » qu'on ne le verrait même pas !

— Et les caméras ?

— Vous plaisantez !

— Non pourquoi ?

— Depuis qu'ils ont tout privatisé, il n'y a plus aucun château d'eau qui ne soit sérieusement entretenu ! Alors pour les caméras de sécurité, vous pouvez repasser !

— Vous avez vérifié ?

— Si on veut !

— Comment ça ?

— À l'extérieur elles sont factices… Quant aux deux autres à l'intérieur, elles ne sont pas connectées… Et sur la plateforme, il n'y en a pas ! Ou plutôt elle a été arrachée !

— Comment ça arrachée ? Vous voulez dire qu'on l'a détériorée ? Que la victime l'a entraînée dans sa chute ?

— Rien de tout cela, inspecteur ! Vu l'état de rouille et de calamine, je pense qu'une rafale de vent a dû l'arracher, il y a déjà bien longtemps et personne ne l'a remplacée. De toute façon, si on regarde l'état général de l'installation, il y a fort peu de chances de trouver un truc en état de marche… à part leurs fichues antennes en haut.

— Ça ne va pas arranger mes affaires !

— Et oui mon brave… Nous sommes bien peu de choses face au règne du pognon !

— Je suppose que vous avez pris des photos de là-haut ?

— Tout je vous dis ! L'entrée, l'extérieur, le couloir, les escaliers, la trappe, la plateforme… J'ai même fait un panoramique du sol !

— Ah bien… Et quand pouvez-vous me faire parvenir les clichés ?

— Dès que j'aurai reçu votre numéro de dossier, je vous mets tout ça sur la plateforme internet.

— Parfait… Vous êtes efficace !

— Merci… À propos, sa voiture est garée dix mètres plus loin dans le chemin derrière la rangée d'arbres là-bas, si ça vous intéresse !

— Ah ! Merci, je n'y avais pas encore pensé… et pour les photos de la voit…

— C'est déjà fait ! Ne vous inquiétez pas… J'ai tout pris, je vous dis ! Tout !

Le technicien sortit un émetteur radio d'une poche de sa combinaison et appela les ambulanciers pour enlever le corps.

— Bon, mon cher… mon cher ?

— Pardon ! Bastien, Inspecteur Ange Bastien !

— Ange ? Comme c'est original ! Eh bien, mon cher Ange je vous laisse avec vos collègues, moi j'en ai terminé ici. Je rentre me faire un bon chocolat chaud et profiter de ce qu'il reste de mon dimanche. Vous aurez tout dès lundi sur le site.

— Merci beaucoup… Gilles… Gilles ?

— Ah oui pardon Gilles Merles !

— Vous avez une idée de l'identité de cette personne ?

— Non ! Je n'ai pas touché le corps… S'il a des papiers sur lui, je verrai ça au labo.

— Bien, bien, merci…

Bastien retourna voir ses collègues qui, un peu plus loin, pestaient encore à propos des remarques du technicien de la police scientifique.

— Vous avez appelé une dépanneuse pour enlever la voiture ? demanda-t-il.

— Oui ! Chef ! C'est fait ! Elle ne devrait plus trop tarder maintenant ! répondit le jeune flic de tout à l'heure.

— Et vous ? Vous n'avez rien noté d'anormal ?

— Non, non… Lorsque nous sommes arrivés sur place, nous avons vu le corps… J'ai pris son pouls immédiatement mais il était trop tard.

— Qui vous a signalé le corps ?

— Personne ! Nous étions en patrouille !

— Et avec cette purée de pois cassés et cette maudite pluie vous avez quand même réussi à apercevoir le corps depuis la route ?

— Non… Ce qui a attiré notre attention c'est la porte ouverte… à l'intérieur c'était allumé !

— Ah ! Je comprends mieux…

— En fait ce qui nous a paru bizarre c'est qu'il n'y avait pas de véhicule sur le parvis malgré la porte ouverte.

— Oui, surenchérit le deuxième policier resté jusqu'ici silencieux. Si nous avions vu le véhicule de cette personne, nous ne nous serions sans doute jamais arrêtés.

— Hum ! Et le véhicule ? On peut le voir ?

— Oui ! Oui bien sûr, je vous montre…

Les deux policiers remontèrent vers la route et marchèrent sur l'accotement une petite dizaine de mètres jusqu'à un chemin caché par les arbres. Une petite camionnette blanche portant le logo de la société « Up Services » stationnait là.

— Bastien entreprit d'ouvrir la portière puis se ravisa.
— Vous l'avez ouverte ?
— Pas du tout !
— Et vous avez les clefs ?
— Elles sont sur le contact… voyez par vous-même inspecteur !

Bastien tira de sa poche une paire de gants caoutchoutés qu'il s'empressa d'enfiler puis ouvrit la porte. Effectivement les clefs étaient encore enfoncées dans le contact.

— Il est bien imprudent ce technicien !
— Oh… Il a dû penser que personne n'irait voler une camionnette qui porte le nom et le numéro de téléphone d'une entreprise, inspecteur ! Et puis par chez nous… C'est un peu désert vous savez.
— Enfin quand même ! Le matériel à l'arrière coûte une fortune !

Les deux policiers effacèrent immédiatement de leur visage le sourire stupide qu'ils arboraient. Ange Bastien s'engagea alors dans l'inventaire de la boîte à gants : un peigne, une boîte de chewing-gum, un badge de l'entreprise totalement anonyme et quelques papiers d'intervention. Une pêche bien maigre, pensa-t-il. Il regarda le reste de l'intérieur du véhicule. Tout était bien en ordre, bien rangé à l'arrière dans des boîtes en carton et le siège passager semblait quasi neuf. D'ailleurs tout le véhicule était d'une propreté impeccable et un léger parfum de rose flottait dans l'habitacle. Ça lui changeait des odeurs de frites grasses et des mélanges d'arômes de vapotage que l'on trouve généralement dans les véhicules de service. Il tourna la clef de contact et le tableau de bord s'illumina. La voix mécanique du GPS se fit entendre pour réclamer une mise à jour.

L'indicateur de batterie n'était guère plus loquace et indiquait à peine 5% d'autonomie... Juste de quoi faire 10 ou 20 kilomètres... et encore sans chauffage, ni lumière. Il coupa le contact et commença à regarder le véhicule de l'extérieur.

— Vous recherchez quelque chose en particulier, inspecteur ? demanda le jeune policier qui était fasciné par la manière avec laquelle l'inspecteur s'y prenait.

— Non, non... Je regarde juste l'état général du véhicule !

Comme pour l'intérieur, la camionnette semblait parfaitement entretenue et s'il n'y avait pas eu cette pluie incessante, il était certain qu'il y trouverait une carrosserie shampouinée et lustrée sans la moindre rayure.

— Bon, je crois qu'on a fait le tour ! soupira Bastien.
— Je vous l'avais dit, inspecteur, vous vous êtes déplacé pour rien !
— Oui, certainement, enfin c'est le job !
— Pouvons-nous poser les scellées maintenant ?
— Oui, oui, s'il vous plaît ! N'oubliez pas de me baliser le périmètre du corps et de sceller les portières de la camionnette ! Enfin je suppose que vous connaissez la routine ?
— Ne vous en faites pas, inspecteur, on a visionné la procédure sur la tablette tout à l'heure pour être plus sûr !
— Oui bien sûr... Euh... Je serai dans ma voiture pour initialiser le dossier, si vous avez besoin de moi !
— Oui, oui ! Pas de problème !
— De toute façon je ne partirai pas sans vous saluer !

Il n'obtint pas de réponse des agents qui s'étaient déjà éloignés en direction de leur véhicule, certainement à la recherche du matériel de scellé. Bastien avança le long de la route en se remémorant tout ce qu'il avait vu. Il entra dans sa voiture, prit le micro du terminal et commença sa dictée.

— Création « Dossier 768X-24 » ; date « 25 novembre 2029 » ; état « en cours » ; éléments :

« Découverte du corps d'un personnel technique sur le district 28 » ; cause : « accident du travail » ; état : « clôture demandée » …

Soudain on toqua sur le pare-brise… Bastien fit descendre la vitre. C'était encore le jeune policier boutonneux.

— Nous avons terminé inspecteur ! Il n'y a plus personne sur le site.
— Déjà ? Et la camionnette ?
— La dépanneuse sera là dans cinq minutes tout au plus. Nous allons rester pour l'attendre et après nous rentrons.
— Ah bien ! Je termine les bricoles administratives et je vais faire comme vous !
— Bien alors au revoir inspecteur !
— Au revoir…

Le jeune flic s'apprêtait à retourner vers le château d'eau lorsque Bastien l'interpella par la fenêtre.

— Dites-moi, collègue…
— Oui, fit le jeune homme en se retournant.
— Savez-vous s'il y a une borne de rechargement dans le coin ?
— Vous êtes en panne ?
— À vrai dire il me reste 21% pour le retour… Et je me les gèle…
— Ah je vois ! Je suis désolé inspecteur, mais vous allez devoir continuer à vous les geler encore un peu.

La borne la plus proche est à 32 kilomètres, si elle fonctionne encore.

— Pourquoi elle ne fonctionnerait pas ?

— À cause des activistes !

— Vous voulez dire qu'elle a été détériorée ?

— Oui, le mois dernier. Normalement ils auraient dû la réparer, mais c'est à vous de voir si vous voulez prendre le risque !

— Pourquoi cela ?

— C'est à l'opposé de votre direction ! Sur la route 14 !

— Et il n'y en a pas d'autres ?

— Non, désolé !

— Je vais voir… Merci quand même !

— À votre service, inspecteur ! dit le jeune homme en lui adressant un salut réglementaire avant de tourner les talons à nouveau.

— Décidément… Ce n'est pas mon jour, murmura Bastien en remontant la vitre avant que toute la voiture ne se remplisse d'eau.

Les maths n'étaient pas non plus son truc ! Pourtant il n'était pas compliqué de comprendre que soit il allait continuer à se geler tout le long du trajet retour, soit il devait prendre le risque de tomber en panne si la borne ne fonctionnait plus… 60 kilomètres de plus, s'il comptait le retour, il était certain de ne pas y arriver !

Il maugréa un instant contre cette fichue loi qui prônait le tout électrique sur les véhicules. Quelle hypocrisie pensait-il. Puis il eut un flash…

— Comment le type avait-il prévu de rentrer ? Avec 5% d'autonomie il n'aurait jamais pu arriver jusqu'à la borne ! Et puis son véhicule… Tout était soigneusement rangé… Il était organisé ce type ! Il n'a pas pu partir avec un véhicule vide sans savoir où faire le plein !

Bastien tapota quelques instants sur le volant avec ses doigts comme pour mieux se concentrer... L'habitacle était envahi par le bruit sourd et régulier que faisait la pluie sur la carrosserie mais cela ne le dérangeait pas. Il ne l'entendait même plus… Il pensa tout haut.

— Hum… Non ! C'est dimanche… Il a dû partir en urgence pour faire son intervention et il n'a pas remarqué que la batterie était vide. Voilà tout ! Ou alors son véhicule n'a pas eu le temps de faire le plein de charge... Décidément ce ne devait pas être son jour à lui non plus, pauvre gars !

L'inspecteur actionna la clef et le tableau de bord s'illumina…

— GPS, commande vocale ! Direction route 14, borne de rechargement ! Allez ! ordonna-t-il à la machine.

L'écran du GPS dessina un trajet sur l'écran... Arrivée estimée dans 20 minutes. Bastien prit le pari... De toute façon, son week-end était fichu alors quitte à être définitivement fichu, autant tenter le coup de la borne ! pensa-t-il. Et puis au pire... Il appellerait une dépanneuse. Il aurait au moins quelqu'un à qui parler sur le chemin du retour.

Il appuya sur l'accélérateur et entama son trajet à la pleine vitesse. La pluie tombait inexorablement et la route était toujours aussi déserte... Au bout de vingt minutes, comme l'avait prédit le GPS, il aperçut le voyant orange de la borne de recharge sur un terre-plein bétonné en lisière de bois. Il orienta son véhicule de sorte que les phares puissent l'éclairer et il constata les dégâts ! Le clavier avait été entièrement tagué tout comme le reste de l'automate. Une grande tache verte en forme de boucle, signature des activistes, couvrait le reste du capot métallique du distributeur. Par contre, le câble d'alimentation semblait intact ! Il avait seulement été déboîté mais pas sectionné !

— Des activistes responsables ! Quelle chance ! pensa-t-il...

Les trombes d'eau se faisaient plus violentes, mais il choisit quand même de sortir pour brancher le câble. À peine le pied dehors, il remarqua sur le macadam une inscription faite à la va-vite et qui disait : « e-cars = green washing ».

— Ah ces écolos ! Jamais contents ! Un coup, ils veulent de l'électrique partout et un coup, ils râlent contre la fabrication des batteries, pfff ! pesta-t-il.

Une fois le câble en place, il connecta la voiture, pour faire le plein. Le terminal de paiement semblait pleinement opérationnel malgré l'absence de chiffres lisibles sur le clavier. Il introduisit sa carte bancaire dans la fente et frappa à l'aveugle son code. L'écran de la borne s'alluma et malgré l'absence d'affichage tout indiquait que la charge était en cours. Un petit bruit strident caractéristique de la mise en marche se fit entendre et Bastien fut rassuré.

Il retourna se mettre à l'abri dans la voiture. Le tableau de bord confirmait que la charge était en cours. Encore trente minutes et la batterie serait à 100%. Il reprit alors le micro de son terminal pour terminer son rapport.

— Dossier « 768X-24 » : cause « accident du travail » ; préconisation « vérifications de base effectuées – investigations inutiles » ; état... Mais pourquoi cet idiot ne s'est-il pas garé devant la porte ? Par ce temps !

Il laissa vagabonder son esprit encore quelques minutes puis reprit.

— ... Préconisation « vérifications de base effectuées ; investigations supplémentaires

probables » ; état « dossier en cours d'investigation »,
Enregistrez !

3. Sans nouvelles...

* * *

Il faisait noir, mais la lueur blafarde des écrans permettait quand même de circuler sans devoir se cogner aux meubles. La pièce n'était pas très grande mais ils avaient réussi à y faire entrer une dizaine d'ordinateurs et du matériel électronique dont les LEDs crépitaient par moment. Un mince filet de lumière traçait une ligne au plafond, depuis une fente dans le volet de la fenêtre.

— Alors ?
— Alors quoi ?

Deux silhouettes s'affairaient sur leur clavier.

— Moi je ne trouve aucune trace sur le Darknet !
— Oui je te le confirme … J'ai combiné les stations mais même le signal GPS a disparu !
— Tu crois qu'ils l'ont localisé ?
— Ça ne fait aucun doute…
— C'est fichu maintenant !
— Mais, non calme-toi ! Il lui est arrivé de ne pas donner de nouvelle pendant plusieurs jours, il est prudent tu sais !

— Ton frère a beau être prudent, n'empêche que ces gens-là ne plaisantent pas !

— Hé ! Ce n'est pas à moi que tu vas l'apprendre, tu sais combien de temps il m'a fallu pour effacer mes traces sur le Web ?

Un silence pesant s'installa comme si l'un des deux occupants avait touché là un point sensible.

— Oui je sais, je sais… C'est quoi ça ?

— Quoi ?

— Ce qu'on voit sur cet écran, là !

— Ah… c'est le 21178 !

— Quoi, tu as mis sous surveillance leurs planques ?

— Bien oui !

— Mais tu vas finir par nous faire tuer !

— Enfin, j'ai juste dérivé le signal ! Mais je peux aussi leur envoyer une image qui tourne en boucle si tu veux… Je t'ai connu moins froussard !

— Écoute, depuis qu'il a remis l'article, tu as vu comment ils ont réagi ?

— Oui, ils sont en train de paniquer ! Et ça c'est pas bon ! Pas bon du tout !

— Si au contraire ! Ils vont sans aucun doute faire un faux pas et tout va leur exploser à la figure !

— Ou c'est nous qui allons en prendre plein la tête !

— Enfin, ils ne peuvent pas faire disparaître toutes les traces ! On laisse toujours des traces aujourd'hui…

— C'est bien ça qui me fait peur !

— Qu'est-ce que tu as aujourd'hui ? Tu as mal dormi ?

— Non... Non j'ai juste un mauvais pressentiment.

— Mais regarde... Hier j'ai placé le cheval de Troie chez OMP, et le virus que j'ai injecté a déjà moissonné 22 téraoctets de données, tu te rends compte ! 22 téraoctets ! En à peine 6 heures ! Tout roule ! On va bientôt pouvoir tout balancer !

— Si ton frère arrive à mettre la main sur les preuves...

— J'ai confiance en lui !

— Moi aussi... mais s'il n'y arrive pas, qu'est qu'on fait ?

— On triera les infos, on croisera les données et on balancera tout ce qui pourra être utile...

— Mais c'est un boulot colossal !

— Bien c'est pour ça qu'avec des preuves se serait mieux !

— Au fait, où en es-tu pour les nouvelles identités ?

— Presque fini... j'ai plus qu'à te créer une nouvelle vie et un numéro de sécurité sociale et tu seras intraçable.

— Ah ? Et pourquoi une nouvelle vie ?

— Et bien, disons qu'il vaut mieux être prudent... Si on passe à l'étape suivante...

— Et j'habite où cette fois ?

— Secteur 5 ou 6... pour ne pas attirer l'attention.

— Parfait ! Le téléphone ?

— Tu garderas le même, il est sécurisé et relié à ton ADN... Mais j'en ai préparé d'autres.

— Et le réseau ?

— Sous contrôle... J'ai accès à toutes les forces de police et tout ce qui touche à la Défense ou au Ministère de l'intérieur.

— Tu as aussi réussi à infiltrer les Ministères ?

— Oui c'était facile !

— Facile ?

— Ils sont trop bêtes !

— Trop bêtes à la Défense ?

— Non pas eux mais nos couillons de politiciens... à trop vouloir plaire aux amerloques ils finissent par leur donner les clés de la maison !

— Que veux-tu dire ?

— Tu as sans doute remarqué que tout passe par le *Cloud* et que les logiciels proviennent tous des GAFAM...

— Euh oui, oui... Où veux-tu en venir ?

— Et bien selon la loi américaine, tout ce qui est installé sur du matériel américain subit les lois américaines... Leur fichue extraterritorialité !

— Et alors ?

— Bien avec leur « *Cloud Act* », ils nous pompent toutes nos données... Les GAFAM récupèrent tout et balancent au Pentagone selon leurs désirs... avec la bénédiction de nos gouvernements.

— Arrête tes délires complotistes !
— Du complotisme ? Et qu'est-ce que tu penserais si je te disais que les américains n'ont jamais totalement aboli l'esclavagisme !
— Je dirais que tu délires…
— Bien… vas-y vérifie ! C'est dans le 13ᵉ amendement de leur constitution !

La silhouette s'activa sur le clavier et après quelques secondes l'écran afficha le 13ᵉ amendement de la constitution américaine :

— *"Neither slavery nor involuntary servitude, except as punishment for crime where of the party shall have been duly convicted, shall exist within the United States, or any place subject to their jurisdiction."*

Le jeune homme écarquilla les yeux. Tout le sens de l'amendement se situait dans le « *except as punishment* »… L'esclavagisme était effectivement aboli sauf pour toute personne condamnée !

— Alors tu penses toujours que c'est du complotisme ?
— Mais, mais… donc lorsque tu es condamné tu perds tes droits humains ?
— C'est un peu le sens de cet amendement, oui !
— Donc les prisonniers sont des esclaves là-bas ?
— Eh bien, comme les prisons sont privées… et que les prisonniers sont privés de leurs droits, pourquoi les nourrir ? Pourquoi leur fournir de quoi

se vêtir ? Pourquoi pas les obliger à travailler sans les payer ? C'est très économique ! Enfin rentable... Les actionnaires de ces prisons doivent être aux anges... Et puis légalement c'est bien pratique, regarde Guantánamo !

— Mais c'est dégueulasse !

— Oui... Mais avec leur *Cloud Act*... Tes données personnelles ne t'appartiennent plus, elles deviennent des marchandises qui viennent enrichir leurs poches !

— Oui j'ai compris ! Tu perds la protection sur tes données personnelles en franchissant l'atlantique physiquement ou numériquement... Du coup les boites les exploitent à ton insu.

— Pire... Ils créent des profils de consommateur, d'assuré santé, social, retraite, etc... et avec un peu d'analyse de probabilité, ils majorent tes primes d'assurance, tes taux de crédits en conséquence et plein d'autres trucs ! Et comme tout est globalisé à cause des fusions et des rachats ça finit par te revenir en plein figure... même si tu pensais ne rien avoir à cacher !

— Donc non seulement on leur file nos données mais en plus ils nous envoient la facture en boomerang.

— Oh c'est encore plus vicieux que tu ne le penses !

— Que veux tu dire ?

— Ils ont dépassé le stade du marketing ciblé, maintenant qu'ils ont récolté suffisamment de données, ils peuvent prédire tes actions en fonction de certains événements... Bref, ils sont capable de te manipuler... et ils le font !

Le jeune homme repoussa son siège brutalement, complètement dépité par cette société injuste peuplée de moutons inconscients biberonnés à la consommation de masse.

Soudain un écran se mit à clignoter en rouge.

— Qu'est-ce que c'est ?
— Oh t'inquiète ! Ils viennent seulement d'activer une contre attaque sur le réseau.
— Une contra-attaque ?
— Oui... Ils tracent les relais et infectent chaque borne pour la neutraliser, comme ça ils éliminent les faussent pistes.
— Et, donc ?
— Rien on a juste quelques minutes avant qu'ils ne nous ciblent.
— Bien, bien... Bon je ne voudrais pas te presser mais il va falloir y aller !
— Tu paniques vraiment pour un rien toi !
— Je pense qu'il y a de quoi ! Qu'est-ce qu'il va se passer s'ils arrivent à nous localiser ?
— Eh bien soit ils nous balancent un missile s'ils pensent que la zone est déserte...

— Mais la zone est déserte ! C'est toi même qui m'a demandé de trouver une baraque abandonnée dans un coin perdu !

— ... soit ils nous envoient les brigades spéciales...

— Mais, mais il faut s'activer !

— Tu crois que je ne leur ai pas laissé un petit cadeau ?

— C'est à dire ?

— Ils sont en train de pister un leurre, quand ils l'auront trouvé ils devront revoir tous leurs paramètres... et cela nous donnera un peu plus de temps avant qu'ils arrivent à cette baraque.

— Franchement tu joues avec le feu !

— Espèce de trouillard, ferme plutôt les boxes à serveur et charge-les dans la fourgonnette, il me faut encore un instant sur cet ordi ! Il me reste à trafiquer la date de mise à jour de toutes les fiches d'identité.

— Laisse faire l'enregistrement automatique et partons ! Fit le jeune homme en débranchant les câbles du premier box.

— Non... Il faut que cela soit manuel !

— Pourquoi ça ?

— Je fais en sorte que les dates soient fausses... et que ça se voie !

— Tu es folle ! N'importe-qui pourra s'en apercevoir ! Ça nous mettra tous en danger !

— Pfff... Personne ne regarde la date ! Seul un type un peu futé pourrait s'en rendre compte. Et crois-moi, si quelqu'un s'intéresse à une fiche d'aussi près, c'est que ça sentira le roussi. Mais nous aurons l'avantage.

— Je ne te suis pas !

— À chaque fois que quelqu'un s'intéresse à une de nos fiches le système m'avertit... Du coup on saura si quelqu'un s'approche trop près de nous. On aura un coup d'avance.

Apparemment satisfait par l'explication, le jeune homme continua sa besogne et les LEDs commencèrent à s'éteindre les unes après les autres dans la pièce.

— Devant la fébrilité du jeune homme, la jeune femme jugea bon de le rassurer.

— Encore 5 minutes et on dégage, je te le promets !

— Et qu'est ce qu'on fait pour ton frère ?

— Oh c'est un grand garçon ! Tu verras d'ici quelques jours il va réapparaître et nous contacter !

— N'empêche que j'ai un mauvais pressentiment.

4. Fichu lundi !

***

Décidément, il ne se ferait jamais au café du poste ! Soit il était insipide, soit il lui tordait les boyaux pour la journée. Bastien n'était pas non plus un grand fan de l'eau bouillante mais par moments un thé était plus acceptable que cet infâme jus de chaussette. D'ailleurs il se demandait pourquoi il s'entêtait toujours à prendre son café au poste le lundi… Certainement pour se confirmer à lui-même qu'il détestait les lundis !

Son week-end n'avait pas été très fun. Son rendez-vous du samedi s'était décommandé, sans un mot d'excuse. La fille avait sans doute pris peur en apprenant sur les réseaux sociaux qu'il était flic. Maudit site de rencontre ! Le dimanche, lui, avait été partagé entre les techniciens qui se jettent des châteaux d'eau et un face à face avec Socrate. La boule de poil ingrate avait passé son après-midi à dormir, soûlée par le monologue philosophique de son maître ou plutôt de son esclave. La soirée s'était terminée par un paracétamol… Sa vieille migraine était revenue.

Devant son ordinateur, la tête en vrac, Bastien se demandait si sa sale tronche de ce matin allait passer le test de la reconnaissance faciale. Depuis que tous les postes avaient été équipés de ce truc, la gueule de bois du lundi matin était devenue interdite et les ecchymoses proscrites... Sinon la machine boguait et on avait droit au contrôle physique. Or vu l'excellence et la célérité de l'administration... autant rentrer chez soi !

Non. Pas de chance ! Aujourd'hui le système avait décidé de le reconnaître. Puis, comme une sorte de rituel, il attrapa machinalement son casque audio et composa le numéro de son collègue sur l'écran tactile du terminal. Le système de visioconférence s'enclencha et l'image d'un type d'un blond fade apparut à l'écran.

— Salut Marin !

— Bonjour inspecteur !

— Dis-moi, as-tu reçu les effets personnels du dossier 768X-24 ?

— Oui... La scientifique les a apportés ce matin !

— Décidément, il est bien ce Gilles, il faudra que je m'en souvienne !

— Vous parlez de quoi inspecteur ?

— Rien, rien... Et sais-tu si le légiste a commencé ?

— Quel légiste ? C'est un accident et le dossier est bouclé de toute façon !

— Mais je n'ai pas clôturé le dossier !

— Je ne sais pas inspecteur… Sur le dossier il est noté « fermeture demandée » donc le légiste n'a pas été sollicité !

— Bigre… Il ne me semble pas avoir demandé le classement du dossier, au contraire, j'ai noté « investigation » …

— Écoutez, je ne sais pas moi… C'est ce qu'il y a de marqué, j'ai le dossier sous les yeux !

— Bon, bon, je vais voir ça… En attendant peux-tu me les monter ?

— Oui inspecteur, dans cinq minutes ils sont sur votre bureau.

— Merci !

Bastien quitta la Visio et renseigna dans la barre de recherche le numéro du dossier.

Le logiciel afficha presque instantanément les informations à l'écran. L'inspecteur ouvrit alors la fenêtre intitulée « informations générales » et constata, lui aussi avec étonnement, que le dossier avait été clôturé. Sans doute un bug. Il appela alors le service de maintenance informatique. Une image de Pokémon ridicule apparut à l'écran.

— Bonjour, inspecteur Bastien, identifiant AB009751, j'ai un souci avec un dossier.

— Oui attendez… Je vérifie vos identifiants, répondit le Pokémon.

Décidément… la technique tue l'humanité pensa Bastien !

— Votre identité est confirmée. Que puis-je faire pour vous inspecteur ?

— J'ai un dossier qui est en état « clôturé » c'est une erreur, il est en cours d'investigation.

— Ah ! C'est ballot ! ricana la bestiole orangée mi-lézard mi-oiseau. Quel est le numéro ?

— Dossier 768X-24 !

— Je regarde, veuillez patienter.

Bastien n'eut pas le temps de répondre, qu'une musique d'attente ponctuée de jingles publicitaires, envahit son casque.

— Non mais je rêve ! Il m'a mis en attente. Fichue boîte privée ! grogna-t-il.

Au bout de dix minutes et après avoir entendu quinze fois le même jingle indigeste, il faillit raccrocher quand la voix de l'opérateur reprit.

— Merci d'avoir patienté.

— Je vous en prie, ironisa Bastien…

— Euh ah oui… Alors votre dossier a été clôturé par votre N+1 pour manque d'élément.

— Pardon ?

— Bien, votre chef a dû le fermer car il était vide ou incomplet !

— C'est normal qu'il soit vide ! s'offusqua Bastien. Le type est mort hier !
— Ah oui vous avez raison ! C'est bizarre...
— Je ne vous le fais pas dire !
— Attendez, je vérifie autre chose...
— Non, je...

Trop tard ! Les jingles s'embouteillaient déjà dans les écouteurs de son casque. Exaspéré il voulut immédiatement raccrocher, mais l'opérateur, cette fois, fut plus rapide.

— C'est bon ! Je vous l'ai réinitialisé. Il a été ouvert dimanche, c'est cela ?
— Oui tout à fait !
— Alors c'est normal !
— Comment ça ?
— Eh bien, il y a eu une mise à jour du système hier et votre dossier a dû être automatiquement clôturé... par erreur.
— Vous voulez dire que vous clôturez tous les dossiers le dimanche ? se scandalisa Bastien.
— Pensez donc ! rigola le lézard. Il s'agit seulement de dossiers trop vieux qui ont stagné dans l'année ou ceux qui sont vides. D'ailleurs vous n'imaginez même pas le nombre de dossiers que vos collègues créent, pour rien, ou par erreur !

Bastien s'étranglait. Cette fichue boîte passait à la trappe toutes les enquêtes qui stagnaient...

Incroyable ! Néanmoins une question lui brûlait les lèvres.

— Mais vous ne les détruisez pas, tout de même !

— Nooooon ! Enfin pas tous... Par souci d'optimisation d'espace disque, nous ne détruisons définitivement que les dossiers vides ou ceux qu'on nous demande expressément de détruire... Vos vieux dossiers, vos affaires non classées, tout ça passe à l'archivage. Mais ce n'est plus nous qui nous en occupons.

— Et les archives sont gérées par qui ?

— Je ne sais pas, je n'ai pas accès à cette information. Mais ce n'est pas notre société, je vous le garantis !

— Comment pouvez-vous en être sûr, si l'information est confidentielle ?

— Pour être franc avec vous, il n'y a que trois sociétés dans le monde qui ont à la fois la technologie et les moyens suffisants pour le faire...

— Des géants de l'informatique ?

— Non pas que ! Il y a aussi les grosses boites de la téléphonie... Vous savez dans ce domaine, ils se marchent tous les uns sur les autres, quand ils ne se tiennent pas tous par la main.

— Hum... Et pour mon dossier ? Tout est en ordre ?

— Oui ! Oui ! Inspecteur ! Vous avez accès à tout et le dossier est bien passé en état d'investigation, mais...

— Mais ?

— Et bien vous avez noté dans les causes une « chute accidentelle ».

— Oui et alors ?

— Je ne comprends pas pourquoi votre dossier est « en cours d'investigation » et non pas « clôturé » ?

— Ça me regarde… L'essentiel c'est qu'on ne le ferme pas ! En tout cas, pas tout de suite !

— Ne vous inquiétez pas, inspecteur, seul vous et votre N+1, êtes administrateurs de ce dossier !

— Bien, bien ! C'est parfait !

— Vous désirez autre chose ?

— Non ça ira merci de votre aide !

— C'est moi qui vous remercie, et « Abelphone » vous souhaite une bonne journée !

— Il raccrocha.

— …et « Abelphone » vous souhaite une bonne journée ? Gnagnagna ! Mais quel cinéma ! Une demi-heure de perdue pour une bête mise à jour ! Tu te rends compte ? et tout ça sur de l'argent public !

— Euh c'est à moi que vous parlez, inspecteur ? fit une voix sortie de derrière l'écran.

— Marin c'est toi ?

Une tête blonde surgit et deux yeux derrières des binocles façon Harry Potter clignotèrent au-dessus de l'écran. C'était bien son assistant, Marin. Un jeune universitaire qui avait préféré se tourner dans la police plutôt que de finir sa thèse en criminologie. Il ne lui avait jamais avoué la raison mais Bastien s'en doutait. Peu de gens parviennent à s'en sortir en venant d'un secteur 6. Arriver jusqu'au Bac c'était déjà une prouesse en soi ! Alors l'université… De toute façon, depuis que les frais de scolarité avaient considérablement augmenté, la seule chance de réussite était d'être issu au minimum de secteur 5 ou d'obtenir une bourse… qui de toute façon était bien trop misérable pour suffire à elle seule. Vive « l'élitocratie » !

Les yeux bleu-acier de Marin étaient inexpressifs et presque froids. Ils le fixaient et semblait observer le moindre mouvement de son visage afin d'y percevoir une once de réponse. Bastien continua à s'adresser à lui.

— Tu as ramené les effets personnels de la victime du château d'eau ?

— La victime du château d'eau ? Une histoire de serial killer ? s'enthousiasma Marin.

— Eh oh, ne t'emballe pas mon petit ! C'est juste un accident !

— Pourquoi parlez-vous de victime alors ? demanda Marin en réajustant ses lunettes qui lui tombaient du nez.

— Ma langue a fourché ! Ça m'est venu comme ça. L'habitude sans doute !

— Hum ! Trop d'années passées à la Criminelle ?

— Certainement, vivement la retraite !

— Alors vous avez fermé le dossier ou pas ?

— Non c'était un bug, comme d'habitude avec ces maudites machines.

— On enquête dessus alors ?

— Je ne sais pas… Je me fais des idées sans doute, mais j'ai l'impression qu'il y a un truc qui cloche.

— On peut déjà examiner les effets de votre victime non ? fit-il en posant un carton sur le bureau de Bastien.

— Qu'est-ce qu'on a ?

Marin plongea la main dans le carton…

— Un portefeuille marron avec à l'intérieur deux cents euros en billets, une carte d'identité nouvelle génération, une carte bancaire …

— Rien d'autre ?

— Non, à part ces feuilles d'intervention qui figuraient dans la boîte à gant de son véhicule, du chewing-gum…

— Pas de téléphone portable ?

— Si !

— Et ?

— Le voici ! dit Marin en sortant un modèle 6 pouces de dernière génération.

— Eh bien, mazette ! On ne se refuse rien !

— Oui comme vous dites, belle bête !

— Combien ça peut valoir ce machin-là, Marin ?

— Dans les 1200 à 1500 euros selon les versions… Un truc que je serais incapable de me payer avec un salaire de flic.

— C'était son téléphone de service peut-être ?

— Hum, je doute que sa boite… « Up services » c'est ça ?

— Oui !

— « Up services » est un sous-traitant, inspecteur, c'est une petite boîte… Je doute qu'ils aient les moyens de fournir à leurs employés des téléphones d'une telle valeur !

— Un cadeau ? Un achat personnel ?

— Pour ça il faut qu'il fréquente des gens fortunés…

— Bien, nous allons voir ça…

Bastien se saisit de la carte d'identité et scanna le QR-Code. Son ordinateur afficha immédiatement les renseignements sur le mort :

- Identité : Olaf Jansen
- Âge : 42 ans
- Situation familiale : célibataire
- Fratrie : néant
- Profession : technicien en systèmes téléphoniques et réseaux
- Employeur actuel : Up Services – Maintenance
- Adresse : Newstadt, secteur 5
- Loisir : aucun
- Mise à jour : ---

— Eh bien, il n'y a pas grand-chose...

— Et rien ne te choque, Marin ?

— À première vue, il venait du secteur 5... rien de plus normal pour un technicien. Donc il n'avait pas les moyens de s'offrir un tel téléphone.

— Exactement... Mais encore...

— Je ne sais pas, le type est célibataire, peut-être a-t-il a une liaison avec une femme riche du secteur 1 ou 2...

— Rien d'autres ?

— Non !

— Il n'y a pas de date de mise à jour !

— Et alors, il peut s'agir d'un bug ? C'est important ?

— Un bug sur le dossier, un bug sur la fiche de renseignement... ça commence à faire beaucoup de bugs, tu ne crois pas ?

— Pas plus que d'habitude, inspecteur, vous voyez le mal partout !

— J'avoue que je ne suis pas fan de la technique ! Mais quand même !

— Vous vous faites des films, les logiciels sont simplement devenus très complexes et donc les erreurs sont plus fréquentes.

— Si tu le dis... Mais comment ce type du secteur 5 peut avoir une *Black Card* ?

— Une quoi ?

— Cette carte bancaire-là, elle est noire ! Marin ! C'est une *Black Card* ! lui dit-il en lui agitant la carte de crédit sous le nez !

— Je ne connais pas ce genre de carte de crédit, moi ! Je connais les cartes *Gold* des richoux mais… mais les *Black Cards*, désolé, c'est inconnu au bataillon !

— Une *Black Card* c'est un cran au-dessus de la *Gold*… et pour ta gouverne son abonnement vaut le prix du téléphone !

— Je ne pense pas que son salaire…

— Oui… moi non plus… et si on vérifiait ça tout de suite…

Bastien cliqua sur le nom de l'employeur et la fenêtre de visio surgit à l'écran… Au bout de quelques secondes le visage d'une jeune femme apparut.

— Bonjour, Up services… Que puis-je faire pour vous ?
— Bonjour, ici l'inspecteur Bastien. Je suis avec mon collègue Marin Malaimé et nous souhaiterions nous entretenir avec votre directeur ou un responsable au sujet d'un de vos salariés, Olaf Jansen !
— Qui avez-vous dit ?
— Olaf Jansen !
— Ne quittez pas, je vous mets en relation.

À la place de l'image de la jeune femme surgit aussitôt le logo d'Up Services et une musique d'ambiance sur laquelle on entendit une voix off, suave à vomir, qui vantait les services de la société. La torture ne dura pas trop longtemps.

— Bonjour inspecteur Bastien, je suis Dominique Druaux, directeur d'Up Services, que puis-je faire pour la police ?
— Nous souhaiterions que vous nous parliez d'Olaf Jansen…
— Olaf Jansen vous dites ?
— Oui… Il travaille bien pour vous ?
— Certainement, si vous le dites, mais vous savez je ne connais pas tous les gens qui travaillent pour moi.
— Vous n'êtes pas une multinationale tout de même ! s'offusqua Bastien.
— Je comprends votre interrogation, inspecteur, mais comprenez vous aussi que nous agissons souvent comme une agence intérim.
— Que voulez-vous dire ?
— Eh bien, chez nous, soit les sociétés nous contactent pour des prestations de services et dans ce cas nous utilisons nos propres équipes pour effectuer des missions de maintenance. Soit nous fournissons seulement la logistique administrative pour des sociétés qui veulent faire appel ponctuellement à des gens spécifiques ou très spécialisés avec qui elles ont déjà l'habitude de travailler. Nous intervenons alors pour donner un cadre légal et administratif

à l'opération, les personnes deviennent nos salariés le temps de la mission, moyennant, bien sûr, le paiement d'une prestation. C'est seulement de l'administration, de l'intérim !

— Et Olaf Jansen faisait de l'intérim ?

— En tout cas, ce nom ne me dit rien... Il devait travailler pour nous ponctuellement ou bien pour un de nos clients en intérim. Attendez, je recherche son nom dans nos bases de données...

Le logo de la boîte surgit à nouveau et la même voix langoureuse débita sa réclame débile.

— Voilà je l'ai ! reprit le directeur... Mais ! Mais ! Il est décédé hier !

— Vous n'étiez pas au courant ?

— Non ce genre de nouvelles arrivent aux ressources humaines, pas à la direction... Que s'est-il passé ?

— Une chute du haut d'un château d'eau pendant une intervention !

— Un dimanche ?

— Oui un dimanche... C'est anormal de travailler chez vous le dimanche ?

— Eh bien nous avons notre éthique. C'est un peu vieillot je vous l'accorde, mais nous essayons de faire en sorte que les dimanches ne soient pas travaillés.

— Donc pour vous il était anormal qu'un de vos salariés soit en intervention un dimanche ?

— Pas forcément, nous avons des astreintes sur certaines de nos missions, lorsque c'est sensible.

— Et pour Olaf Jansen ?

— Oui… D'après ce que j'ai sous les yeux, la société prestataire nous avait demandé de l'astreinte…

— Donc Olaf Jansen travaillait sur un projet sensible ?

— A priori non ! Son travail consistait seulement à recalibrer les fréquences sur les antennes relais.

— Il n'y avait pas urgence à ce qu'il fasse ça un dimanche alors ?

— Pas vraiment… Mais vous savez O.M.P. a ses propres exigences…

— O.M.P. vous voulez parlez d'Ostara, l'opérateur de téléphonie mobile ?

— Oui O.M.P. Ostara Mobile Phone !

— Que viennent-ils faire là-dedans ?

— Mais, c'est le client !

— …

— Vous êtes toujours là inspecteur ?

— Oui… Mon collègue demande si les accidents sont courants dans votre domaine ?

— Non… Tous nos salariés suivent une formation en sécurité chaque semestre ! La sécurité est notre point central de vigilance ! Les accidents sont relativement rares chez nous et nous en sommes fiers.

— Et avez-vous eu des accidents cette année ?

— Il me semble que non…

— Non dans vos équipes ou non en général ?

— Non pour nos équipes c'est certain ! Pour la partie intérim il faut que je me renseigne.

— Pourriez-vous nous faire parvenir la liste des accidents du travail dans votre société et les dossiers des personnes concernées ?

— C'est une demande officielle ?

— Disons que cela permettrait de clore plus rapidement le dossier de monsieur Jansen et de ne plus avoir à vous importuner. D'ailleurs si vous pouviez nous faire parvenir le dossier de ce monsieur, je vous en serais infiniment reconnaissant.

Marin observait son chef avec un petit sourire ironique. Il savait que lorsque celui-ci devenait mielleux, c'était pour mieux attraper les mouches…

— Je demande aux ressources humaines de vous faire ceci dans la journée ! Cela vous convient-il monsieur l'inspecteur ?

— Ce serait parfait mon cher monsieur Druaux ! Je suis très conscient que c'est pour vous du temps perdu mais vous savez c'est la routine, autant s'en débarrasser au plus vite !

— Vous avez raison… En tout cas, n'hésitez pas à me rappeler s'il vous faut autre chose.

— C'est bien aimable de votre part ! Merci beaucoup, au revoir…

— Au plaisir, lança-t-il, puis il raccrocha.

Bastien éclata de rire tant il s'était trouvé bon dans l'hypocrisie.

— Tu te rends compte, Marin ! Ce gars découvre qu'il a perdu un salarié et cela ne lui fait ni chaud ni froid.
— « L'homme est un loup pour l'homme » !
— Tu me cites du Thomas Hobbes maintenant ?
— Vous ne voulez pas du Montesquieu quand même !
— Pourquoi pas « On apprête le café de telle manière qu'il donne de l'esprit à ceux qui en prennent. »
— Ha ! Ha ! Ha ! Je comprends mieux pourquoi vous détestez le café ici !
— Allez, concentrons-nous sur ce qu'on a appris, veux-tu !
— Enfin patron…
— Je veux juste savoir si on est sur la même longueur d'onde…
— Bon je vous le résume… On a un type qui tombe d'un château d'eau et qui se brise les os. Il travaillait un dimanche sur un truc urgent car il était d'astreinte pour la plus grosse boîte de téléphonie mobile d'Europe. Boîte franchement pas réputée pour chouchouter ses salariés !
— Rien ne te semble bizarre ?
— Pas là-dedans… mais le téléphone et la *Back Card* hors de prix ne cadrent pas avec le niveau de

vie d'un technicien de base en téléphonie mobile qui, de surcroît, habite le secteur 5.

— Il est de quelle marque le téléphone ?

Marin inspecta l'engin mais aucune inscription de marque n'y figurait. Il le retourna et vit en filigrane dans la coque, la fleur à trois pétales, le logo d'Ostara.

— Et voilà… c'est le téléphone de la boîte ! dit-il sur un ton satisfait en montrant la coque à son chef.
— Pas forcément Marin ! Tu l'as allumé ?
— Oui mais il n'est pas initialisé.
— Tu veux dire qu'il est neuf et qu'il n'a jamais servi ?
— Oui…
— Mais comment ce type pouvait-il téléphoner ?
— Il devait certainement en avoir un autre… le sien.
— Mais où ?
— Oh inspecteur, ça ne vous arrive jamais d'oublier votre téléphone lorsque vous partez précipitamment ?
— Non… Jamais !
— Ok vous êtes une exception ! Mais ce Jansen a dû l'oublier chez lui, voilà tout !

Le raisonnement de Marin était cohérent. Le téléphone neuf pouvait s'expliquer. La boite lui aurait certainement donné lorsqu'il était passé à l'entrepôt pour récupérer du matériel. Il suffisait de le vérifier avec les caméras du trafic routier. Puis, on trouverait certainement son téléphone personnel chez lui… Ce pouvait aussi être un cadeau qu'il avait reçu ou qu'il voulait faire…

— Dis-moi ? Où a été trouvé ce magnifique téléphone ?
— Sur lui dans la poche avant de sa combinaison !
— Intact, après une chute de 40 mètres ?

5. Entre-soi

***

— Et où en sont vos recherches sur les cellules activistes ? demanda un homme dont le nœud de papillon ne laissait aucun doute sur sa position sociale.
— Eh bien, monsieur le Ministre, nous en avons démantelé une bonne dizaine et plusieurs de leurs membres sont maintenant sous les verrous ou soumis à l'interrogatoire ! répondit une jeune femme à l'allure sportive dans un tailleur sombre très chic mais néanmoins plus abordable que les costumes de ces messieurs autour de la table.
— Pourquoi cela prend-il autant de temps ? Vous nous aviez assuré qu'avec les moyens technologiques adéquates, en quelques jours ce mouvement d'extrémistes serait anéanti ! s'offusqua un grand type, la cinquantaine bien plantée, les cheveux cendrés.
— Nous rencontrons en fait quelques difficultés.... rétorqua la jeune femme.
— Des difficultés ? C'est le moins qu'on puisse dire ! reprit le premier. D'après le rapport que je tiens ici, nous avons subit 2386 dégradations d'installations

techniques pour un montant de 12 milliards d'euros !

— Je...

— Je n'ai pas fini... C'est un montant colossal. Les intrusions dans les médias ne se comptent plus ! Ils envahissent le paysage audiovisuel avec des technologies de plus en plus efficaces.

— À croire qu'ils sont aidés par les services d'une puissance étrangère !

— Aucune chance !

— Qu'est-ce qui vous permet de l'assurer ?

— Leurs méthodes ne sont pas coordonnées et les cellules entre-elles ne suivent pas les mêmes objectifs et ne communiquent pas entre-elles.

— Comment ça ?

— Eh bien les cellules ne sont pas reliées, elles fonctionnent de manière autonome. Certaines communiquent entre elles à « l'ancienne » sans matériels électroniques et d'autres utilisent au contraire des technologies de pointes particulièrement efficaces, monsieur.

— Donc c'est celles-là qui peuvent être manipulées par nos ennemis !

— Justement si je peux me permettre, ces cellules très pointues semblent plutôt avoir comme cible la recherche d'informations alors que les autres sont plutôt dans l'action... Rien ne montre jusqu'ici que leur objectif soit réellement la déstabilisation de l'État.

— Justement ! L'information est bien la base de toute déstabilisation politique ! Je m'étonne que cela ne vous saute pas aux yeux, mademoiselle !

— J'ai l'intime conviction que ces cellules ne recherchent qu'une sorte de justice sociale, une poursuite d'une certaine vérité pour se mettre l'opinion publique de leur côté ! D'ailleurs, leur base viendrait plutôt des réseaux sociaux et de mouvements de hackers... Un peu comme autrefois nous avions les *Anonymous* ! Mais ces cellules ne sont pas encore matures...

— Oui je me souviens, une de vos cyberbombes était parvenue à identifier et éradiquer ces Anonymous... Ne peut-on pas faire la même chose avec ce mouvement de hackers ?

— C'est possible... Cependant leurs techniques ont évolué, ils se sont adaptés et sont plus difficiles à débusquer ! Il faudrait pouvoir mettre la main sur Hackerman.

— Hackerman ?

— Oui c'est un hacker sympathisant de la cause activiste.

— Il est financé par une puissance étrangère ?

— Nous ne savons pas, Monsieur, il est assez... assez insaisissable. Et je dirais assez novateur... Il utilise de nouveau systèmes de cryptage et arrive à pénétrer n'importe quel réseau pour s'introduire quelque part.

— Hum c'est dangereux... répondit le type de la cinquantaine.

— Pouvez-vous préciser votre pensée mon cher ?

— Eh bien, Monsieur le Ministre, si ce type possède bel et bien la maîtrise de ces technologies je ne donne pas un kopeck à la sécurité de nos systèmes... donc de nos données.

— Et vous pensez mon cher Jonathan, que notre priorité est de mettre hors d'état de nuire ce Hackerman ?

— Oui bien sûr ! Il y va de la sécurité nationale ! Il manquerait plus qu'il soit récupéré par une puissance étrangère ! Vous imaginez les dégâts ?

— Justement messieurs, ne serait-il pas plus opportun de mettre la main dessus, nous pourrions ainsi bénéficier de ses connaissances ? précisa la jeune femme.

— Vous avez raison, Mademoiselle, faites tout ce qu'il faut pour identifier et récupérer ce hacker... ce Hackerman !

— Bien Monsieur le Ministre. Nous sommes déjà sur sa trace, j'ai quelques hommes infiltrés qui sont à l'affût de ses agissements.

— Ah parfait ! s'exclama le Ministre. Et qu'en est-il des manifestations ?

— En fait Monsieur, nous avons constaté de moins en moins de participants, preuve que nos méthodes d'intimidation fonctionnent.

— Vous êtes donc satisfaites des nouvelles tenues si je comprends bien ?

— Tout à fait, monsieur, mais le scanner de la visière du casque n'est pas encore couplé directement à la reconnaissance faciale ce qui nous fait perdre du temps, quant aux batteries elles se déchargent encore trop vite. Par contre les nouveaux gaz incapacitants font merveille.

— J'en suis ravi... Mademoiselle ! Vous voyez, les résultats sont là, mon cher Jonathan, quand passez-vous à la phase pratique avec vos drones ?

— Et bien mon ami, tout dépendra de vos services. Nous livrons cette semaine les nouveaux drones militaires, deux trois jours d'ajustement technique et dès la première manifestation vous pourrez vous en servir.

— Je persiste à croire que c'est une erreur, messieurs ! Interjeta la jeune femme.

— Nous avons déjà eu ce débat ! Je vous assure qu'un simple décret suffit à autoriser leur emploi sur les civils...

— Mais l'image ! Monsieur ! D'un point de vue de l'image, l'utilisation de drones militaires, donc armés, sur les populations civiles est détestable et risque de faire beaucoup de dégâts.

— Allons bon... Les gens sont idiots. Et puis, vous me trouverez bien quelques énergumènes par trop chers qui pourraient s'exciter un peu... (Il y eu un rire dans l'assemblée...) Cela nous permettrait de montrer aux médias que le gouvernement s'assure de la sécurité de nos concitoyens... et de nous offrir une belle page de pub à l'international par la même occasion... Qu'en pensez-vous ?

À nouveau l'assemblée se mit à rire...

— Bien sûr, je peux vous trouver ça... Répondit la jeune femme.

— Un mort durant une manifestation pourrait même être une belle opportunité, non ?

— Sauf votre respect, Monsieur, je préférerai l'éviter...

— Nous verrons cela le moment opportun, Mademoiselle. Autre chose ?

Autour de la grande table ovale la dizaine de messieurs encravatés hochaient de la tête pour exprimer la négative. Pourtant à l'autre bout de la table un homme en costume bleu marine et chemise blanche rayée, un poil british sur les bords, leva la main.

— Oui je vous en prie commissaire, de quoi s'agit-il ?

— Justement à propos de ces cellules activistes, j'ai déjà pratiquement tous mes hommes dessus, notre travail quotidien commence à le ressentir.

— Que voulez-vous dire ?

— Et bien mes enquêteurs ne peuvent plus enquêter sur les affaires courantes qui sont normalement de leurs attributions...

— Et alors ?

— Mes hommes commencent à se poser des questions sur les priorités de leurs missions.

— Mon cher commissaire, si nous vous avons mis à la tête de ce service, c'est bien pour que vous gériez ce genre de contrariétés.

— Oui mais les affaires s'accumulent, les enquêtes n'avancent pas...

— Enfin dans la majorité de vos affaires, le coupable est soit un détraqué, un mari ou une femme jalouse, ou un membre de la famille... c'est simple. C'est toujours une histoire de vengeance, d'argent, de jalousie... ou de folie ! Je suis sûr que vous pouvez classer la majorité de ces affaires en deux trois mouvements... Et vous ferez faire des économies au contribuable...

— Mais...

— C'est bien vous qui choisissez de poursuivre ou non les enquêtes ?

— Oui bien sûr !

— Et bien vous avez votre solution ! Autre chose ?

— Cette fois-ci personne autour de la table ne leva la main. Plusieurs déjà rangeaient leurs dossiers dans leur attachés-cases et leurs serviettes.
— Bien, bien... Je vous propose donc de nous revoir la semaine prochaine comme d'habitude. En attendant, messieurs et mademoiselle, je vous souhaite une bonne semaine...
Il y eut un brouhaha de chaises s'agitant sur le parquet et l'ensemble des personnes assises autour de la table se dirigea vers la double porte moulurée de cette grande salle du conseil, nouvellement restaurée façon Louis XVI. Un petit caprice de la première dame qui décidément n'aimait pas le style napoléonien.

La salle était maintenant déserte ou presque. Il ne restait plus que le président de la séance et le grand type aux cheveux cendrés qui referma la double porte, pour plus d'intimité. C'est alors que le président de la séance s'adressa à lui.

— Jonathan, je suppose que vous souhaitez me parler de notre projet ?
— Oui bien sûr.
— Alors ?
— Les choses avancent bien. Nos résultats sont très concluants et nous arrivons maintenant à bien délimiter les cibles.
— Parfait ! Et quand le système pourra être pleinement opérationnel ?

— Il l'est déjà sur certains secteurs, mais la majorité des relais doivent être re-fréquencés pour pouvoir affiner les triangulations.

— Enfin mon cher Jonathan, vous savez que je n'entends rien à la technique.

— Oui bien sûr... Nos techniciens procèdent à une mise à jour de l'ensemble du système sur tout le territoire ce qui nous prend beaucoup de temps.

— Prenez plus de techniciens, vous irez plus vite !

— Ce n'est pas si simple, d'abord il nous faut des compétences très pointues... ce qui ne coure déjà pas les rues mais en plus nos filiales sont trop exposées pour travailler sur le projet, déjà que l'élimination des fuites nous coûte chère. Nous sommes obligés de recourir à des prestataires extérieurs or ils ne sont pas nombreux.

— Je vois... Mais vous pensez que nous serons prêts lorsque le pays obtiendra la présidence du conseil de sécurité ?

— Aucun problème ! D'autant que vos derniers décrets et nos amis au conseil de l'Europe ont bien été utiles pour l'octroi des nouvelles fréquences. Nous sommes presque en situation de monopole... Encore deux trois alliances et nous serons à la manœuvre en Europe.

— Bon... bon... J'ai encore vu dans la presse ce matin que l'action avait encore grimpé ! C'est une bonne nouvelle !

— Oui... Ce fut une excellente idée cette prise de participation majoritaire dans les médias... À propos pour la photo de l'article, que faisons nous ?

— Ce qui est fait est fait, mais faites en sorte que rien nous relie à cette photo. Cela pourrait compromettre nos petits arrangements.

— Bien je fais le nécessaire...

— N'oubliez pas mon cher Jonathan, celui qui détient l'information, détient le pouvoir !

6. Trop propre pour être honnête !

***

Marin se faisait l'avocat du diable. Il tentait de justifier la possibilité que le mort, Olaf Jansen, aurait pu avoir des économies de sorte qu'on aurait pu lui attribuer une *Black Card*. Ou peut-être s'agissait-il d'une carte d'entreprise qu'Ostara fournissait pour les frais de ses salariés en déplacement… Cependant Bastien s'entêtait à penser que l'histoire n'était pas claire, quand bien même cet Olaf Jansen aurait été un dealer ou aurait bénéficié de la fortune d'un oncle resté aux Amériques…

— Marin ? As-tu vu si Up Services nous ont fait parvenir leurs dossiers ?
— Oui, j'ai vu passer quelque chose… D'ailleurs votre gars de la scientifique a encore déversé plusieurs gigaoctets de photos… Il s'est lâché, le mec !
— La salle « 22 » est ouverte ?
— Oui je me doutais bien que vous voudriez y faire un tour… Je l'ai réservée pour la journée.
— Bon allons-y alors !

Bastien se leva en ramassant sa tasse encore à moitié pleine de café froid lorsque son écran clignota annonçant un appel en visio.

— Merdouille c'est le patron ! Commence sans moi, Marin, je te rejoins dès qu'il me lâche la grappe !
— Ok…

Bastien enfonça son casque sur la tête puis activa le système de visioconférence. Un type très propre sur lui en costume bleu-gris et cravate rayée bleue très chic apparut sur le terminal. Le bureau du patron semblait provenir de l'époque victorienne. Un imposant fauteuil acajou au rembourrage de velours rouge trônait face à une magnifique bibliothèque en acajou elle aussi. La bibliothèque arborait sur ses étagères, des rangées de livres anciens aux couvertures de cuir, alignés comme des radis poussant au soleil, mais dont aucun certainement n'avait dû être lu par l'occupant des lieux. Il était clair que ce type n'avait jamais connu, ni ne connaîtrait l'univers dépersonnalisé et déshumanisé des *Open Spaces* !

— Inspecteur Bastien, vous traînez mon ami ! Pourquoi avez-vous réactivé le dossier sur l'accident du château d'eau ?
— La maintenance m'a expliqué qu'il y avait eu un bug et ils ont réinitialisé le dossier.
— Un bug ? Que racontez-vous là ? J'ai vu les conclusions de la scientifique, hier ! Aussi il m'apparaît inutile de passer davantage de temps sur ce dossier, c'est un accident ! Clôturez-moi ça vite et passez à autre chose ! Nous avons besoin de vous

pour les enquêtes sur les activistes ! C'est bien plus important que des types qui tombent du ciel !

— Oui, monsieur… Laissez-moi juste le temps de faire le point sur l'administratif.

— Bien, je vous donne 24 heures… Après je clos l'affaire !

— Merci monsieur !

Le « patron » coupa net la communication. Dépité, Bastien se leva nonchalamment et alla jeter le reste de son café froid dans les toilettes. Puis il alla se servir une nouvelle tasse de café, chaud cette fois et sans sucre. Il était inutile de gaspiller du sucre pour cette infâme jus de chaussette. Puis il se rendit avec sa tasse un étage plus bas dans la salle « 22 ».

La salle « 22 » était une salle bourrée d'électronique. Elle ressemblait à un poste de contrôle pour opérations spéciales avec plein d'écrans géants qui tapissaient les murs. Ces grands écrans étaient parfaits pour examiner les photos d'enquête, le zoom était bluffant. Il était aussi possible de faire des montages, des panoramiques, des reconstitutions 3D, des extrapolations, des simulations, de lancer et contrôler des drones, d'accéder à toutes les vidéos de surveillance du pays, et cerise sur le gâteau, accéder aux images satellites. Cependant, des salles comme ça, il n'y en avait que dans les grandes agglomérations. Ailleurs, c'était plutôt le désert technologique. Il arrivait même que l'on fasse appel à des techniciens spécialisés tant les possibilités du matériel étaient énormes. La pièce baignait en permanence dans la pénombre, les voyants clignotants et les écrans donnaient l'impression d'être à bord de l'Enterprise. Il ne manquait plus que les salutations de monsieur Spock !

— Euh inspecteur... Vous savez qu'on ne peut ni boire ni manger dans cette salle ! fit Marin en l'apercevant la tasse à la main.

— Je sais, on me le dit souvent ! Mais si je n'ai pas mon café, je ne peux pas réfléchir !

— C'est vous le chef ! Que voulait le patron ?

— Classer l'affaire !

— Classer l'affaire ? Mais on n'a même pas commencé !

— Pour lui, il n'y a pas d'affaire ! C'est un accident tout ce qu'il y a plus banal et on perd notre temps !

— Et ?

— On a 24 heures pour faire ce qu'on a à faire... Après il classe le dossier.

— 24 heures mais c'est impossible ! Comment veut-il que nous fassions notre boulot de flic.

— Pour lui ce n'est pas du boulot de flic ! Il préfère qu'on bosse sur les activistes.

— Les activistes ? Ils ont bien raison ceux-là !

— Je te rappelle que ce sont des terroristes !

— Des terroristes ? Vous plaisantez ! Ce sont juste une bande d'écolos et de socios qui veulent se faire entendre !

— N'empêche qu'ils sont classés comme terroristes !

— C'est le gouvernement qui les classe comme ça ! Tout ça parce qu'ils critiquent la politique de notre monarque présidentiel.

— Marin... n'oublie pas qu'ici, et plus particulièrement dans cette pièce, les murs ont des oreilles !

— Comment ça ?

Marin se tut. Il avait oublié que n'importe quel téléphone portable pouvait, à tout moment, enregistrer à son insu, sa conversation, sa position et son identité. Un fonctionnaire de l'état critiquant le pouvoir et défendant la cause des activistes... C'était la prison assurée ! Et puis la salle « 22 » était remplie de micros et de caméras de surveillance, ce n'était vraiment pas le meilleur endroit pour balancer ce genre de choses...

— As-tu chargé le dossier ?

— Oui ! Par quoi voulez-vous qu'on commence ?

— Eh bien affiche-moi la liste des accidents du travail chez « Up Services ».

Marin s'exécuta... Il apparut alors sur tous les écrans des fiches et des listings concernant les accidents qui avaient eu lieu dans la société.

— Bon… isole moi ceux qui ne concernent que les missions propres à « Up Services » …

L'écran principal afficha alors que deux noms.

— Quoi c'est tout ?
— Oui… et ce n'est pas tout jeune ! Ça remonte à 8 ans et 12 ans ! Le directeur n'a pas menti lorsqu'il a dit ne pas avoir eu d'accident chez lui.
— D'accord ! Maintenant affiche-moi ceux pour la partie intérim ! dit Bastien en avalant une gorgée de son infâme café.

Cette fois l'écran principal afficha une quinzaine de noms.

— Affiche-les dans l'ordre anti-chronologique et sur les trois dernières années.
— Pourquoi seulement les trois dernières années ?
— Parce qu'au-delà les dossiers sont archivés. Nous n'y aurons pas accès.

Marin lança quelques commandes mais l'écran ne se modifia pas.

— Cinq personnes par an ! Là par contre c'est énorme, chef !
— Oui… Je ne sais pas pourquoi mais je te parie mon jus de chaussette qu'ils bossaient tous pour la même entreprise !
— Gardez-le votre jus de chaussette ! fit Marin en tapant d'autres commandes sur le clavier.

L'écran afficha alors la réponse…

— Bingo ! ! s'exclama Bastien, O.M.P., Ostara Mobile Phone ! S'il te plaît, trouve-moi le salaire de ces gars.

— Marin fit défiler les feuilles de paye sur les écrans… Mais rien de très exceptionnel apparut ! Les montants étaient pratiquement tous les mêmes. Tous se tenaient dans un mouchoir de poche autour du salaire minimal conventionnel.

— Pas cher payé de travailler pour une multinationale de milliardaires !

— Au lieu de commenter, Marin, affiche-moi leurs comptes en banque.

Le jeune inspecteur s'acharna sur la console mais l'écran principal se borna à afficher une erreur système.

— Qu'est-ce qui se passe Marin ?

— Je ne sais pas, les trois derniers dossiers sont inaccessibles.

— Inaccessible ? Encore un bug ?

— Je ne sais pas…

— Tu connais le nom des banques ?

— Facile ! C'est la même ! L'*International Trade Bank*.

— Ça va simplifier les choses… dit Bastien en dégainant son téléphone portable.

Marin préféra attendre plutôt que de poser une question à laquelle il n'aurait, de toute façon, pas eu de réponse.

— Allo ! Ici l'inspecteur Bastien de la police criminelle, identifiant AB009751. Je voudrais parler à monsieur Joshua Bali s'il vous plaît, c'est urgent.

— …

— Bonjour Joshua… vieille branche… Oui … Non ! … Non… Oui ! Je suis au boulot ! Non c'est un service que j'ai à te demander.

— …

— Oui c'est cela, peux-tu me donner un accès privilégié pour la journée sur les historiques des comptes… de… attends, je lis… de… Joan de Grieck, Ned Ward et Clément Marot.

— …

— Oui parfait… Effet immédiat pour une durée de 6 heures ? Génial ! Je te renverrai l'ascenseur, oui promis…

— …

— C'est ça j'en parlerai à Socrate… Salut ! Puis il raccrocha, l'air satisfait.

Marin ne bougeait pas et attendait sagement les ordres de son chef.

— C'est un vieux copain ! dit Bastien face au regard interrogateur de son collègue.

— Ah mais je ne vous demande rien, inspecteur…

— Si, si, je le vois bien dans tes yeux ! Si tu veux tout savoir, il travaille à l'*International Trade Bank* justement. Il est responsable de la sécurité informatique.

— Et vous en avez d'autres des copains comme ça ?

— J'en ai… Allez renvoie la requête qu'on jette un œil sur leurs comptes.

Cette fois l'écran n'afficha plus le message d'erreur mais fit défiler rapidement des lignes de chiffres issus des relevés bancaires.

— Stop ! s'écria Bastien.

— Quoi donc ? s'étonna le jeune policier surpris par la réaction de son chef.

— J'ai vu des grosses sommes passer.

Le jeune flic refit défiler plus lentement les sommes sur l'écran et s'arrêta sur des montants à plus de cinq chiffres.

— Vous avez raison ! Le premier type, Joan de Grieck, quatre fois 120 000 euros, un virement par trimestre, en plus de son salaire de technicien.

— Et pour les autres, Ned Ward et Clément Marot ?

— Attendez… Pareil ! quatre fois 120 000 euros.

— Tente voir avec Olaf Jansen…

— Idem… Sauf que lui a reçu 300 000 euros il n'y a pas longtemps… on dirait un bonus, le 12 novembre.

— Et les sommes proviennent toute de.... Roulement de tambours... S'il te plaît !

— Euh... Il y a juste un numéro et trois lettres...

— C'est un compte international ! c'est quoi les trois lettres ?

— L.U.X.... Pourquoi ?

— Luxembourg. C'est une banque luxembourgeoise !

— Et alors ?

— Un repère pour les tricheurs... ou la mafia en col blanc !

— Pourquoi dites-vous ça ?

— Le Luxembourg est bien connu pour être un paradis fiscal !

— Si vous le dites...

— On ne pourra pas savoir qui a viré les sommes.

— C'est l'Europe pas la Suisse, voyons !

— Détrompe-toi ! Il est quasi impossible d'obtenir quoi que ce soit au Luxembourg, c'est pire que la Suisse et leur maudit secret bancaire.

— Vous exagérez !

— Un jour je te raconterai mes déboires sur une enquête quand je travaillais au parquet financier.

— Le parquet financier ? Je ne savais pas.

— Oui c'était une autre vie... Dis-moi, quel est le point commun entre toutes ces sommes ?

— Euh... Elles ont toutes été virées une fois par trimestre, un lundi.

— D'accord... Et affiche moi la date de décès des personnes...
— Dimanche 14 octobre... dimanche 21 octobre... dimanche 11 novembre. Elles sont toutes mortes un dimanche !
— Qui est mort le 11 novembre ?
— Pourquoi le 11 novembre en particulier ?
— À cause du virement de 300 000 euros du 12 novembre, pardi ! C'est toi-même qui disait que ça ressemblait à un bonus. Moi je dirais plutôt qu'il y a peut-être corrélation, tu ne trouves pas ?
— Je suis sceptique... Il s'agit de Clément Marot.
— Affiche-moi sa fiche s'il te plaît...

L'écran afficha les informations sur Clément Marot.

- Nom : Marot
- Prénom : Clément
- Age : 32 ans
- Situation familiale : célibataire
- Fratrie : néant
- Profession : technicien maintenance en systèmes téléphoniques et réseaux
- Employeur actuel : Up Services – Maintenance
- Adresse : Newstadt, secteur 5
- Loisir : aucun
- Mise à jour : 10-11-2092

— Décidément, on a un problème avec les mises à jour !

— Oui, il y a une faute de frappe, il devrait être écrit 2029.

— Non ce n'est pas ça le problème, se désola Bastien.

— Ah bon ?

— Oui, la date est renseignée automatiquement par la machine, cette erreur indique que sa fiche a été modifiée manuellement. Ce n'est pas normal ! Affiche-moi sa photo, s'il te plaît !

La photo surgit en géant sur l'écran principal et l'apparition soudaine de cette tête au demeurant sympathique surprit Bastien, ce qui n'échappa pas à son collègue.

— Vous le connaissez ?

— Sa tête me dit quelque chose. Je l'ai déjà vu quelque part… Qui a été chargé de l'enquête ?

— Attendez, je regarde…. Charles Vigier en personne !

— Quoi ? Le commissaire en chef a réalisé lui-même l'enquête ?

— Eh bien, je ne peux pas vous dire… Il y a très peu d'éléments. Mais c'est bien lui qui a signé et clôturé le dossier… Cause du décès : accident.

— Pourquoi le patron se chargerait d'une affaire aussi banale ?

— Je ne sais pas moi, inspecteur ! Un problème d'effectif certainement !

— Oui certainement. En tout cas on sait maintenant qu'ils avaient tous les moyens de se payer des téléphones à plus de 1000 euros et des *Back Cards*. Par contre on ne saura pas pourquoi ils touchaient autant d'argent, et de qui !

— Allez ! Balance-moi les photos de l'accident d'Olaf Jansen, c'est lui qui nous intéresse pour l'instant !

Le jeune inspecteur réajusta ses lunettes et fit afficher la centaine de photos qu'avait prise Gilles sur les lieux de l'accident.

— Eh bien, il n'a pas chômé le collègue ! s'exclama Marin Malaimé.

— Oui je vois ça… Concentre-toi sur le contenu de la fourgonnette et affiche-moi en vis-à-vis, les photos de la plateforme du château d'eau ! reprit Bastien.

— Marin s'exécuta à nouveau…

— Où est sa mallette ?

— De quelle mallette parlez-vous ?

— Il n'y avait pas de mallette ou de trousse à outils ?

— Non pourquoi ?

— Tu en connais beaucoup, toi, des techniciens qui se déplacent en intervention sans leurs outils ?

— Eh bien je…

— Ah ne me sors pas ton couplet sur la précipitation ! Sinon tu vas finir par me mettre en colère.

— Euh… Il a chuté… Donc elle est restée sur la plateforme !

— Non, regarde les photos ! Il n'y a rien sur la plateforme ni au sol ! Et je doute que le type soit monté sur le château d'eau sans ses outils. 40 mètres de haut, le bestiaux ! Il faut se les farcir les marches ! Alors tu réfléchis à deux fois avant de monter et tu n'oublies pas ta caisse à outils !

— Il était peut-être sportif, allez savoir !

— Marin ! Tu commences à me chauffer sérieusement les oreilles ! Il n'y a rien ! Rien sur la plateforme, rien dans le couloir, l'entrée, la camionnette, dans ses affaires… C'est le vide, le néant … tout est propre luisant, lisse…

— Calmez-vous inspecteur… Je ne fais que des hypothèses.

— Mais ! Mais quel idiot je fais ! Pourquoi ne l'ai-je pas vu plus tôt ?

— Quoi donc ?

— C'est propre ! Tout est propre ! Marin !

— Je ne comprends pas, inspecteur !

— Quel temps fait-il aujourd'hui ?

— Le temps ? Euh… Eh bien le même qu'hier, pourri, gris, froid et il pleut… pourquoi ?

— Et avant-hier ?

— Bien la même chose ! Vous le savez bien ! Ça fait des mois que c'est comme ça !

— Oui… des mois qu'on se farcit de la pluie… et regarde les photos !

— Bien, de la flotte, partout de la flotte, de la boue tout est dégueulasse ! Où voulez-vous en venir ?

— Tu vois de la boue sur la plateforme toi ?

— Non de l'eau, des flaques… je…

— Ok ! Bien dis-moi ce que tu vois dans l'entrée du château d'eau, sur le sol, les escaliers ?

— Et …. Je… rien… je ne vois rien !

— Tu as compris maintenant ?

Marin affichait fébrilement les photos les unes après les autres en zoomant partout où pouvait se cacher un détail. L'entrée, le couloir, les marches, partout… et même dans la camionnette… aucune trace de boue !

— Comment c'est possible ?

— Tu veux le clou du spectacle ?

— Vous avez vu autre chose ?

— Zoome sur le corps, je te prie…

— Voilà, comme ça…

— Que vois-tu ?

— Un bout des jambes du gars de la technique qui prend les photos…

— Et qui sont ?

— Pleines de boue…

— Et celles de la victime ?

— Rien…

— Plus précisément… Zoome sur ses chaussures !

— Merde… les semelles sont propres ! Il n'est jamais arrivé ici par ses propres moyens !

— Je comprends maintenant pourquoi il n'a pas garé sa voiture près du château d'eau ! Il n'est jamais venu avec. Et puis la batterie de sa voiture, pas assez chargée pour rentrer chez lui ! Et aucune trousse à outils nulle part !

— Mais il est tombé ou non ?

— Oh je ne pense pas… c'est une mise en scène !

— Qu'est-ce qui le prouve ?

— Vois-tu, les flics locaux ont tout piétiné sur place et ont laissé des marques profondes… Le corps lui n'a pas laissé de trace profonde, ce qui veut dire qu'il n'est jamais tombé de 40 mètres de haut… Je pense qu'on l'a balancé comme ça du bord de la route ou simplement déposé là à proximité du château d'eau. Quant à l'absence de trousse à outils, c'est simple, il n'est jamais venu faire d'intervention ici !

Bastien s'acharnait à tourner la baguette en bois dans son café dépourvu de sucre. C'était sa manière à lui de réfléchir. Marin s'était assis et continuait à feuilleter le dossier électronique sur le terminal en affichant par moments des photos sur l'écran principal comme pour se convaincre que la thèse du meurtre était bien la seule valable.

— Dites-moi, inspecteur…
— Oui Marin ?
— Qu'est-ce qu'on fait pour le patron ?
— J'en fais mon affaire !
— Mais il nous a donné 24 heures pour classer le dossier… Et manifestement il n'a pas très envie que nous passions plus de temps sur cette affaire !
— Oui tout ce qui l'intéresse c'est de faire plaisir au ministère ! Si le ministre veut faire la chasse aux activistes alors nous n'avons qu'à faire la chasse aux activistes et tant pis pour les types qui tombent du ciel, comme il dit…
— On fait quoi alors ?
— Je vais remonter et demander une autopsie… Histoire de savoir ce qui l'a tué ! En plus ça bloquera le statut du dossier. Comme ça, s'il lui prenait l'envie de classer le dossier, le système l'en empêcherait…
— Mais ça ne suffira pas…
— Ne t'inquiète pas… On va le dé-prioriser.
— C'est-à-dire ?
— Eh bien lorsque notre vénéré patron aura fini de me passer un savon quand il s'apercevra que le dossier est encore ouvert, je lui suggérerai de déclasser l'affaire tout simplement. Le dossier ne sera plus prioritaire et n'apparaîtra plus sur son prompteur. Il finira par l'oublier et nous flanquera une paix royale.
— Oui mais il va nous attribuer d'autres enquêtes !

— Et alors ? C'est notre boulot… On pourra quand même creuser davantage en parallèle ! On verra bien ce qu'on trouvera au fond du trou…

Bastien se leva un sourire aux lèvres… Cette affaire n'était pas un simple accident et ça l'excitait. Enfin un truc pas banal ! Pensait-il, une affaire comme il les aimait tant au parquet financier. Une qui pue franchement ! Il déverrouilla la porte électronique de la salle avec son badge et disparut dans le corridor sombre. Marin resta seul encore quelques instants à regarder les photos. Soudain son téléphone se mit à vibrer… Il venait de recevoir un message crypté :

- Inconnu : ça a marché ?
- Marin : oui !
- Inconnu : le téléphone ?
- Marin : Il n'a vu que du feu.
- Inconnu : Vous ne m'avez pas dit qu'il était fort ?
- Marin : Si… mais j'avais falsifié l'inventaire des pièces à conviction. Ça aide !
- Inconnu : Il va devenir un problème ?
- Marin : Je ne peux pas dire… Pour l'instant il cherche.
- Inconnu : Faudra-t-il le neutraliser ?
- Marin : Non ! Attendons de voir ce qu'il va trouver, il peut nous être utile !
- Inconnu : Combien de morts avez-vous trouvé ?
- Marin : une quinzaine !
- Inconnu : Marot est dedans ?

- Marin : Oui ! A priori le ménage a été mal fait !
- Inconnu : Il a reconnu quelqu'un ?
- Marin : Non, mais maintenant il a un os à ronger… Je le connais, il ne va pas lâcher.
- Inconnu : Bien ! Soyez prudent !

Marin se déplaça légèrement pour ne pas se trouver dans le champ de la caméra de surveillance. Puis il arracha la carte SIM de son téléphone et l'avala immédiatement. Il sortit ensuite de son portefeuille une nouvelle carte SIM qu'il se dépêcha d'introduire dans son mobile et après deux ou trois manipulations, l'appareil fut à nouveau opérationnel. Il sortit alors de la pièce non sans avoir jeté un dernier coup d'œil inquisiteur à l'intérieur.

7. La mort au téléphone

***

C'était une journée sans pluie, ou presque ! Le ciel restait nuageux mais pour une raison inexplicable, la pluie avait cessé depuis deux heures. Généralement ce genre d'accalmie ne durait pas plus d'une demi-journée. Il était déjà 15 heures. Les deux inspecteurs approchaient du lieu de rendez-vous lorsque leur véhicule fut stoppé par un barrage de police.

— Qu'est-ce qui se passe ?
— Je n'en sais rien, inspecteur, mais je pense qu'il est inutile d'aller plus loin avec la voiture !
— Oui tu as raison, Marin...

Bastien gara sa voiture de service sur la première place disponible que le GPS trouva. Le mode automatique du véhicule plaça impeccablement l'engin au milieu du marquage.

— Décidément, impossible de louper un créneau avec cet engin ! fit Bastien.
— Je ne sais pas, je n'ai jamais appris ça... Je ne suis pas un dinosaure comme vous ! ironisa Marin.

— C'est ça moque-toi ! Mais quand ton système tombera en panne, je serais curieux de voir comment tu t'y prendras !

— Aucune chance, c'est fiable ces machins-là !

— Pfff… Tu verras, ça arrivera !

Les deux inspecteurs sortirent du véhicule et se dirigèrent vers le barrage. Mais un gaillard habillé tout en noir et harnaché comme un guerrier de la troisième guerre mondiale leur barra le passage. Il portait un casque intégral dont la visière opacifiait totalement son visage.

— Halte-là ! fit une voix déformée sortie du casque de l'agent.

— Inspecteurs Bastien et Malaimé de la Criminelle ! répondit Bastien.

— Présentez vos badges pour contrôle ! fit le grand type en pointant le fusil mitrailleur qu'il tenait en bandoulière vers les deux inspecteurs.

— Il faut vous détendre mon ami ! On est de la maison ! continua-t-il.

Bastien et Marin glissèrent lentement leurs mains dans les poches portefeuilles de leurs parkas respectives pour en sortir leurs badges officiels. Il ne faudrait pas que le flic en face ait la gâchette facile ou ne se prenne pour un Rambo urbain. Manquerait plus qu'il tire tous azimuts pensant avoir affaire à des terroristes. Un laser sorti de la visière du casque de l'individu scanna les badges.

— L'accès n'est pas autorisé, inspecteurs ! dit le Robocop de service.

— Enfin nous enquêtons sur un meurtre, nous avons une prérogative de niveau 3, nous pouvons passer.

— Je me renseigne... Attendez ! fit la voix métallique.

Le flic remit en bandoulière son arme mais aucun son ne sortit de son casque. Seule une petite lumière rouge clignotant par intervalles sur le côté du casque témoignait d'une activité de communication. La tenue réglementaire pour encadrer les manifestations ressemblait plus à une tenue de combat type « guerre des étoiles » qu'à un uniforme de policier mais en vrai ça faisait d'eux des charlots ! Ils se comportaient et répondaient comme de vraies machines lobotomisées, déshumanisées ! Ils auraient pu être remplacés par des robots que personne n'aurait vu la différence. Aucun blason ou numéro matricule ne figurait sur la combinaison de sorte qu'il était impossible de savoir qui se trouvait dans cette armure. Seul un numéro sur le casque était bien visible, certainement à l'attention des drones... Il mettait mal à l'aise.

— Pouvez-vous nous dire ce qu'il se passe ? demanda Bastien.

— Une manifestation d'opposants politiques ! répondit le gaillard.

— Et vous avez bloqué toute la place ?

— Non, la place St Martin est le point de chute de la manifestation. Nous avons fermé les rues autour pour obliger les manifestants à rebrousser chemin.

— Elle était prévue cette manifestation ? demanda Bastien.

— Elle n'est autorisée que depuis ce matin !

— Et vous craignez des troubles ?

— Nous nous tenons prêt en cas d'une action de la part des activistes. Termina le policier de sa voix déformée en leur indiquant d'un geste qu'ils pouvaient passer.

— Merci, merci bien ! répondit Bastien.

Les deux inspecteurs s'avancèrent sur la place. L'endroit était surréaliste. Autour d'eux, avaient été disposés le long des trottoirs des policiers en tenue de Robocop, plantés à peu près tous les deux mètres. Il n'y avait personne d'autre. Puis petit à petit, ils entendirent un brouhaha et des slogans contre le gouvernement en provenance du boulevard que scandait une foule qui grandissait de manière inquiétante au fur et à mesure que s'égrenaient les secondes.

Les banderoles brandies par les manifestants devinrent rapidement plus lisibles jusqu'au moment où ils se retrouvèrent au beau milieu des gens.

— Et bien bravo ! Ça ne va pas être facile de le rencontrer maintenant ! pesta Bastien.

— Moi je ne comprends toujours pas pourquoi le directeur d'*Up Services* a souhaité nous rencontrer ici ! remarqua Marin.

— Je n'en sais pas plus que toi mais j'ai l'impression qu'il voulait nous faire part de quelque chose de sensible.

— Qu'est-ce qui vous fait croire ça, inspecteur ?

— Eh bien regarde autour de toi. Il nous fixe un rendez-vous au milieu de la place St Martin pendant une manifestation. Il aurait pu venir nous voir au commissariat ou nous aurions pu venir chez lui ! Non au lieu de ça, il choisit un espace public avec plein de monde.

— Il ne savait peut-être pas qu'il y aurait une manifestation aujourd'hui.

— Marin, franchement... Tu crois encore au hasard ?

— Euh...

Soudain, un vrombissement se fit entendre. Une nuée de drones venait de prendre position au-dessus de leurs têtes.

— Mais qu'est-ce qu'ils font, inspecteur ?

— Ah... Je te parie qu'ils sont en train de scanner tout le monde ! Tout ce joli monde va passer à la reconnaissance faciale et au fichage...
— Mais ils n'ont pas le droit ! s'offusqua Marin.
— Si depuis le décret du mois dernier ! Ils n'ont le droit d'utiliser la reconnaissance faciale qu'en cas d'attentat ou de violence urbaine !
— Mais il n'y a pas eu d'attentat ni de violence urbaine ! Vous êtes sûr qu'ils scannent ?
— Vu leur position statique, je t'en fais le pari !

Soudain une personne les aborda. C'était Dominique Druaux, le directeur d'*Up Services* qui manifestement ne semblait pas très à l'aise. Il transpirait à grosses gouttes dans son costume bon marché comme un joueur de tennis à Roland Garros, mais avec beaucoup moins de style. Bastien s'avança et entama la conversation.

À ce moment, Marin fit un pas en arrière et tira discrètement son téléphone portable de la poche de son jean.

⟧ Marin : Il est ici.
⟧ Inconnu : Processus engagé.
⟧ Marin : Ok !

Puis il se rapprocha de la discussion.
— Bonjour inspecteur !

— Bonjour monsieur Druaux ! répondit poliment Marin en rangeant discrètement son téléphone dans la poche arrière de son pantalon.

— Comme je venais de dire à votre collègue, je ne contrôle pas ce que font les salariés lorsqu'ils travaillent pour d'autres sociétés. Ils sont à leur disposition, c'est tout.

— Mais pourquoi vouliez-vous nous voir ici, justement ici et pas à votre bureau ?

— Écoutez, c'est compliqué… et, je… Je vous ai menti !

— Menti ? à quel propos ? s'étonna Bastien.

— Les accidents… Les accidents, j'étais au courant !

— Vous étiez au courant des accidents ? Mais pourquoi n'avez-vous rien dit ? Vous n'étiez pas en cause !

— Je sais… Je sais… Mais j'ai subi des pressions…

— Mais nous pouvons vous protéger !

— Non vous ne comprenez pas ! Ça monte bien plus haut que vous ne le pensez !

— Oui je comprends, mais connaissez-vous la cause de tous ces accidents ?

— Ce ne sont pas des accidents, c'est tout ce que je peux vous dire.

— Comment ça ?

— Je ne peux rien dire. Par contre lorsque vous m'avez parlé de cet Olaf Jansen, j'ai bien sûr regardé sa fiche…

— Et alors… ?

— Ce type ne s'appelle pas Jansen, j'en mettrais ma main au feu !

— Qu'est-ce qui vous fait dire ça ?

— J'ai reconnu sa photo !

— Vous le connaissiez alors ?

— Non, récemment on m'a passé un magazine consacré aux nouvelles technologies, un article qui parlait des dangers des nouvelles bornes téléphoniques. Alors ça m'a intéressé.

— Et alors…

— À la fin de l'article le journaliste avait glissé la photo du groupe d'ingénieurs qui avait mis au point ces nouvelles bornes. Et j'y ai reconnu cet Olaf Jansen.

— Vous l'avez reconnu ?

— Eh bien… en fait quand j'ai vu la photo sur sa fiche ça m'a rappelé cet article. Et lorsque j'ai remis la main dessus, j'ai bien vu que c'était la même personne.

— Et vous dites qu'il ne s'appelle pas Olaf Jansen ?

— Je ne pourrais pas vous dire son véritable nom. En tout cas, Olaf Jansen ne figurait pas dans la liste des noms que le journaliste avait écrite en légende sous la photo.

— Vous y croyez à cette histoire, chef ?

— Je ne sais pas… Ça vaut le coup de vérifier ! rétorqua Bastien.

Soudain, le téléphone de Dominique Druaux se mit à sonner. Il le porta à l'oreille.

— Allo ? Qui est à l'appareil ?
— Ça n'a pas d'importance ! dit une voix synthétique. L'important est que vous avez parlé aux flics !
— Mais qui êtes-vous ?
— Personne... Je voulais simplement vous souhaiter un bon voyage monsieur Druaux !
— Un bon voyage mais comment ça ?

Druaux n'eut pas le temps d'en dire davantage que le téléphone lui explosa à la figure, arrachant la moitié de son crâne au passage. Il s'écroula, raide mort.

La déflagration créa un mouvement de panique dans la foule. Les gens se mirent alors à courir dans tous les sens comme des poulets sans tête. Les drones ne bougeaient toujours pas et filmaient toute la scène depuis les airs.

Bastien et Marin essayèrent tant bien que mal de protéger le corps du malheureux directeur des piétinements de la foule hystérique lorsque les forces de l'ordre se mirent à balancer les gaz lacrymogènes... Suffoquant, pleurant, et finalement n'en pouvant plus, les deux inspecteurs se séparèrent pour se mettre à l'abri. Marin se réfugia sous les arcanes autours de la place tandis que Bastien courut se mettre à l'abri dans le premier magasin ouvert.

Marin sortit à nouveau son téléphone.

- Inconnu : Il est mort ?
- Marin : Définitivement DCD !
- Inconnu : A-t-il eu le temps de dire quelque chose ?
- Marin : Pas suffisamment !
- Inconnu : Que fait-on pour l'autre ?
- Marin : Rien pour l'instant. Et pour les flux ?
- Inconnu : Tout est capté !

Au bout de cinq à dix minutes la place se retrouva vide et le gaz se dissipa. Seul restait le vrombissement des drones qui planaient immobiles au-dessus de la place. Puis les deux inspecteurs, les yeux rougis et bouffis par le lacrymogène, revinrent voir le corps du pauvre Druaux étendu de tout son long au milieu de la place. Un Robocop était déjà sur place, son casque portait le numéro zéro ! Ce devait être le chef des opérations.

— Vous êtes les deux inspecteurs de la Criminelle ?
— Oui, inspecteurs Bastien et Malaimé, à qui ai-je l'honneur ? demanda Bastien au policier en tenue.
— Officier Delvoise, responsable du détachement ! fit le policier en ôtant son casque.

Les deux inspecteurs furent surpris de voir sous ce casque affreux, une magnifique frimousse féminine qui derrière son air grave, étant donné la situation, semblait charmante.

— Que s'est-il passé, messieurs ? demanda posément la jeune femme.

— Eh bien je ne sais pas ! répondit Bastien. Nous discutions avec lui puis il a reçu un appel et soudain le téléphone lui a explosé à la figure !

— Le téléphone a explosé ? Vous plaisantez !

— Regardez par vous-même, toute la partie droite du crâne a été arrachée, à part une balle explosive et encore on verrait le point d'entrée de l'autre côté, je ne vois pas ce qui pourrait causer cela ! Et puis sa main est totalement déchiquetée.

L'officier s'accroupit pour regarder de plus près les restes du crâne de monsieur Druaux et constata lui aussi l'absence de point d'entrée. L'explication de l'inspecteur lui sembla plausible.

— Hum… Il semble que vous avez raison, inspecteur ! On va quand même vérifier avec les vidéos. Vous connaissiez la victime ?

— Oui ! C'est le directeur d'une petite boite de maintenance téléphonique. Nous avions rendez-vous avec lui dans le cadre d'une enquête.

— Ici ? En plein milieu d'une manifestation ?

— En fait nous ne savions pas qu'il y aurait une manifestation.

— Et pourquoi vouliez-vous le voir ? Vous pouvez me le dire ?

— Ce monsieur voulait nous dire quelque chose en rapport avec un accident qui a eu lieu dans sa société dimanche dernier.

— Vous voulez dire un meurtre !

— Non, non je dis bien un accident ! Nous enquêtons dessus car il y a des zones d'ombre dans le dossier mais il s'agit bien d'un accident.

Devant les mensonges de son chef, Marin choisit de ne rien dire, bien qu'il n'en pensât pas moins. L'officier remis son casque en place et ordonna par radio à un technicien d'avancer.

— J'ai appelé le pilote, dit la voix métallique sortie du casque de l'officier. Nous allons pouvoir visionner les images… Cela nous dira si votre hypothèse est la bonne !

— Bien… Bien ! répondit Bastien, peu enthousiaste qu'on mette en doute ses théories.

Une petite camionnette de la police déboula presque immédiatement et se gara juste devant eux.

Un jeune homme qui n'avait pas vraiment l'air d'un policier en descendit en leur faisant signe d'approcher de l'arrière du véhicule. Il ouvrit les portes arrière. à l'intérieur un ensemble d'écrans montrait les images que captaient les drones. Un autre jeune homme était assis à l'arrière, les mains sur des joysticks, impassible face aux écrans. Le pilote certainement. L'officier demanda alors au technicien de charger les dernières minutes de la vidéo des drones. Le jeune homme fit quelques manipulations sur un clavier mais il ne sembla guère satisfait du résultat. Il pianota fébrilement sur le clavier plusieurs fois mais visiblement quelque chose ne fonctionnait pas.

— Que se passe-t-il ? Où est la vidéo ? s'impatienta l'officier.
— Euh…Eh bien à la vérité… Je ! balbutia le jeune technicien manifestement très embêté.
— Et bien quoi ? s'emporta l'officier.
— Il n'y a rien ! Rien du tout, chef ! fit-il en prenant une mine totalement désappointée.
— Vous plaisantez ! répondit l'officier furieux.
— Non… Je suis désolé ! Il n'y a plus rien !

Bastien voulu interroger le jeune technicien plus calmement.

— Dites-moi jeune homme ! Il n'y a plus rien ou il n'y a rien ?
— Justement monsieur. Il n'y a plus rien ! Comme si quelqu'un avait tout effacé !
— Comment pouvez-vous en être certain ?
— C'est facile… Les fichiers vidéo sont là mais ils n'affichent que des parasites !
— Et donc ?
— Regardez, là ! Sur les écrans ! dit-il en montrant ses écrans.

— Quoi donc ?

— Tout est en ordre ! Les caméras fonctionnent ! Et sur cet écran vous avez la vidéo du Drone 0 !

— Du drone 0 ?

— Oui c'est un drone de contrôle qui envoie les données en différé et la vidéo qui se joue ici a été tourné 3 minutes avant. Cela nous permet de vérifier que le système est opérationnel.

— Et ici ? Rien ?

— Oui !

— Et quels sont les conséquences ?

— La reconnaissance faciale !

— Que voulez-vous dire ?

— Eh bien que la reconnaissance faciale n'a pas pu fonctionner. Il nous sera impossible de reconnaître et de ficher les individus qui ont participé à cette manifestation.

— Est-ce à dire que vous fichez tout le monde ?

— Euh… Oui…

— Mais c'est illégal ! s'offusqua Bastien.

— Pas si des violences ont eu lieu !

— Mais dans le cas présent, il n'y avait pas eu de violences lorsque vous avez lancé les drones !

— Laissez-moi vous expliquer, inspecteur ! reprit l'officier qui entre temps avait réussi à s'apaiser. Si vous mettez en marche la reconnaissance faciale lorsque des événements violents ont lieu, ça ne sert à rien ! Vous perdez beaucoup d'informations et ne reconnaissez que les individus multirécidivistes déjà ultra connus et fichés dans nos services depuis bien longtemps ! Par contre si vous ratissez large en filmant plus tôt et tout le monde, vous pouvez remonter à l'origine de l'événement déclencheur et mieux, peut-être anticiper sur une violence prochaine en identifiant les instigateurs qui ne sont jamais les casseurs... vous me suivez ?

— Oui parfaitement Officier... Sauf que ce n'est pas légal !

— Si... à partir du moment où un événement violent a lieu.

— Et bien là ? Il n'y avait rien !

— Si ! On a votre mort !

— Et s'il n'y avait pas eu cela ?

— Et bien nous aurions tiré quelques grenades lacrymogènes ou effectué une petite charge dissuasive pour disperser la foule et cela aurait été amplement suffisant.

— Attendez ! Vous me dites que le tir de lacrymogène est un justificatif de la présence d'un événement violent ! En fait, vous répondez à une hypothétique violence, pour valider son existence ! Vous justifiez l'emploi de la reconnaissance facial à posteriori !

— Oui vous avez saisi le principe !

— Mais alors c'est abuser ! Il vous suffit de vous amuser à jeter une seule petite grenade et hop ça vous donne le droit de tout filmer, tout capter et ficher tout le monde ! s'écria Marin.

— Calme-toi Marin ! fit Bastien en le tenant par le bras.

— Écoutez messieurs, cette idée ne me plaît pas plus qu'à vous mais je n'ai pas d'autre choix, la loi est ainsi faite !

— Et pour tous les gens qui se retrouvent fichés comme opposant politique ou activiste au seul fait qu'ils manifestaient, pire, un simple piéton qui passait par là !

— Ce n'est pas moi qui effectue le fichage, ce sont les renseignements généraux ! Vous le savez bien ! reprit l'officier, impassible.

— Oui… Oui nous le savons, tout est fiché, rien n'est filtré ! répondit Bastien qui n'arrivait plus à calmer son collègue. Je ne sais pas ce qu'il a aujourd'hui, excusez-le ! Ce n'est pas tous les jours qu'on a un mort en direct.

— Je comprends…

— Vous vous chargez de la procédure je suppose ?

— Oui nous avons notre propre service technique. Il ne va pas tarder je l'ai déjà appelé.

— Ah… Bien… Et quand pensez-vous pouvoir nous fournir les informations et, tant qu'à faire, nous envoyer les fichiers des drones même s'ils sont inexploitables ?

— D'ici une heure si vous avez un numéro de dossier à me communiquer sinon ce sera à la fin de la semaine... Question de procédure !

— Un numéro de dossier... vous enregistrez ? Vous pouvez envoyer tout ça sous le code « 768X-24 » !

— 768X-24... c'est enregistré !

— Merci bien ! Nous allons rentrer... Enfin sauf si, bien sûr, vous avez besoin de nous.

— Non pour moi ça ira... De toute façon, c'est en lien avec votre enquête, j'aurai moins de paperasse à remplir ce soir !

— Merci bien Officier... Nous rentrons et attendons votre envoi.

Les deux inspecteurs s'éloignèrent en direction de leur voiture restée non loin dans une rue adjacente. Bastien ne put s'empêcher de se retourner pour regarder une dernière fois le corps du pauvre monsieur Druaux.

8. Brèves de comptoir

***

Il arrivait parfois que l'inspecteur Ange Bastien aille déjeuner dans un café non loin du commissariat. Ça lui rafraîchissait les idées, comme il disait. Bastien s'installa en terrasse malgré une pluie qui dégringolait de plus belle. Aujourd'hui c'est certain, la journée restera humide ! Depuis la grande pandémie, les cafetiers s'étaient adaptés. Comme les gens ne voulaient pas subir les contraintes qui sévissaient à l'intérieur, ni montrer sans arrêt leur passe, ils avaient pris le pli de rester en terrasse. Sauf qu'avec ce temps sempiternellement gris et pluvieux, il avait bien fallu faire quelque chose. Aussi les stores de terrasses et les semi-véranda avaient fleuri, les braseros étaient en permanence branchés même si ce n'était pas très écologique... en attendant les canicules d'été. Le garçon café s'approcha de lui.

— Bonjour inspecteur !
— Bonjour Daniel ! Ça va aujourd'hui ?
— On ne se plaint pas… Il y a eu un peu de monde hier après-midi mais aujourd'hui ça va être calme.
— Oui j'en ai bien peur, vivement que la pluie cesse !
— Il n'y a plus de saison de tout façon, inspecteur !

— Il nous en reste encore deux ! C'est déjà quelque chose !

Daniel esquissa un sourire.

— Je vous mets un « menu spécial » comme d'habitude ?

— Oui s'il te plaît Daniel ! Mais sans dessert cette fois ! Je dois faire régime !

— C'est Socrate qui vous l'a demandé ? Il en a marre que vous lui fauchiez ses croquettes !

— Ha ! Ha ! Ha ! Ne dis pas de bêtises ! Je le nourris qu'avec des boîtes de sardines à la tomate ! Que de la qualité ! Oui Môssieur !

— Et il n'en a pas assez des sardines tous les jours ?

— Non c'est moi qui en aie marre ! Il me ruine ce chat…

Daniel releva les yeux et constata qu'une jeune femme brune, très élégante dans son imperméable ruisselant se tenait devant lui, une partie du visage masqué par la capuche.

— Vous désirez quelque chose, mademoiselle ? demanda-t-il machinalement.

— La même chose que monsieur, mais avec le dessert du jour, je ne suis pas au régime, moi !

— J'ai du mal à le croire, mademoiselle ! répondit Bastien estomaqué par l'aplomb de la jeune femme.

— Vous permettez que je me joigne à vous, inspecteur Bastien !

— Nous nous connaissons ? fit l'inspecteur surpris.
— En quelque sorte...

La jeune femme tira la chaise en métal et s'installa en face de l'inspecteur. Daniel préféra s'éclipser.

— Qui est Socrate ? demanda la jeune femme mystérieuse qui le dévisageait d'un regard de braise.
— Euh... mon chat ! fit Bastien déstabilisé par les grands yeux noisette de la jeune femme sublimés par un liner discret et un far à paupière caramel.
— Et il n'y a pas de madame Bastien ?
— Noon... Heu ! Je... mais qui êtes-vous ?

La jeune personne retira la capuche de son imperméable et laissa découvrir une longue chevelure brune soyeuse à faire pâlir de jalousie n'importe quel fournisseur de shampoing. Bastien fut surpris par la beauté de la jeune femme. Cependant, jamais personne ne l'avait abordé de la sorte. Alors se faire draguer en parlant de régime ou de Socrate, quoi que... Franchement c'était louche ! À cinquante ans et après deux divorces, il lui était un peu difficile de croire à ce genre de choses d'autant qu'il estimait n'avoir jamais eu un physique de rêve. Alors pour le « *sex-appeal* », il fallait repasser. Bastien était injuste avec lui-même, sa cinquantaine naissante lui allait bien, il pouvait encore espérer, mais le voulait-il vraiment ?

— Vous ne me reconnaissez pas, n'est-ce pas ?

— Je devrais ? répondit Bastien.

— Disons que je ne laisse personne indifférente d'habitude. Aussi je suis surprise qu'un inspecteur de la Crim' ne soit pas plus observateur que ça.

— Mais qui êtes-vous enfin ? s'agaça Ange.

— Hum... Je vois que mon petit jeu ne vous amuse pas... Mon nom est Léa... Léa Delvoise !

— Delvoise ? Officier Delvoise ?

— Oui... Je sais... Sans l'uniforme et avec un peu de maquillage, je passe incognito ! fit-elle en souriant.

— Je... Enfin... Oui c'est une belle métamorphose ! balbutia maladroitement Bastien qui ne voulait ni vexer, ni faire capoter la seule discussion privée qu'il avait eu depuis des années avec une femme. Mais la discussion était-elle vraiment privée ?

— Je savais que je vous trouverais là.

— Vous me suivez ? fit Bastien déçu mais pas surpris de savoir que son « charme naturel » n'était pas la raison de cette rencontre.

— Non, bien sûr ! Je le pourrais mais cela ne serait pas très déontologique.

— Déontologique ? Ce mot sonne curieusement dans la bouche d'une personne qui passe son temps à ficher les gens ! se vexa Bastien.

— Comme je vous l'ai dit la dernière fois, inspecteur... La loi est ainsi faite, même si elle ne nous plaît pas, « *dura lex, sed lex* » !

— « *Dura lex, sed lex* » comme vous dites, mais reconnaissez que cette loi n'a aucune légitimité !
— Le parlement l'a votée !
— Le parlement, vous voulez dire ce ramassis de politiciens plein aux as à la solde de notre monarque présidentiel et qui ne voient que leurs propres intérêts !
— Je vous trouve très imprudent de tenir ce genre de propos…
— Surtout face à un officier du renseignement, car vous êtes bien des renseignements n'est-ce pas ?

L'officier Delvoise ne répondit rien mais ne sembla pas non plus surprise par ce que venait de dire Bastien.

— Je pense que vous avez dû bien rigoler en lisant ma fiche avant de venir me voir !
— Mon cher inspecteur, sachez que je n'ai pas lu votre fiche, comme vous dites ! Je n'en ai rien à faire de vos opinions ! Je ne suis pas là pour ça !
— Ne me dites pas que notre rencontre à la pause déjeuner est fortuite, officier !
— Je voulais vous voir, c'est vrai… Mais c'est votre collègue au poste qui m'a dit où vous étiez.
— Il a pensé bien faire, sans doute ! bougonna Bastien.
— Allez, inspecteur ! Arrêtez de jouer les victimes. Je suis là pour votre affaire !

— Mon affaire ? Quelle affaire ?

— Eh bien le dossier 768X-24 !

— En quoi cela concerne les renseignements ? sourcilla l'inspecteur.

— Oh je vous en prie ! Mettez de côté ces histoires de renseignement et de guerre de services ! Vous avez un caractère de cochon, je comprends pourquoi vous vivez seul avec un chat ! s'enflamma Léa Delvoise.

— Laissez Socrate en dehors de ça ! Il est très bien ce chat !

— Mais quel caractère vous avez ! Ce doit être une qualité à la Crim' !

Daniel arriva à propos avec les sandwichs. Il posa rapidement les plateaux sur la table et sentant l'atmosphère tendue, s'éclipsa tout aussi rapidement.

— C'est ça votre menu spécial ?

— Oui ! C'est un « spécial police » : sandwich jambon-beurre, salade crudité, petit expresso… et pour les jours de fête, le dessert du jour !

— Évidemment !

— Vous vous attendiez à autre chose ?

— À vrai dire non ! … Vous voulez savoir pourquoi je viens vous voir, oui ou non ?

Bastien croqua méchamment dans son sandwich.

— Bien sûr que je veux savoir ! Mais vous ne vous êtes pas habillée comme ça pour moi ?

— Euh, un peu tout de même !

— Vraiment ?

— Non quand même pas ! Voir un officier des renseignements qui traîne dans un poste de police, ça fait désordre, vous ne trouvez pas ?

— Je me disais aussi… Évidemment ça aurait jasé ! fit-il en attaquant à pleines dents une nouvelle fois le pauvre sandwich.

— C'est à propos du meurtre d'hier !

— Dominique Druaux, le directeur d'*Up Services* ?

— Tout juste.

— Vous avez quelque chose à m'apprendre ?

— Eh bien, nous avons analysé les communications qui circulaient au moment du meurtre !

— Vous avez enregistré toutes les communications sur la place ? Pourquoi cela ne m'étonne pas ?

— Je vous en prie écoutez-moi !

— En plus vous parlez de meurtre ! On a bien vu la batterie du téléphone exploser, c'est déjà arrivé. De là à parler de meurtre !

— D'où ma visite… Je pensais que cela vous intéresserait.

— Je ne dis pas le contraire, dit Bastien qui torturait à présent sa salade. Vous avez des preuves ?

— Si on veut… Je vous explique.

— Oui expliquez-moi, je suis tout ouïe.

— Bon, je vous disais qu'on a capté toutes les communications dans un rayon de 3 kilomètres. Si je fais abstraction des échanges entre les manifestants qui n'ont aucun intérêt… Nous avons quand même des signaux intéressants.

— C'est-à-dire ?

— D'abord, juste avant l'explosion, il y a eu un signal émis sur une fréquence très voisines des téléphones mobiles actuels, 26 GHz.

— Un déclencheur ?

— Nous n'en sommes pas certains. Le signal a été émis pendant exactement 12 secondes, puis c'est arrêté 6 secondes pour reprendre à nouveau 9 secondes…

— Pour s'arrêter à nouveau 3 secondes et reprendre 6 secondes ?

— Comment savez-vous ?

— C'est une simple suite logique à deux axes 12, 6, 9, 3, 6, 0 et boum !

— Oui… C'est pour ça que nous pensons que c'est un déclencheur, un compte à rebours, quelque chose comme ça...

— Ce serait juste si vous aviez eu une réponse du téléphone !

— Justement… À chaque pause du signal, le téléphone a répondu par un signal similaire de 3 secondes… au même moment !

— Là ! Là ! je vous suis !

— Bien sûr nous ne pouvons pas le prouver, le téléphone est totalement détruit.

— Donc ça ne nous avance pas beaucoup !

— Non effectivement ! D'autant qu'à part ce détail, rien ne nous permet de penser que le téléphone était piégé… ni de savoir si un signal a provoqué l'explosion de la batterie.

— Pas de trace d'explosif alors ?

— Impossible à déterminer ! L'acide de la batterie a tout grignoté ! Mais ce n'est pas tout ! Nous avons aussi repéré des échanges de textes sur de vieilles fréquences !

— Des vieilles fréquences ?

— Oui… sur la bande 3.4-3.8 GHz ! L'ancienne 5G !

— La 5G est encore active ?

— Tout comme la 4G ! Mais les relais ne sont plus entretenus ou sont recalibrés pour passer dans les hautes fréquences ! ça se fait au fur et à mesure !

— Recalibrés ?

— Oui ! J'ai dit quelque chose de bizarre ?

— Non, non… Les signaux 5G alors ?

— Eh bien, il y a eu deux échanges, un juste avant l'explosion du téléphone et un autre après et puis plus rien.

— Hum… Un ordre et une confirmation d'exécution ?

— C'est vous qui êtes de la Crim', pas moi !

— Et vous avez décrypté les messages ?

— Non ! C'est impossible !

— Pourquoi cela ?

— Ils utilisent un double cryptage avec une clé à 4096 bits.

— Et c'est beaucoup ?

— Eh bien, pour vous donner une idée, si on utilisait de gros ordinateurs quantiques, il nous faudrait cinq à six siècles pour casser le code ! Même les militaires n'utilisent pas ce niveau de chiffrement.

— Et vous savez pourquoi vos caméras n'ont pas fonctionné ?

— Elles étaient devenue aveugles…

— D'où l'absence d'image !

— Non ! C'est autre chose…

— Là vous me perdez !

— Les caméras ont bien fonctionné et l'enregistrement s'est déroulé correctement mais le signal a été altéré par un brouilleur installé à proximité ! Les caméras ont donc enregistré des parasites. Par contre, toutes les fonctionnalités ont été désactivées ! D'où l'absence de reconnaissance faciale en direct !

— Je ne vois pas l'intérêt d'installer un brouilleur si on a le contrôle des drones !

— Justement je ne comprends pas moi non plus !

— Et puis c'est incohérent ce que vous me dites ma chère, comment avez-vous pu scanner les fréquences radios donc repérer le signal déclencheur puisque vous n'avez pas pu activer les fonctions de vos fichus drones ?

— Parce que cela a été fait exprès !

— Oula ! Que dites-vous ? Nous aurions un super crack en informatique qui s'amuserait à brouiller les pistes en effaçant tout sauf, la preuve qu'il a télécommandé le meurtre. Vous oscillez entre la théorie du psychopathe et la théorie du complot, ma petite !

— Vous ne comprenez pas…

— Non ça je ne comprends pas !

— Prenons les choses autrement.

— Oui allons-y !

— Il est très probable que ce monsieur Druaux était en ligne avec son assassin, puisque le signal déclencheur a été transmis dans la discussion. Nos techniciens ont pu isoler les signaux de sorte que nous savons que deux personnes ont utilisé les canaux de l'ancien réseau 5G.

— Dans quel but ?

— Et bien nous pensons qu'une des deux personnes piratait les drones et une autre dans la foule à proximité, renseignait l'assassin !

— Pardon ?

— Oui, il devait lui dire quand envoyer le signal et lui confirmer la réussite de sa mission.

— Donc selon vous, nous aurions affaire à trois protagonistes.

— Probablement, mais si je suis certaine que les personnes qui ont échangé sur la 5G travaillent ensemble... Je ne jure de rien pour la troisième.

— Hum vous avez raison mais tant que nous ne savons rien de ses échanges cryptés, ce ne sont que des suppositions !

— Et vous dites que quelqu'un avait fait exprès de laisser des traces ?

— Oui... Je pense que la personne qui a pris le contrôle des drones avait toutes les compétences pour ne laisser aucune trace, cependant elle a manifestement oublié un fichier !

— Hum... Donc notre hacker aurait volontairement fait en sorte que la police trouve les preuves du meurtre tout en effaçant le reste. Ensuite il aurait noyé le poisson en empêchant la reconnaissance de toute la foule présente à la manifestation... Malin ! On ne peut identifier personne, c'est une bien meilleure cachette.

— C'est exactement ce que je pense, inspecteur !

— Mais la troisième personne alors ?

— Aucune idée... Mais toujours est-il que cette façon de tuer quelqu'un est assez sophistiquée, vous ne trouvez pas, inspecteur ?

— Ah ça, je dois bien avouer que c'est la première fois que je vois ça ! Par contre cela ne répond pas à une question très importante !

— Ah oui ? Laquelle ?

— Eh bien, pourquoi me dites-vous tout ça ? Quel est votre rôle dans cette histoire, Officier Delvoise ?
— Mon rôle ? Vous plaisantez !?
— Non ! Généralement lorsque les renseignements généraux se mêlent de quelque chose, c'est qu'il y a un coup tordu quelque part !
— ...

L'officier Léa Delvoise se leva d'un bond, le visage fermé, en furie.

— Vous n'êtes qu'un sale con, inspecteur Bastien !
— Delvoise ! Asseyez-vous ! Je n'ai pas fini !

La jeune femme se rassit brutalement faisant trembler la table à tel point que son sandwich encore intact valdingua sur la route.

— Écoutez officier Delvoise ! Je ne dis pas que je ne vous fais pas confiance mais je ne dis pas le contraire non plus. Mettez-vous à ma place ! Vous débarquez, m'apprenez l'existence d'un complot, preuve à l'appui ou presque... mais sans que rien ne soit corroboré par un autre service... Comment puis-je m'assurer que ce que vous me dites est vrai ? D'autant que tout ceci provient de la bouche, si charmante soit-elle, d'une représentante d'un service de l'état, bien trop habitué à la manipulation des cerveaux, les théories du complot et qui fait office de police politique lorsque ça arrange le pouvoir...

Léa Delvoise ne savait pas quoi répondre. Il est vrai que les services de renseignements jouissaient d'une très mauvaise réputation, bien pire que celle de la police des polices. Souvent accusée d'être une police politique à la solde des gouvernements, les gens ne lui pardonnaient pas le scandale du fichier Z sensé lutter contre le terrorisme mais qui au final s'était révélé être un fichier des opinions politiques de l'ensemble des citoyens. L'officier Delvoise en était très consciente.

— Vous avez raison ! Je ne peux pas vous le reprocher… Écoutez, vous avez les informations, faites-en ce que vous voulez ! Au revoir inspecteur Bastien !

Cette fois l'officier Delvoise se leva de sa chaise plus calmement et laissa choir sur le plateau un billet de 20 euros. Bastien ne chercha pas à la retenir. Il réfléchissait aux intérêts que pouvait avoir la jeune femme en lui donnant toutes ces informations. Cependant, il savait maintenant qu'il lui fallait redoubler de prudence.

— Ah ! J'oubliais… dit Léa Delvoise en se retournant brusquement. Prendre le contrôle de ces drones n'est pas à la portée de n'importe quel hacker !
— Que voulez-vous dire ?
— Les drones que nous avons utilisés sont des prototypes militaires, leur système est présumé inviolable !

— Vous voulez dire que c'est un militaire qui a fait le coup ?

— Un service, un militaire, un ex-militaire, un génie... Une puissance étrangère ! Vous avez le choix, inspecteur ! Mais posez-vous la bonne question !

— Quelle question ?

— Le pourquoi ! Pourquoi assassiner un directeur d'une petite boite de maintenance technique ?

L'officier Delvoise remit la capuche de son imperméable sur la tête et lança un regard déçu vers Bastien. Puis, sans un mot, elle quitta la terrasse en direction du boulevard et en un instant, disparut dans une ruelle adjacente.

— Le pourquoi ? Bien sûr, ça dépend du pourquoi... murmura Bastien à lui-même.

Daniel surgit subitement comme un diablotin qui sort de sa boîte. Il voulait débarrasser les plateaux repas.

— Mais la jeune demoiselle n'a pas mangé ?

— Non, Daniel ! je lui ai sans doute coupé l'appétit...

— Eh bien si c'est l'effet que vous faites aux femmes, inspecteur...

— S'il te plaît n'en rajoute pas, veux-tu ! Apporte-moi plutôt mon café !

— Je vous le fais double ?

— Pourquoi double ?

— Eh bien, la demoiselle a déjà payé son café et si j'ai bien compris, elle ne le boira pas !
— Allons-y pour un double alors ! Il ne faudrait pas gâcher…
— Je vous fais ça tout de suite !

Et Daniel se volatilisa à nouveau…

Bastien restait bloqué dans ses réflexions. Il ne faudrait pas tomber dans le syndrome de la mouche et du bocal, pensait-il. S'enfermer dans un problème et n'être plus capable de voir au-delà du problème pour trouver la solution, comme une mouche emprisonnée dans un bocal ! Or pour son, ses problèmes, il lui fallait voir au-delà du bocal…

9. Débriefing

***

Lorsqu'il entra dans l'open-space, immédiatement Marin remarqua la mine sévère d'un Bastien en pleine cogitation. Cette mine-là, il ne la connaissait que trop bien, elle était généralement symptomatique de sa mauvaise humeur et génératrice d'heures supplémentaires.

Quelque chose clochait… Tout sonnait faux dans cette histoire ! Un accident qui ressemble de plus en plus à un homicide, un type qui se fait exploser la moitié de la tête et maintenant un officier des renseignements qui lui donne des informations spontanément. C'était du jamais vu en 30 ans de service. Bastien se sentait complètement baladé, mais par qui ? Et pourquoi ? Plus il avançait et moins il avait de prise sur l'enquête. Il était passé à côté de quelque chose, il en était persuadé.

— À voir votre tête, le déjeuner vous est resté en travers de la gorge, je me trompe ? demanda prudemment Marin.

— Tu ne crois pas si bien dire ! La salle 22 est-elle disponible ?

— Attendez inspecteur, je vérifie le planning, répondit Marin en sautant sur son pupitre.

— Alors ?

— Oui, c'est bon ! Je la réserve ?

— Oui s'il te plaît !

— Je suppose que je charge aussi le dossier 768X-24 !

— Oui... J'y descends, tu viens ?

— Oui, Oui... Pas de souci j'arrive de suite...

Bastien s'engouffra dans les escaliers pendant que Marin resta seul quelques instants avec son téléphone.

> ⟧ Marin : Le pitbull est de retour !
> ⟧ Inconnu : Réglé comme une horloge !
> ⟧ Marin : Alors ?
> ⟧ Inconnu : Il a quelques infos.
> ⟧ Marin : Parfait !

Dans la salle 22, Bastien parcourait déjà les photos de l'accident d'Olaf Jansen lorsque Marin le rejoignit.

— Tu en as mis du temps ! grommela Bastien.

— Problème de tuyauterie, inspecteur ! ironisa Marin

— Assis-toi au contrôle plutôt que de dire des idioties !

Marin s'exécuta et posa son téléphone à côté du pupitre.

— Que cherchez-vous inspecteur ?
— Je ne sais pas… Quelque chose qu'on n'a pas vu !
— Quelque chose qu'on n'a pas vu ? Il me semblait qu'on avait fait le tour de la question la dernière fois.
— Oui… Oui… Mets-moi sur l'écran principal la fiche d'Olaf Jansen !
— Voilà … Mais il n'y a pas grand-chose !

- Identité : Olaf Jansen
- Âge : 42 ans
- Situation familiale : célibataire
- Fratrie : néant
- Profession : technicien maintenance en systèmes téléphoniques et réseaux
- Employeur actuel : Up Services – Maintenance
- Adresse : Newstadt, secteur 5
- Loisir : aucun
- Mise à jour : ---

— Oui je sais … répondit presque machinalement Bastien alors qu'il zoomait comme un fou sur tous les coins et les recoins des photos de l'accident, scrutant et inspectant la moindre brindille, le plus petit grain de sable…
— Mais il n'y a rien sur les photos, inspecteur, rien de plus…
— Si, si… Je suis sûr d'avoir manqué quelque chose !
— C'est votre déjeuner qui vous y a fait penser ?

— Mon déjeuner ? À propos, je te retiens toi !

— Quoi ? Qu'est-ce que j'ai fait ?

— Depuis quand tu m'envoies des gens chez Daniel ?

— De quoi parlez-vous chef ?

— Tu ne m'as pas envoyé quelqu'un à midi ?

— Non ! Pourquoi ?

— Pas de femme ?

— Vous pensez bien que si une femme était venue demander après vous, je vous aurais d'abord appelé avant quoi que ce soit, par respect pour Socrate !

— Hum ! Figure-toi que j'ai eu de la visite !

— La visite d'une femme donc !

— Eh bien oui d'une femme, ou plus exactement de l'officier Delvoise !

— Delvoise ? Et que voulait-elle ? demanda Marin sur un ton placide, voire indifférent, tellement indifférent que Bastien ne manqua pas de remarquer.

— Rien, justement. Absolument rien ! Incroyable non ?

— Rien ? rétorqua Marin. Vous plaisantez ou c'est la vérité ?

— Enfin en tout cas elle n'est pas passée inaperçue !

— Oui en civil, elle est plutôt canon !

— Ah ? Comment tu sais ça toi ?

— Eh bien… Je le suppose… Lorsqu'elle a enlevé son casque hier… Enfin elle a des yeux qui ne vous laissent pas indifférent. Cela n'a pas dû vous échapper, inspecteur !

— M…oui c'est vrai !

Franchement en termes d'explications, Bastien avait vu mieux mais ce qui le chagrinait c'est que Marin semblait gêné par la question. Une question pourtant tellement anodine, il n'y avait franchement pas de quoi être gêné. Et comment savait-il qu'elle était venue en civil... Le supposait-il ou le savait-il ?

— Mais elle est juste venue pour déjeuner avec vous alors ?
— Non ! Elle m'a parlé de ses soupçons…
— De ses soupçons ? Depuis quand les services du maintien de l'ordre se mettent à faire des enquêtes ?
— Lorsqu'ils appartiennent aux renseignements, Marin !
— Elle est des renseignements alors ? Ça ne m'étonne pas ! Et depuis quand les renseignements se mettent à partager leurs infos ?
— Je n'en sais rien, moi, mais d'après elle, un signal aurait été émis pendant que Druaux discutait au téléphone et aurait provoqué l'explosion de la batterie !
— Vraiment ? Il s'agirait donc d'un assassinat ! Elle peut le prouver ?
— Non… La batterie en explosant a libéré l'acide qu'elle contenait… Tout a fondu !
— Donc elle n'a que des suppositions ! Et pour les vidéos ?

— Ça c'est plus embêtant !

— Pourquoi cela ?

— Et bien le problème c'est que les fichiers vidéo ont été intentionnellement laissés en place par un hacker qui avait pris le contrôle des drones !

— Un Hacker ? Un hacker a pris le contrôle des drones ?

— C'est certain ! Là-dessus elle n'a pas de doute !

— Quel est l'intérêt pour un hacker de laisser des traces ?

— Eh bien pour le retrouver ! Comme le ferait un *serial killer*.

— Un *serial killer* ? Vous êtes sérieux là, inspecteur ?

— Je ne te dis pas que nous avons affaire à un *serial killer*, je te dis simplement que c'est comme pour les *serial killers*, ils sèment toujours des petits cailloux...

— Et vous croyez que c'est pareil ici ?

— Je t'avoue que je n'en sais rien. Et puis, elle est des renseignements, je ne sais même pas si on peut lui faire confiance... Elle pourrait très bien nous manipuler ! Tout comme le hacker, s'il existe vraiment.

— Hum... Je ne voudrais pas que vous ayez l'impression que je vous donne un conseil, inspecteur, mais j'ai déjà eu affaire aux renseignements et ce que je peux en dire c'est que plus menteurs et manipulateurs qu'eux, ça n'existe pas !

— Je sais, Marin, je sais… C'est pour ça qu'on va en rester aux faits. On va laisser les théories de l'officier Delvoise sur les signaux et les échanges de SMS cryptés, dans un coin et se recentrer sur des choses plus pragmatiques.

— Des SMS cryptés ? fit Marin, manifestement très étonné par cette information.

— Oui elle pense qu'il y avait aussi deux personnes à proximité, le pilote pirate et une autre personne très près de nous qui ont échangé sur l'ancien réseau 5G !

— C'est peut-être des jeunes de la manif ? Après tout c'est un bon moyen pour ne pas payer les abonnements.

— Oui c'est vrai, mais revenons à nos moutons… Supposons que la mort du pauvre monsieur Druaux ne soit pas un accident et que son téléphone ait bien été trafiqué. Pourquoi l'aurait-on tué ?

— Pourquoi ? Pourquoi ? Simplement parque qu'il est patron d'une entreprise et il a dû se fourrer dans les ennuis !

— Voyons, tous les patrons de boîte ne sont pas des mafieux, Marin, et puis c'est une petite entreprise. En outre j'ai bien l'impression qu'il voulait nous dire quelque chose au sujet d'Olaf Jansen.

— Oui moi aussi et vous pensez que c'est pour l'empêcher de parler qu'il a été tué ?

— J'y pense fortement.

— Enfin, il faut une sacrée compétence pour pouvoir faire ça !

— Des compétences de hackers par exemple...

— De... de... hackers ?

— Oui... en plus pendant la manifestation ils se sont servis de prototypes de drones militaires, tu le crois ça ?

— Des drones militaires !! Ils sont malades ! Ces drones sont armés, ce sont des machines de guerre, ça n'a rien à faire dans des manifs !

— Oui je sais... N'empêche que le ou les hackers en ont pris le contrôle comme qui rigole... Ce doit être de sacrés cracks !

Subitement, Marin changea de fichier à l'écran pour afficher la photo du corps prise en bas du château d'eau.

— Et lui qu'est-ce qu'il cache ? lança-t-il.

— Justement, fit Bastien, j'aimerais bien le savoir... Zoome-moi sur les mains !

Bastien s'aperçut immédiatement de la présence de l'alliance puis il jeta un rapide coup d'œil sur les éléments d'Olaf Jansen encore affichés sur le deuxième écran : «célibataire « !

Que tu enlèves ton alliance par sécurité lorsque tu bricoles, ça se comprend ! Mais que la fiche soit notée célibataire, là ce n'est pas normal !

La petite idée qui lui grattait la tête, se faisait de plus en plus envahissante au point de devenir une véritable obsession : qui était vraiment cet Olaf Jansen ?

— Marin, veux-tu bien monter à la bibliothèque et faire une recherche sur l'article dont nous a parlé monsieur Druaux avant que son téléphone n'explose ?

— L'article de magazine sur les technologies ? Oui, pas de souci.

Marin quitta immédiatement la salle 22 en oubliant son téléphone sur le pupitre ce que ne manqua pas d'attirer l'attention de Bastien.

— Décidément ce type oubliera jusqu'à son cerveau, pensa-t-il, en se saisissant du mobile de son collègue.

Ce téléphone était vraiment très particulier. Jamais il n'avait vu un modèle pareil. Le boîtier était plus épais que ceux qu'il avait l'habitude de voir et surtout la sensation en main était très bizarre, comme s'il avait été fait en céramique. Il n'y avait pas de capteur d'empreinte, pas d'objectif photo apparent. Lorsqu'il voulut déverrouiller l'écran par un mouvement de doigt, celui-ci ne réagit pas, comme s'il avait été éteint. Ne pouvant pas d'avantage satisfaire sa curiosité, il décida de le reposer à sa place. Puis il pianota sur l'écran tactile de l'ordinateur pour appeler Gilles de la scientifique.

La fenêtre de la visio clignota deux trois fois avant que Gilles n'apparaisse enfin à l'écran.

— Tiens ! Inspecteur ! Quel bon vent vous amène ?
— Je voulais vous remercier pour tout ce que vous nous avez envoyé ! Vous avez fait un super boulot !
— C'est gentil merci ! répondit Gilles avec un sourire de satisfaction non dissimulé.
— Je voulais vous poser quelques questions au sujet d'Olaf Jansen !
— Au sujet de qui ?
— D'Olaf Jansen, le dossier 768X-24…
— Oui, oui pardon je n'y étais pas… c'est pour la crémation ?
— La crémation ? Quelle crémation ?
— Celle du corps !
— Expliquez-moi Gilles parce que là je ne vous suis pas !
— Vous avez bien demandé la crémation du corps ?
— Non, non, non, pas du tout ! La seule chose que j'ai demandé c'est une autopsie !
— Ah ?

Il y eu quelques secondes de silence qui parurent une éternité.

— Gilles ?
— Euh… En fait l'autopsie n'a pas pu avoir lieu puisque le corps a été incinéré, je suis désolé, inspecteur Bastien !

— Mais enfin qui a demandé l'incinération ?

— Mais vous !

— Moi ? Comment ça ?

— Eh bien un flic s'est pointé au bureau avec un formulaire de crémation tout à fait en règle et signé de votre main !

— Un flic, mais quel flic ?

— Je... Je n'en sais rien, je n'étais pas là... C'est au secrétariat que cela s'est passé !

— C'était une fille ? Un garçon ? Un vieux ?

— Je n'en sais rien, ou plutôt un homme certainement !

— Pourquoi cela certainement ?

— En fait, Janine au secrétariat, lorsqu'elle m'a transmis le formulaire, a dit que c'était un sale con de gradé... Au début j'ai pensé à vous !

— Merci pour le compliment !

— Bien justement, le peu qu'on se connaît, cela ne vous ressemble pas ! Je pense qu'il s'agit d'un autre flic.

— Vous m'en voyez ravi... Mais maintenant c'est fichu ! On ne connaîtra jamais les circonstances de sa mort...

— Je suis sincèrement désolé, inspecteur, si j'avais su...

— Comment auriez-vous pu savoir ?

— Oui, oui vous avez raison.

— Mais vous me confirmez bien que c'est la chute qui l'a tué. Non ?

— À vrai dire non ! Il a été tué ailleurs et balancé dans la boue à cet endroit. Il n'y avait aucune trace de boue sur ces chaussures et puis mis à part le déboîtement de l'épaule, qui aurait pu être *post-mortem*, tous ces os étaient intacts, impossible avec une telle chute !

— Pour la boue, je l'ai remarquée moi aussi, grâce aux photos… Autrement c'est vous qui avez récupéré ses effets personnels ?

— Oui bien sûr !

— Il y avait-il une alliance ?

— Euh oui… Elle figure sur l'inventaire !

— Non, il n'y a rien…

— Comment ça, il n'y a rien ? Mais tout était dans le carton que je vous ai fourni ! regardez l'inventaire !

— Justement je l'ai sous les yeux et l'alliance n'y figure pas !

— Je ne peux pas le croire…

— Autre question… Il y avait-il un téléphone et une carte de crédit, une *Black Card* ?

— Bien sûr que non ! S'il y avait eu un téléphone je l'aurai trouvé quant à une *Black Card*, je l'aurais remarquée… Un technicien qui se promène avec une *Black Card* est soit un dealer soit un voleur !

— Ou une personne qui ne semble pas être ce qu'elle est...

— Oui, c'est suspect.

— Et sur le corps vous n'avez rien remarqué de particulier ?

— Je ne suis pas médecin légiste moi, inspecteur !

— Même pas un détail curieux ?

— Non… La seule chose que j'ai vue c'est qu'il avait dû avoir une hémorragie interne, il y avait du sang dans les oreilles et le nez, on aurait pu le comprendre à cause de la chute…

— Sauf que pour avoir une hémorragie, il faut que le cœur batte encore, Gilles, et là lors d'une telle chute la mort est plutôt instantanée.

— Oui effectivement… Mais j'avoue que ça colle bien avec l'idée du meurtre.

— Un médecin légiste aurait pu nous confirmer tout ça… C'est fichu maintenant.

— Je suis désolé…

— Gilles, si dorénavant quelqu'un se présente pour ce dossier et vous demande quoi que ce soit, s'il vous plaît, appelez-moi avant tout chose !

— Promis !

— Merci Gilles, et bonne journée ! … Euh, ah ! À propos…

— Oui ?

— Vous vous souvenez si l'alliance était particulière ?

— Non, c'était un anneau en or très classique, très banal même… Par contre je me souviens de l'inscription à l'intérieur !

— Ah oui ?

— Oui, c'était noté le 1ᵉʳ septembre 2019 !

— Le premier septembre 2019 ! Comment se fait-il que vous vous en souveniez ?

— Eh bien, c'est la date de la mort de ma mère…

— Oh ! Je suis navré Gilles…

— Ce n'est rien…

— Merci en tout cas… Je vous laisse…

— Je vous en prie inspecteur, bonne journée ! Puis il interrompit la visioconférence.

Une alliance qui disparaît, un téléphone et une carte de crédit qui apparaissent, un flic qui signe des ordres de crémation. Rien de plus normal au pays des *bisounours* !

Soudain Marin surgit dans la pièce, la mine complètement défaite…

— Alors tu as trouvé quelque chose ?

— Non rien ! C'est à croire que l'article n'a jamais existé !

— Mais tu as trouvé de quel magazine il parlait ?

— En fait il n'en existe que deux… Enfin deux probables, ce sont les seuls qui parlent de ces technologies. J'ai croisé les abonnements d'*Up Services* avec ceux que Druaux avait souscrit à titre personnel.

— Et rien ?

— Si, je trouve tout ce que je veux mais il manque systématiquement un numéro de « *Technological* » !
— *Technological* ? Jamais entendu parler !
— Oh ce n'est pas étonnant, c'est un journal pour les Geeks, qui se veut objectif et n'appartient pas aux *mainstreams*. Il a comme ligne éditoriale les enjeux technologiques et l'impact de la technologie sur la santé, l'écologie et la société….
— Un journal activiste ?
— Disons plutôt qu'il essaye de faire la lumière sur les technologies, sans propagande… Pour ses détracteurs, il fait le jeu des activistes. C'est étonnant que vous n'ayez pas entendu parler de ce magazine.
— Et tu dis qu'il manque un numéro ?
— Oui… Le numéro 175 !
— C'est une erreur ou il a été retiré de la vente ?
— Il n'y a pas eu de retrait ! En tout cas il ne figure pas sur les listes du Ministère de l'intérieur.
— Donc il s'agit d'une erreur !
— Possible… Une anomalie de fichier sur le serveur… Ce ne serait pas la première fois !
— Hum… des anomalies, des bogues… Ça commence à bien faire !

Décidément, à chaque fois qu'il avançait, comme un fait exprès, quelque chose se mettait en travers. Voilà maintenant un magazine inaccessible… et justement le numéro qui aurait pu l'intéresser ! De là à dire qu'il avait la poisse… Il commençait sérieusement à y songer, tout comme il songeait à demander son avis à Socrate.

— Inspecteur ! Nous pourrions directement demander au journal en question ?

— Oui... mais il nous faudrait une injonction et souvient-toi, je ne pense pas que le patron accepterait de nous laisser faire... Nous sommes supposés avoir laissé tomber l'affaire.

— Oui c'est vrai.

— Et puis je suis assez sceptique ! J'ai l'impression qu'on nous balade depuis un moment. Je suis certain que le directeur du journal niera l'existence de ce numéro 175 !

— Bastien cliqua en face de l'adresse de la fiche d'Olaf Jansen et l'imprimante cracha immédiatement un formulaire officiel.

— Ça te dit d'aller faire un tour à Newstadt dans le secteur 5 ?

— Qu'est-ce que vous voulez y faire inspecteur ?

— Perquisitionner l'appartement d'Olaf Jansen !

— Ah ? Et vous pensez trouver quelque chose ?

— Je ne sais pas... La trace des 300 000 euros peut-être ? Ou celle de son mariage ?

— De son mariage ? Mais le type est célibataire !

— Et pourtant il portait une alliance au doigt lorsqu'il est mort !

Bastien attrapa le formulaire et s'engouffra dans le corridor... Laissant sur place son collaborateur tout aussi surpris par cette rapidité.

— Alors tu suis ? lança l'inspecteur déjà dans l'escalier...

Marin se saisit de son téléphone qui s'alluma immédiatement et pianota rapidement.

- ⟧ Marin : Il sait pour l'alliance.
- ⟧ Inconnu : C'est regrettable !
- ⟧ Marin : On va chez Jansen !
- ⟧ Inconnu : Bien reçu...

10. Newstadt, secteur 5

***

Newstadt était en fait le nom d'un quartier, somme toute très banal, très typique d'un secteur 5. Des barres d'immeubles de trois ou quatre étages étaient alignées le long de la route principale sans aucune végétation. Le secteur 6 était encore plus paumé et misérable mais les gens avaient au moins réussi à faire germer quelques carrés de verdure, des jardins potagers, question de survie ! Ici, le métro-boulot-dodo ne laissait pas de place à autre chose. Sur les flancs stériles des immeubles, il y avait bien eu quelques tentatives de décoration et des fresques verdâtres essayaient vainement de représenter des jardins fleuris ou des parcs verdoyant pour égayer cet océan de béton, mais les pluies acides avaient eu raison de la peinture. De toute façon, aucune plante ne pouvait survivre à cette surabondance de pluie à moins d'être aquatique. Pourtant quelques jardins d'enfants vides, aux couleurs synthétiques, se tenaient là, entre deux barres grises, œuvres de quelques mains bienfaitrices. Mais aucune trace de vie, d'agence de Poste, de services fiscaux, ni même de supermarché… rien ! Seulement des barres de béton à perte de vue, des clapiers pour lapins lobotomisés, oubliés par la société. La pluie n'arrangeait rien.

Bastien et Marin prirent les escaliers extérieurs et longèrent la coursive jusqu'à la porte de l'appartement d'Olaf Jansen. Devant le scanner de porte, était inscrit le numéro du logement : 21178. Bastien appuya sur le bouton du scanner et un laser se mis en marche. Il présenta le QR-Code du formulaire qu'il avait imprimé en face du jet de lumière et la porte se déverrouilla comme par enchantement.

— Eh bien ! Si j'avais dit, il y a vingt ans ou même dix qu'une injonction d'un juge pour une perquisition aurait pris trois secondes sur un ordinateur… On se serait fichu de moi ! grogna Bastien.

— Qu'est-ce que vous racontez, inspecteur, c'est bien plus pratique maintenant, non ? contesta Marin.

— Avant, un juge aurait estimé si ton enquête justifie ou non une perquisition ! Question de liberté fondamentale ! Aujourd'hui c'est le formulaire qu'un simple flic imprime qui justifie qu'on viole ton appartement ! Tu trouves ça normal ?

— À vrai dire, je ne l'avais pas vu sous cet angle-là ! Mais c'est quand même plus pratique !

— Pff… Vous les jeunes, ne voyez pas plus loin que le bout de votre nez. On grignote vos libertés sous des prétextes plus ou moins farfelus et vous ne trouvez rien à redire !

— Vous parlez comme un vieil anarchiste ! Il faut vivre avec son temps !

— Tu le trouves normal, toi, que n'importe quel flic ait le droit, sans véritable motif, de te contrôler, de te surveiller, de te ficher, de te perquisitionner, de te fouiller, de te foutre en garde à vue, de t'empêcher de voir ton avocat, de prolonger ta mise en détention indéfiniment... Et tout ça au prétexte que c'est pour éviter un attentat terroriste, pour des raisons de santé publique, pour je ne sais quel trouble à l'ordre public ou simplement parce que tu as eu le malheur de balancer des idées subversives sur un SMS, dans une discussion entre potes, sur un réseau social... Tu le trouves normal toi ?

— Mais qu'est-ce que vous avez aujourd'hui, chef ?

— Rien... C'est l'appartement qui me fait gerber !

— L'appartement ? Mais qu'est-ce qu'il a ?

Bastien poussa la porte d'entrée et les deux policiers entrèrent dans l'appartement. Dans l'énervement, ils ne remarquèrent pas au-dessus du scanner de porte, un point lumineux rouge qui s'était allumé, immobile.

Les appartements du secteur 5 étaient tous plus ou moins identiques mais le nombre de pièces variait en fonction du nombre de personnes qui devaient y vivre. Quoiqu'il en soit, la salle de bain était toujours la même. Elle se constituait invariablement d'une baignoire équipée d'un pommeau de douche, de toilettes et d'un lavabo double. Les véritables cabines de douche n'étaient présentes que dans les studios pour célibataire mais ils étaient plus rares. Les toilettes isolées n'existaient que dans les secteurs quatre. Pour les secteurs plus élevés, ce n'étaient plus un problème et on pouvait trouver tout ce que l'on voulait. Même l'eau n'était plus réquisitionnée, ils pouvaient prendre des douches autant de fois qu'ils voulaient ! La décoration standard évitait les tapisseries, bien trop ravageuses pour l'environnement, et privilégiait les peintures. Cependant, il était tout à fait possible de faire autrement, il suffisait d'en avoir l'autorisation de l'administration ou de l'argent. L'administration n'était généralement pas trop regardante du moment qu'on utilisait des matériaux issus de sociétés agréés par le ministère de l'environnement. Encore fallait-il en avoir les moyens. Sinon il ne restait que les matériaux officiels autorisés… bien plus moches mais le prix était abordable.

L'appartement d'Olaf Jansen n'avait rien de particulier. Il était resté dans son jus d'origine, fade. Le couloir de l'entrée menait à un salon à cuisine ouverte. De chaque côté du couloir, une porte donnait à droite sur la salle de bain, et à gauche, sur la chambre à coucher.

Les deux inspecteurs commencèrent par la salle de bain…

— Eh bien c'est propre ici !
— Tu trouves Marin ?
— Bien oui… Un savon neuf, un shampoing… Des serviettes, du papier toilette… Lavabos propres… Impeccable, inspecteur !
— À l'image de son véhicule de service !

Bastien passa la main sur les serviettes de bain. Elles étaient rêches comme celles qu'on trouvait dans les hôtels bons marché autrefois. La bouteille de shampoing était neuve en témoignait l'opercule du bouchon qui n'avait pas été encore brisé, tout comme le savon encore enveloppé de cellophane. Bastien retira le bouchon du lavabo…

— C'est ce que je pensais ! dit-il satisfait de ce qu'il venait de trouver…
— Bien oui, c'est propre ! lui répondit Marin.

Bastien se dirigea ensuite vers la chambre. Le lit était propre et impeccablement tiré. Il flottait un doux parfum de rose, très agréable. Ce parfum, Bastien le reconnaissait… Mais d'où ? De chaque côté du lit, les petites tables de nuit semblaient bien vides. Marin ouvrit les tiroirs, ils étaient eux aussi désespérément vides. Bastien entreprit d'inspecter le placard mais il fut déçu. Il était lui aussi complètement vide ! Même pas un cintre sur la tringle !

— Je te parie que le frigo est vide ! dit Bastien absolument dépité par l'inutilité de cette perquisition.

— Marin se précipita dans la cuisine et ouvrit le frigo.

— Alors ? demanda Bastien.

— Vous avez raison inspecteur ! C'est vide ! On continue ?

— Pourquoi donc Marin ? Cet appartement n'a jamais servi, c'est un leurre !

— Un leurre ?

— Oui... Il n'y a aucune photo, aucune affaire personnelle, le frigo est vide, la salle de bain est propre, on ne trouve aucune trace de cheveux... Cet Olaf Jansen n'a jamais vécu ici ! Ou alors...

— Alors quoi inspecteur ?

— On a fait le ménage, très en profondeur ! Dis-moi, au secteur 5, les appartements sont bien équipés d'un garage individuel ?

— Euh oui, oui, pourquoi ?

— Parce qu'on pourrait y jeter un œil non ?

— Ah oui, bien sûr...

Les deux inspecteurs sortirent de l'appartement en prenant bien soin de verrouiller la porte derrière eux. Cependant ils ne remarquèrent pas que le point lumineux avait pris position sur leur poitrine et suivait leurs mouvements. C'est alors qu'ils longèrent la coursive pour se rendre à l'arrière du bâtiment, au rez-de-chaussée, là où se trouvaient les garages.

Non loin de là, allongée sur le toit de l'immeuble d'en face, une silhouette les tenait en joue avec un fusil longue portée muni d'une visée laser. À côté d'elle, l'officier Delvoise, elle aussi allongée, était en plein communication téléphonique.

— J'attends les ordres ! Monsieur !

— …

— Oui, je confirme, ils n'ont rien trouvé !

— …

— Certaine, monsieur ! Nous les suivons à la trace.

— …

— Devons-nous les intercepter ?

— …

— Bien reçu ! Nous décrochons.

Visiblement contrariée, l'officier Delvoise fit un signe rapide de la main sur sa gorge que la silhouette interpréta immédiatement comme une cessation des activités.

— On lève le camp ? demanda la silhouette d'une voix masculine.

— Oui, ce n'est pas aujourd'hui que tu pourras faire un carton ! lui répondit l'officier Delvoise.

— Dommage ! Ce nouveau joujou est pourtant bien sympathique !

— Oh je t'en prie...

Pendant ce temps, les deux inspecteurs contemplaient, pantois, un garage vide et tout aussi propre que le reste de l'habitation.

— Même pas une trace d'huile, c'est désespérant ! fit Bastien dépité.

— Euh je ne voudrais pas vous contrarier, chef, mais cela fait belle lurette que les taches d'huile ont disparu des garages !

— Oui je sais ! Gnagnagna ! Tous les véhicules sont électriques à présent ! Mais quand même ils auraient pu nous laisser quelques petits trucs, histoire de nous mettre en appétit !

— De qui vous parlez, inspecteur ?

— Des services du renseignement, pardi !

— Les renseignements ? Mais qu'est-ce que vous dites ?

— Marin, réveille-toi ! Regarde autour de toi... On nous balade depuis le début !

— Comment ça ?

— Une voiture propre, un appartement propre, un garage propre... tout est trop propre chez ce Olaf Jansen, c'est signé !

— D'accord je vous concède qu'à ce point, il faut vraiment être un maniaque de la propreté… Il devait avoir un grain c'est certain !

— Tu dis n'importe quoi !

À ce moment, un jeune garçon accompagné de son père ou son grand frère, s'approchèrent du garage voisin. Bastien ne voulut pas rater cette occasion de se renseigner sur les habitudes de leur voisin.

— Bonjour ! Inspecteur Bastien et voici l'inspecteur Malaimé, pourriez-vous nous accorder quelques instants ? demanda Bastien qui avait mis sous le nez des deux jeunes gens son badge officiel.

— Bien sûr ! répondit le plus vieux. Il y a un problème ?

— Non, non vous n'avez rien à craindre ! commença Bastien. Nous sommes à la recherche d'information sur votre voisin !

— Notre voisin ?

— Oui vous habitez bien à côté du numéro 21178 ?

— Oui, mais l'appartement est vide !

— Nous avions remarqué ! Depuis longtemps ?

— Je ne pourrai pas vous dire ! Cela fait bien quelques années qu'il est inhabité.

— Et personne ne vient jamais ?

— Ça je ne pourrais pas vous dire ! Je travaille toute la journée et quand je rentre j'ai autre chose à faire que ne m'occuper des voisins... Enfin sauf si c'est une jolie voisine bien sûr !

— Et vous faites quoi comme métier ?

— Je suis technicien bobine sur véhicules mobiles !

— Je vois, vous réparez les bagnoles !

— Les quoi ?

— Non rien c'est un vieux terme que plus personne n'utilise maintenant ! Et le jeune homme avec vous c'est votre fils ?

— Non c'est mon frère !

— Vous permettez que je lui pose quelques questions ?

— Euh s'il le faut !

L'inspecteur Bastien s'accroupit devant le jeune garçon qui devait avoir au plus une douzaine d'années et qui semblait fortement impressionné par les deux inspecteurs tant il les dévorait des yeux.

— Bonjour ! Comment t'appelles-tu ? demanda Bastien de sa voix la plus sympathique possible ?

— Je... Je... m'appelle Vince !

— Vince ? Comme l'ancien acteur Vince Diesel ?

— Oui répondit son frère ! Mon père était fan de ce type et lorsque mon frère est né, il n'avait pas un seul cheveu sur la tête et paraissait un peu boudiné... Alors ça lui a fait penser à Vince Diesel...

— Ah d'accord... Et nous te faisons peur ?

Le jeune garçon acquiesça de la tête tout en ne quittant pas des yeux le jeune inspecteur. Le grand frère jugea bon de donner une explication.

— En fait, il y a eu pas mal de descentes de police dans le coin… Et ça ne s'est pas toujours bien passé. Alors on n'est pas très à l'aise lorsqu'on voit des policiers dans les parages !
— Oui j'en ai entendu parler ! C'était les brigades spéciales c'est ça ?
— Oui… Mais même si elles ont été dissoutes, on ne fait pas trop confiance aux flics dans le coin.
— Je vous comprends… Dis-moi Vince, as-tu déjà vu quelqu'un rentrer dans l'appartement à côté du tien ?
— Le jeune garçon acquiesça à nouveau de la tête.
— Et peux-tu me dire ce qu'il faisait ?
— Il… Il a pris la moto !
— La moto ? Il avait une moto ?
— Vince secoua la tête…
— Bien alors… elle venait d'où la moto ?

L'enfant désigna du doigt la porte du garage adjacent.

— C'est ton garage ?
— Oui ! répondit son frère. Il n'y a pas de mal à prêter sa moto !
— Je croyais que vous ne l'aviez jamais vu votre voisin ?
— Si… Enfin non !

— Il faudrait vous décider jeune homme ! C'est oui ou c'est non ?

— En fait, je l'ai croisé une ou deux fois mais il ne restait jamais dans l'appartement...

— Vous voulez dire qu'il ne faisait que passer puis il repartait ?

— Oui...

— Vous avez vu sa voiture ?

— Oui, oui, c'était une camionnette !

— Une camionnette de livraison ?

— Euh non... Technique... Pour les téléphones !

— Hum et vous lui avez prêté votre moto ?

— Euh pas vraiment...

Bastien avait compris... Le jeune homme avait sans doute passé un accord avec Olaf Jansen pour lui prêter sa moto moyennant un peu d'argent... Argent qu'il n'avait certainement pas déclaré, ce qui était complètement illégal. Mais nous étions dans le secteur 5, les combines n'étaient pas rares vu le faible niveau des salaires. Tout le monde fermait les yeux, cela mettait un peu de beurre dans les épinards. Bastien tira son portefeuille et en sortit un billet de 100 euros et une carte de visite.

— Bon, écoute... Moi, je suis de la criminelle et on n'est pas là pour vous pourrir la vie. Tu vois mon collègue, là ! Lui il vient du secteur 6... Alors on sait très bien comment c'est la vie ici ! Ce que vous faites ici, on s'en fout. Nous, ce qu'on veut, ce sont des informations sur votre voisin parce qu'il est mort et qu'on voudrait savoir pourquoi… Et s'il te payait pour emprunter ta moto… Ça ne nous regarde pas ! Ça te va comme ça ? fit Bastien en lui tendant la main dans laquelle il avait glissé le billet derrière sa carte de visite.

Le jeune homme prit la carte et l'argent rapidement…

— D'accord inspecteur !
— Bien maintenant dis-moi ce qu'il faisait avec ta moto ?
— En fait, il me l'empruntait chaque week-end !
— Pour aller où ?
— Je n'ai pas demandé… mais je récupérais ma moto le lundi et il repartait avec sa camionnette.
— Donc la camionnette restait là pendant tout le week-end !
— Oui !
— Et on peut la voir ta moto ?

Le jeune homme tapa son digicode sur l'écran tactile et la porte du garage adjacent s'ouvrit. La moto était là, une grosse cylindrée noire avec quelques lignes orange très chic ! Une machine rutilante…

— Bel engin !
— Merci…

— Elle possède un GPS ?

— Oui… Elles en ont toutes, pourquoi ?

Bastien fit un geste en direction de son collègue qui comprit immédiatement ce qu'il voulait. Marin sorti de sa poche une espèce d'appareil à peine plus gros qu'un téléphone et le plaça directement sur le tableau de bord de l'engin.

— Vous faites quoi ?

— Ne t'inquiète pas, c'est juste un scanner ! Mon collègue est en train de collecter tous les trajets qu'a fait ton véhicule .

— Mais comment ? La fonction historique n'est pas active !

— Ce n'est pas un problème ! Vois-tu, pour simplifier, chaque GPS possède une immatriculation unique, comme pour les téléphones. Il laisse donc des traces dans les bases de données des satellites… Il nous suffit de demander les données concernant les déplacements de ce GPS et nous auront tout.

— Mais c'est dégueulasse ! Se scandalisa le jeune homme.

— Je comprends mais ce n'est pas nous qui faisons la loi… Si ça peut te rassurer, on ne s'intéresse qu'aux déplacements faits le week-end. Le reste je m'en fiche… Je n'ai qu'une parole ! Alors Marin ?

— Oui ça vient, chef… J'ai demandé sur une année ça devrait suffire, non ?

— Oui, oui… Je veux juste savoir où il allait tous les week-ends !

Au bout de quelques minutes un son retentit signalant la fin de l'analyse. Marin appuya alors quelques boutons puis s'exclama :

— Vous n'allez pas le croire inspecteur !
— Ah oui ? Je te parie qu'il va au même endroit dans un secteur avec un meilleur standing !
— Comment vous savez ça ?

Bastien ne répondit pas ! Les renseignements étaient dans le coup alors il se doutait que des gens influent devaient être en cause. Or ceux-ci n'habitaient certainement pas dans les cages à lapins des secteurs 6 et 5…

— Alors Marin ? Ne fais pas durer le suspense ! C'est où dans le secteur 4 ?
— Le secteur 4 ? Vous n'y êtes pas !
— Pardon ? C'est où alors ?
— À Charleston dans le secteur 2 !
— Charleston en secteur 2 ?!
— Oui !

Aller dans le secteur 2 était déjà un problème en soi mais le quartier de Charleston était encore plus embarrassant. C'était le quartier des ingénieurs stratégiques, des types avec des connaissances très pointues dans les domaines du high-tech… Et ces types-là étaient généralement placés sous haute surveillance tant ils avaient de la valeur pour les projets gouvernementaux.

— As-tu une adresse plus précise, Marin ?
— Oui… Résidence Einstein, Lot 3…

Bastien tira son smartphone de sa poche et pianota…

— C'est bon, j'ai demandé une autre injonction on peut y aller !

Les deux inspecteurs prirent rapidement congés des deux jeunes gens puis sautèrent dans leur voiture de fonction. Bastien prit le volant et entra les coordonnées dans le GPS qui afficha immédiatement le trajet à l'écran. Puis il démarra.

Charleston était située à près d'une heure du secteur 5. Cependant Bastien restait perdu dans ses pensées et le trajet se passa dans un silence assourdissant. Aussi Marin préféra ne pas le déranger et se réfugia dans son téléphone.

⟧ Marin : Allons sur Charleston.
⟧ Inconnu : Bien reçu.

11. Pas de danse pour Charleston

***

Au vu de la population qui y vivait, le secteur 2 n'avait rien de commun avec les secteurs inférieurs et le quartier Charleston ne faisait pas exception. À la place d'un terrain plat et morose où poussaient des barres de béton grisâtres alignées à la queue-leu-leu, ils avaient devant eux une plaine vallonnée et verdoyante avec des habitations parsemées. Ici il y avait des arbres, des pelouses, des massifs et aucune clôture. Un véritable jardin d'Éden ! Cependant à y regarder de plus près, il n'y avait pas une once de matière biologique dans les environs. Le gazon était synthétique mais de belle facture. Quant aux arbres ou toutes les autres plantes… Tout était faux ! Cette très belle imitation de la nature avait certainement coûté une fortune, mais cela n'en restait pas moins qu'une simple imitation, synthétique de surcroît !

Curieusement il n'y avait pas de pluie malgré le ciel gris et sombre. Tout était sec.

— Il n'y a aucune plante ici ? demanda Marin
— Non ! C'est trop compliqué de faire pousser des plantes sur une telle étendue avec les pluies acides.

Si tu veux voir de vraies plantes, tu en trouveras dans le secteur 1, ou dans les unités de bio-production…

— C'est désespérant !

— Oh mais il y a des veinards, Marin, ici tu as le droit de faire pousser des plantes dans ton jardin intérieur. Un vrai luxe !

— Des jardins protégés en intérieur ? Et pas de restriction d'eau ?

— Non, aucune restriction !

— Qu'est-ce que je ne donnerais pas pour avoir un jardin intérieur ! Je pourrais y faire pousser de vrais légumes !

— Qu'est-ce qui t'en empêche ?

— Bien, en secteur 6, le problème c'est que nous n'avons pas droit à assez d'eau… Euh, c'est par là, inspecteur, prenez à droite !

— …

— Tiens ? Il ne pleut pas ici ? remarqua Marin.

— Oh ce doit être propre au quartier Charleston, ils ont dû s'équiper de boucliers hydrauliques.

— Ouais… Comme quoi l'argent permet de s'affranchir de pas mal de choses.

La résidence *Einstein* n'était en rien une résidence mais un ensemble de petites maisons individuelles très charmantes mais hélas, toutes identiques. Chacune faisait au plus 80 m^2 et était dotée d'un toit plat bourré d'unités photovoltaïques. Les murs étaient faits de briques blanches et les fenêtres en aluminium anthracite.

— Il n'y a pas de garage ? s'étonna Marin.
— Si, si… c'est juste que tu ne les vois pas ! Ils sont sous terre ! Tu y accèdes par un ascenseur individuel.
— Vous m'avez l'air bien renseigné, inspecteur !
— Oui… Oh… J'ai eu à faire avec ces gens-là dans le passé !
— La criminelle ? Ici ?
— Non c'était avant que j'y sois muté !

Enfin ils arrivèrent au lot 3. Bastien se gara à l'emplacement réservé devant la maison puis réajusta sa cravate.

— Tu me laisses parler… Ici, les gens sont susceptibles et ils peuvent te causer des problèmes dont tu ne peux même pas imaginer l'ampleur.
— Oui, oui inspecteur… Pas de souci, de toute façon je ne me sens pas trop dans mon élément.

Les deux inspecteurs descendirent de la voiture et se rendirent à la porte. Là ils furent décontenancés ! Il n'y avait ni sonnette, ni scanner et aucun écran de contrôle. Cependant, à peine s'étaient-ils approchés davantage qu'une voix synthétique, fort peu agréable, résonna et leur demanda de décliner leur identité. Bastien et Marin se présentèrent à tour de rôle puis furent aveuglés par une espèce de faisceau laser sorti de nulle part et qui dura tout au plus une trentaine de secondes.

— C'était quoi ça ? souffla Marin à son collègue.
— Reconnaissance faciale et empreinte vocale. Je t'ai dit que c'était très surveillé ici !

Enfin la porte s'ouvrit et une femme d'une quarantaine d'année se présenta devant eux dans une robe de couleur gris clair, très simple, mais très seyante, qui faisait ressortir la profondeur des pierres anthracite d'un collier raz de cou. Il devait bien valoir son pesant d'or.

— La police criminelle ? Chez moi ?
— Bonjour madame, répondit Bastien, excusez-nous de vous déranger mais nous sommes à la recherche d'informations concernant une personne qui serait passée non loin de chez vous.
— Une personne, vous dites ?
— Oui… Voici une photo ! fit-il en lui montrant une image d'Olaf Jansen sur sa tablette…

À la vue de la photo, la femme s'agrippa à la porte… Bastien comprit qu'elle était en train de défaillir mais Marin fut plus rapide et se précipita sur elle pour la retenir. Elle s'évanouit…

Les deux inspecteurs la transportèrent à l'intérieur et l'allongèrent sur le canapé qui trônait au milieu d'un grand salon.

— Regardez inspecteur, sur le buffet !

— Quoi sur le buffet ? répondit Bastien, déjà agacé par la situation.
— Les photos, on voit cette femme avec Olaf Jansen… Il est partout !
— Oui… Je pense qu'on a fait mouche ! Ce doit être son mari !
— Son mari ?
— Oui, mais pour l'instant, va me chercher un linge mouillé dans la cuisine qui doit être par derrière ! Il faut qu'elle revienne à elle… Sinon on va être obligé d'appeler les secours et tout sera fichu !
— Tout sera fichu ? Que voulez-vous dire ?
— Marin ! Va me chercher ce fichu linge !
— Marin disparu dans la cuisine à la recherche d'un linge mais tira discrètement son téléphone de sa poche.

- Marin : On est chez lui !
- Inconnu : Parfait. Tout marche comme prévu.
- Marin : Vous gérez ?
- Inconnu : Oui
- Marin : Certain ?
- Inconnu : Les flux sont maîtrisés !
- Marin : c.a.d. ?
- Inconnu : Nous sommes invisibles !

Marin revint de la cuisine avec un torchon imbibé d'eau que Bastien s'empressa de mettre sur le front de la dame. Elle revint lentement à elle.

— Comment allez-vous madame ? fit Bastien d'une voix très calme.

— Ça va... Merci ! dit-elle en s'asseyant normalement sur le canapé.

— Vous vous êtes senti mal en voyant la photo de cette personne ! Vous la connaissez ?

— Bien sûr que je la connais ! Il s'agit de mon mari !

— Vous êtes la femme de monsieur Jansen ?

— Monsieur Jansen ? Non ! Mon mari s'appelle Olaf Thorensen, Jansen c'est le nom de jeune fille de ma mère.

— Ah ! Je...

— Il lui est arrivé quelque chose n'est-ce pas ?

— Je... Je suis navré madame Thorensen. Il est décédé.

— Ça devait arriver ! Il m'avait prévenue.

— Comment ça ?

— Je vous en prie messieurs asseyez-vous ! Je pense que vous attendez quelques explications !

— Eh bien... Oui... Mais nous pouvons passer un autre jour, si vous le désirez... Je comprendrais.

— Non, non... Je préfère crever l'abcès maintenant.

— L'abcès ?

— Comment est-il mort ?

— Madame Thorensen avait l'air d'être une personne qui ne se laissait pas facilement impressionner. À l'annonce de la mort de son mari, son visage était resté de marbre et ne laissa transparaître aucune émotion. Pourtant, ses yeux bleus baignaient dans un léger filet de larmes retenues, ce qui ne laissait aucun doute sur la réalité de son chagrin et de sa surprise.

— À vrai dire nous ne savons pas, madame. Nous l'avons retrouvé au pied d'un château d'eau, une mise en scène pour nous faire penser à un accident.

— Un meurtre ?

— Euh… Nous le pensons mais nous recherchons le mobile. Dans quoi travaillait votre mari ?

— Mon mari ? Il était chercheur spécialiste en radiofréquences.

— Est-ce à dire qu'il travaillait avec les antennes radio ?

— Non, pas vraiment ! Il faisait des recherches sur l'impact des fréquences sur le corps humain, la biologie cellulaire, ce genre de choses.

— Et où travaillait-il exactement ?

— Je ne sais pas !

— Vous ne savez pas dans quelle entreprise travaillait votre mari ?

— Si ! Pour Ostara mais je ne sais pas où se trouve son laboratoire.

— Ostara ?

— Oui Ostara, le consortium ! Le groupe industriel qui possède des activités de téléphonie, d'armement et que sais-je encore !

— Bien, bien… Et savez-vous sur quel projet il travaillait ?

— Non...

— Et monsieur Jansen... euh pardon, monsieur Thorensen était-il souvent absent ?

— À vrai dire, cela dépendait de son travail. Il lui arrivait d'être absent toute la semaine mais il revenait toujours pour le week-end.

— Tout à l'heure vous m'avez semblé... Comment dire... J'ai eu l'impression que vous vous doutiez qu'il était arrivé quelque chose à votre mari. Vous pouvez me dire pourquoi ?

— Eh bien comme je vous le disais tout à l'heure mon mari revenait toujours le week-end, et s'il ne le pouvait pas, il m'avertissait toujours. Or cela fait plus de deux semaines que je n'ai plus de nouvelles de lui.

— Et vous n'avez pas contacté son employeur ?

— Si bien sûr ! Mais la seule réponse que j'ai obtenue c'est qu'il était sur un dossier sensible et qu'il ne tarderait pas à se manifester.

— Je vois... Vous connaissez ses collègues ?

— Non... Mon mari était plutôt casanier, il n'aimait pas nouer des relations au travail et préférait séparer sa vie professionnelles de sa vie privée.

— Ah ! Cela ne va pas nous aider.

— Que voulez-vous dire ?

— Eh bien nous recherchons le mobile du meurtre or dans la plupart des cas le meurtrier est un proche ou un collègue de travail.

— Attendez, il y a quelque mois, il m'a montré un article dans un magasine technique, il y avait une photo de lui au milieu de ses collègues.

— Et vous avez toujours cet article ?

— Oui certainement, je ne jette jamais rien, je peux vous le donner si vous voulez ?

— Je pense que cela serait une excellente idée, madame Thorensen !

Madame Thorensen se leva et disparut dans le couloir.

— Qu'est-ce que tu en penses, Marin ?

— Oh moi je vous laisse faire, inspecteur !

— Mais non idiot ! Qu'est-ce que tu penses d'elle ?

— Ah ? Eh bien, je pense qu'elle dit la vérité et en plus ça se tient. C'est clair que Jansen n'était pas un banal technicien. Mais ce que je ne comprends pas c'est pourquoi monsieur Druaux, a dit qu'il avait été embauché pour recalibrer les fréquences ?

— Mais peut-être que c'est vrai ! Peut-être qu'il faisait réellement quelque chose sur les antennes… Mais je suis certain qu'il ne s'agissait pas de maintenance. Ce devait être une sorte de couverture pour faire quelque chose de technique sans éveiller les soupçons.

— Mais c'est idiot ! Les antennes appartiennent à Ostara, il aurait bien pu s'y rendre sans problème dans le cadre de son travail !

— Tu as raison ! à moins que…

— À moins que quoi ?

— À moins qu'Ostara ne tienne pas trop à ce que l'on sache ce qu'elle bidouille sur ses antennes.

— Ça n'a pas de sens ! Inspecteur, pourquoi ferait-elle ça ? Elle est propriétaire de la technologie !

— Oui… Sauf si ce n'est pas de sa technologie dont il s'agit !

— Une histoire d'espionnage industriel ?

— Pourquoi pas… où quelque chose de plus sensible…

À ce moment Madame Thorensen réapparu un magazine à la main. Elle se rassit dans le canapé.

— Désolé messieurs, j'ai mis un peu de temps…

— Je vous en prie madame Thorensen. Il s'agit du magasine dont vous me parliez tout à l'heure.

— Oui, c'est un magazine un peu sulfureux néanmoins mon mari disait toujours que d'un point de vue technique ils étaient très à la pointe. Sur la photo, là, il y a tous les collègues de mon mari. Leur dit-elle en leur montrant l'article.

Technological, numéro 175, pouvait-on lire au bas de la page. L'article traitait de l'impact des ondes sur l'homme. Sur la photo il y avait une belle brochette de scientifiques en blouse blanche qui posaient fièrement devant les locaux d'une entreprise dont on ne pouvait lire qu'une partie du nom « …*ra Research*

Laboratory ». La légende titrait ainsi « L'équipe du futur projet Medusa II » et citait quelques noms. Aucun Olaf Jansen, mais bien un Olaf Thorensen. L'article était de bonne écriture et révélait l'impact des hautes fréquences sur l'organisme. Il dénonçait notamment les enquêtes truquées qui avaient gravité autour de la 5G dans les années 2000 et qui minimisaient l'impact sur la biologie animale, humaine et l'environnement en général. Il supposait aussi l'existence d'expérimentations à des fins militaires et citait en exemple le syndrome de la Havane. Néanmoins, l'article était plutôt neutre, il incriminait les technologies sans mettre en cause des sociétés particulières qui l'exploiteraient, mais on comprenait bien, pour qui s'en donnait la peine, qu'un lien existait entre les technologies et ces firmes, sans vraiment le dire explicitement. Cela pouvait quand même importuner certains dirigeants. L'article était seulement signé : E. Jodelle. Bastien remarqua au toucher que le papier du magazine qu'il tenait entre les mains était bien plus rugueux que le traditionnel papier glacé des autres revues. Il s'agissait sans doute d'un exemplaire de contrôle et non d'un véritable tirage.

— Madame Thorensen, pourriez-vous nous dire si votre mari avait rencontré l'auteur de cet article ? demanda l'inspecteur sans quitter les yeux de l'article.

Madame Thorensen ne répondit pas. Bastien se tourna vers elle pour réitérer sa question mais madame Thorensen semblait complètement absente, les yeux hagards. Un petit filet de sang s'échappa de son nez.

— Madame Thorensen ? Madame Thorensen, que vous arrive-t-il ? insista Bastien.

C'est alors que Marin se rendit compte de l'anormalité de la situation. Un petit vrombissement se fit entendre et se rapprocha de plus en plus.

— Des drones ! Il faut foutre le camp d'ici, inspecteur ! Vite ! sinon on va y rester ! clama-t-il.
— Quoi ? Mais il faut l'aider ?
— Elle est déjà morte ! Regardez ! hurla-t-il. Bougez-vous ! fit-il en le tirant par le bras.

Peine perdue, une pluie de projectiles traversa la pièce et fit voler en éclat toutes les vitres des fenêtres. La mitraille continua de plus belle et les balles sifflèrent dans tous les sens, ravageant meubles et bibelots sur leur passage. Puis il y eu une accalmie.

Les deux inspecteurs étaient couchés par terre les mains sur la tête, bien contents d'être encore en vie. Non loin d'eux gisait le corps de madame Thorensen, déchiqueté par les projectiles. Soudain ils entendirent deux petits bruits sourds... Deux objets avaient atterri sur le tapis persan du salon.

— Des grenades incendiaires ! hurla Marin.

À peine eurent-ils le temps de sauter par ce qui restait de la baie que les flammes envahirent toute la maison. Bientôt il ne resta plus rien, sinon qu'un tas de gravats et de cendres au milieu des murs noircis. Les drones avaient disparu, comme volatilisés, et déjà on entendait au loin la sirène des pompiers qui approchaient.

— Eh bien, les secours sont rapides ici ! constata Marin en relevant la tête.

— Euh... Un peu trop rapide même ! répondit Bastien en se relevant, tout étonné d'être encore en un seul morceau.

Marin fit de même et se retourna pour voir l'étendue des dégâts. Un mur entier avait été soufflé et ce qui avait été tout à l'heure un salon assez cossu ressemblait maintenant à un petit tas de cendre fumant.

— Pour le coup, tout est fichu maintenant ! fit Bastien dépité.

— Comment ça ?

— Réfléchit Marin, nous avons perdu notre seul témoin et le lien entre Ostara et le meurtre de Jansen ou plutôt de ce monsieur Thorensen. D'ailleurs à ce propos comment savais-tu que madame Thorensen était morte.

— Euh... J'ai vu un filet de sang couler de son oreille...

— De son nez tu veux dire, tu as fait médecine ?

— Oui de son nez... Enfin ça me paraissait évident qu'il s'agissait d'une hémorragie, elle était fichue de toute manière...

À ce moment une voix rugissante tonna.

— Mais que foutez-vous là tous les deux ? hurla le commissaire Vigier dépêché en express sur les lieux.

— Commissaire ? Mais que...

Bastien ne put finir sa phrase, Vigier ne voulait rien entendre, il était furieux.

— Ne me dites pas que vous êtes encore sur ce fichier dossier !

— Euh, Commissaire, nous avons de forte présomptions... Il s'agirait en fait d'un meurtre et...

— Un meurtre ? Voyez-vous ça, Marin... Un type tombe du ciel et vous à la Crim' vous voyez tout de suite un meurtre... Vous gaspillez l'argent du contribuable en demandant des autopsies sur la base farfelue d'absence de traces de boue sur ce type ! Et je passe sur le fait que vous me dissimulez cette enquête alors que je vous avais explicitement demandé de classer le dossier !

— Les traces de boues ? Mais comment avez-vous... s'offusqua Bastien.

— Inspecteur Bastien, j'en ai marre de vos théories fumeuses, vous avez été muté chez nous parce qu'on ne voulait plus de vous au parquet financier alors

vous feriez mieux de faire profil bas jusqu'à votre retraite, comme tout le monde !
— Mais...
— C'est valable aussi pour vous Malaimé ! Rappelez-vous que vous n'êtes ici qu'un stagiaire en évaluation pour votre titularisation. Mais sans faire de l'esprit, on ne peut pas dire que votre nom vous porte chance.

Les deux inspecteurs n'osèrent plus répliquer, c'était peine perdue. L'odeur de brûlé continuait d'envahir l'air ambiant déjà suffisamment sulfureux. Les pompiers s'agitaient avec leurs lances à incendie et projetaient de grandes gerbes de poudre orange sur les installations électriques de ce qui restait de la maison des Thorensen. Les équipes des services du gaz, quant à eux, parcourraient les terrains voisins à la recherche d'éventuelles fuites.

Un peu plus loin, Bastien vit partir un brancard qui transportait dans une housse noire les restes de madame Thorensen. La housse mortuaire n'était franchement pas volumineuse, il ne restait vraiment pas grand chose de cet être, aucune autopsie ne pourrait dire à présent de quoi elle était morte.

La scientifique était là aussi. Des types en combinaisons blanches intégrales ramassaient de-ci, de-là des trucs au sol et les glissaient dans des sachets en plastique. D'autres prenaient des photos de tout et de n'importe quoi. La grande visière dorée qui couvraient leur visage donnait à la scène des airs martiens. Pourtant un des types de la scientifique s'était arrêté un instant et les fixait tous les trois. Il sembla à Bastien l'espace d'une seconde que le type voulait leur faire signe. Mais non ! Il reprit sa tâche comme ses autres collègues...

— Vous allez me foutre le camps d'ici, vous êtes consignés au poste ! J'attends vos rapports respectifs dans une heure ! Et quand je rentre, nous allons avoir une petite discussion tous les trois et...

Le commissaire fut interrompu par la sonnerie de son téléphone. Après un bref coup d'œil sur l'écran, il décrocha tout mielleux...

— Bonjour monsieur le Ministre, comment allez-vous ?

— ...

— Ah oui... Vous êtes déjà au courant !

— ...

— Oui, secteur 2 !

— ...

— Une fuite de gaz... ou encore une action de ces maudits activistes. Cette fois ils auraient déployés les grands moyens !

— ...

— Quoi ? Eh bien nous déplorons un mort et ...

— ...

— Oui nous recherchons encore le mari de la victime parmi les décombres... Euh un instant monsieur le Ministre...

Le commissaire se tourna alors vers ses deux inspecteurs.

— Mais qu'est-ce vous faites encore là ? Dégagez vous deux ! Leur lança-t-il en leur signifiant d'un geste qui ne prêtait à aucune interprétation que leur présence n'était pas souhaitée.

Marin et Bastien enclenchèrent le pas, pressés de rejoindre leur véhicule. Il se calmerait peut-être une fois retourné au poste, espéraient-ils.

12. Marin aux arrêts

* * *

Au « *Technological* », L'ensemble des journalistes avait été réquisitionné pour rapporter le discours de politique générale du premier Ministre qui devait se tenir cet après-midi. Aussi il n'y avait plus personne à l'étage de la rédaction.

Dans l'aquarium, Robert Dellos, le rédacteur en chef, seul, positionnait des portions d'articles et des photos sur la table tactile pour confectionner son prochain dossier et entre deux réflexions, il s'envoyait une rasade de whisky écossais... Son verre n'était jamais trop loin.

— L'oreillette Bluetooth de son téléphone clignota, il décrocha.

— Bonjour...

— ...

— Quoi ? Vous plaisantez ? J'ai fait exactement comme on a dit !

— ...

— Vous vous attendiez à quoi ?

— ...

— Non le numéro 175 n'est jamais sorti, comme vous l'avez demandé.

— ...

— Mais je n'en sais rien, moi, nous étions en bouclage alors il est possible qu'une des épreuves test ait fuité à l'imprimerie ! De toute façon l'article avait été réécrit, donc il n'incriminait plus personne. Le contenu aurait davantage relevé de la thèse conspirationniste que d'une enquête sérieuse sur le sujet... J'y ai veillé.

— ...

— Non, mon ordinateur est crypté et personne d'autres que moi y a accès ! Et non je n'ai pas ses dossiers ! Julian gardait toujours son ordinateur avec lui ! Vous auriez déjà dû le trouver.

— ...

— Sa sœur ? Je n'en sais rien... Non je ne sais pas où elle habite, ni ce qu'elle fait. Tout ce que je sais d'elle c'est qu'elle est rentrée au pays suite à l'invasion chinoise à Taïwan et qu'elle avait été blessée dans les émeutes...

— ...

— Je vous le répète, je ne sais absolument pas quels sont ses rapports avec sa sœur et je m'en fiche !

— ...

— C'est votre travail ça ! C'est bien parce que j'ai été obligé de céder mes parts à votre ami pour me renflouer que je vous concède quelques ajustements dans nos articles, mais ma collaboration, si je peux appeler ça comme ça, s'arrête là.

— ...

— Quoi vous me menacez ?

— ...

— Je ne veux plus être complice de vos petites magouilles, vous allez trop loin ! Bonsoir ! Et il raccrocha brutalement au nez de son interlocuteur.

Le rédacteur en chef, resta les deux mains appuyées quelques instants sur le bord de la table tactile puis brusquement il attrapa son verre de whisky et le balança violemment sur la vitre de l'aquarium.

Elle ne se rompit pas mais sous l'impact, elle fut complètement fissurée. Étonnamment le verre était resté intact. Il jonchait sur le sol prêt à remplir à nouveau sa mission ! Le rédacteur en chef le ramassa puis s'écroula subitement d'un bloc dans son fauteuil... Un petit filet de sang coulait le long de son cou.

*
* *

Pendant ce temps-là Bastien et Marin stationnaient devant leur pupitre respectif dans les locaux de la Crim'.

Il était inutile de commencer un quelconque rapport comme l'exigeait le commissaire ! Bastien savait en vieux policier qu'il était, que le rapport contiendrait au final ce que voulait entendre son

supérieur, alors il suffisait d'attendre qu'on lui dise quoi y inscrire. C'est ce qu'il faisait et visionnait en attendant sur son smartphone les photos qu'il avait de Socrate.
Pour Marin c'était autre chose. Il était plus agité, il farfouillait dans l'ordinateur pour passer le temps mais visiblement quelque chose le chagrinait.

Subitement le commissaire Vigier fit irruption dans l'*open-space*, suivi de deux « *robocop* » et de l'officier des renseignements Léa Delvoise, en uniforme. Le petit comité s'arrêta devant Marin.

— Inspecteur Marin Malaimé, levez vous ! Vous êtes en état d'arrestation ! dit sèchement le commissaire.
— Enfin, je peux savoir ce qu'on me reproche ? fit Marin complètement décontenancé.

Le premier « *robocop* » l'attrapa brutalement par l'épaule pour le lever pendant que le second lui passa les menottes.

— Vous êtes accusé de terrorisme et de meurtre sur la personne de Madame Thorensen et de monsieur Dominique Druaux ! répondit l'officier Delvoise.

Bastien se leva brusquement et protesta !

— Ce sont des conneries ! J'étais présent !
— Taisez-vous Bastien ! lui rétorqua le commissaire Vigier. Nous n'avons rien contre vous.

— Pour l'instant ! ajouta l'officier Delvoise, pour l'instant !

— Pourquoi ne suis-je pas étonné de vous voir officier Delvoise ?

L'officier ne répondit pas. Elle effectua un demi-tour militaire devant lui et emboîta le pas à ses collègues qui déjà emmenaient l'inspecteur Malaimé.

— Où l'emmènent-ils ? demanda Bastien à son supérieur encore planté là.

— Pour l'instant au sous-sol pour interrogatoire. Après je ne sais pas... Venez dans mon bureau, voulez-vous !

— Je vous suis...

Tous les collègues présents dans l'*open-space* étaient médusés. Jusqu'ici jamais aucun flic n'avait été arrêté comme ça devant d'autres policiers, et sans ménagement. Les collègues discutaient entre eux et dévisageaient Bastien comme s'il était responsable de quoi que ce soit lorsqu'ils traversèrent la pièce jusqu'au bureau sécurisé du commissaire. Celui-ci présenta son badge devant le capteur lumineux et une voix synthétique lui demanda de se soumettre au scanner oculaire, ce qu'il fit immédiatement. La porte s'ouvrit et laissa apparaître un bureau totalement vide aux murs désespérément blancs et vierges de toute décoration. Puis tout à coup, Bastien eu l'impression de se trouver au milieu d'une forêt. Tout autour de lui étaient apparus des arbres aussi vrais que nature. Il ressentait même une légère brise aux parfums d'épicéa, des oiseaux chantaient.

— Euh c'est quoi ça ? demanda-t-il.
— Ah tout ça c'est du gadget mais ça fait illusion n'est-ce pas ?
— Oui on s'y croirait, c'est bluffant !
— Un petit avantage au poste de commissaire, et en plus c'est personnalisable, voyez-vous ! S'il vous plaît, inspecteur Bastien, asseyez-vous ! lui dit-il en lui désignant le fauteuil devant lui.

Le commissaire Vigier s'installa à son bureau et sortit un verre d'on-ne sait-où.

— Vodka « *on the rocks* » ! C'est bien ça inspecteur Bastien ? fit le commissaire Vigier en lui tendant le breuvage que Bastien ne se sentit pas de refuser.
— Oui c'est cela, je vois que vous connaissez bien mon dossier ! répondit-il en prenant le verre.
— J'aime connaître à fond tous les hommes qui composent ma brigade, mon cher Ange, d'où qu'ils viennent ! rétorqua Vigier en sortant un autre verre rempli de ce qui semblait être un martini.

Bastien ne comprit pas le sens de la dernière partie de la réponse de son supérieur mais il comprenait très bien qu'il allait devoir tout lui dire. Vigier continua.

— Mon cher inspecteur Bastien, je veux d'abord m'excuser. Je n'ai pas été très courtois tout à l'heure chez madame Thorensen.

— Je comprends...

— Non, vraiment... Mais comprenez-moi, j'ai le ministre qui me presse d'agir sur les activistes et qui je trouve en train de fouiner en secteur 2, secteur sensible de surcroît ? La dernière fois cela ne vous avait pas réussi, cela vous a valu votre mutation chez nous... N'est-ce pas ?

— Oui en effet.

— Bref, j'ai deux inspecteurs qui enquêtent toujours sur un dossier supposé classé... Le 768X-24, c'est bien ça ? Et qui se trouvent mêlés à des meurtres.

— Je me porte garant de l'inspecteur Malaimé, il n'est coupable de rien. J'étais présent à chaque fois ! s'insurgea Bastien.

— Inspecteur, je vous conseille de ne pas trop vous porter caution pour l'inspecteur Malaimé... Il est quand même accusé de meurtre, ce n'est pas rien !

— Justement ! Quels sont les éléments à charge ?

— Eh bien au dire de l'officier des renseignements... Que vous connaissez déjà si je ne m'abuse... L'inspecteur Malaimé était présent lors du meurtre de monsieur Druaux tout comme celui de madame Thorensen.

— Mais ça ne prouve rien du tout ! J'y étais aussi !

— Pour les renseignements, des échanges en SMS cryptés ont été captés à chaque fois peu avant les faits.

— Et alors ? J'aurais pu moi-même envoyer ces SMS, tout comme Marin ou n'importe qui d'autre...

— Justement non ! Lorsque vous vous êtes présentés au domicile de madame Thorensen vous avez été scannés par la sécurité qui a détecté votre téléphone, mais pas celui de l'inspecteur Malaimé bien qu'un signal ait été émis de sa personne... en 5G. Votre téléphone est totalement incapable d'émettre sur cette fréquence, alors ce ne peut être que l'inspecteur Malaimé ! Comment aurait-il fait ? Sans téléphone...

— Je ne sais pas...

— Savez-vous si l'inspecteur Malaimé possède un téléphone ?

Bastien se sentit bizarre, la tête lui tournait comme s'il avait bu une bouteille entière de vodka... Pourtant il n'avait trempé que le bout des lèvres. Il comprit... C'était l'effet du SP-117 ou d'une substance similaire, le fameux sérum de vérité.

— Et bien ? reprit le commissaire Vigier, avait-il un téléphone ?

— Vous... Vous m'avez drogué ?

— Rien de bien méchant, Bastien, quelques gouttes tout au plus, mais j'ai besoin de connaître la vérité, pas une farce comme vous m'avez déjà servie...

Bastien savait qu'il était inutile de résister, il ajouta.

— Allez-y, de toute façon je n'ai rien à cacher !

— Ah si seulement vous aviez joué franc-jeu avec moi dès le début, je n'aurais pas été obligé de recourir à de tels stratagèmes... Donc avait-il un téléphone ?

— O...Oui...

— L'avait-il sur lui lorsque vous êtes arrivés au domicile de madame Thorensen ?

— Oui, oui... Il jouait avec dans la voiture, donc je suppose que oui.

— Bien... L'avait-il sur lui en revenant au poste ?

— Je ne sais pas, je ne l'ai pas vu l'utiliser !

— Pensez-vous qu'il aurait pu s'en débarrasser entre temps ou pendant le trajet ?

— Non absolument impossible, je ne l'ai pas quitté des yeux...

— Très bien... mon cher inspecteur ! Maintenant est-ce que le nom de Hackerman vous dit quelque chose ?

— Jamais entendu parlé, qui-est-ce ?

— Un hacker de génie que les renseignements recherchent depuis quelques temps...

— Et le nom de Julian Aask...

— Rien... Je ne connais pas.

— Pourquoi avez-vous rendu visite à madame Thorensen ?

— Je... Nous... bafouilla Bastien...

— Allez-y je vous écoute !

— Nous avions découvert que le mort du château d'eau était en fait son mari et qu'il se faisait passer pour un technicien d'Ostara sous un faux nom.

— Ostara vous dites ?

— Oui !

— C'est intéressant... Et que vous a dit madame Thorensen avant de périr dans ce fâcheux accident ?

— Accident ? C'est un meurtre !

— Voilà que vous recommencez Bastien ! Les services techniques ont conclu à une fuite de gaz dont l'explosion a été provoquée par l'ordinateur qui pilotait la maison. A priori, un hacker en avait pris le contrôle.

— C'est n'importe quoi... Elle était morte avant que tout n'explose.

— Mais non mon ami, c'est le sérum qui vous fait divaguer... Tenez buvait ceci cela va vous remettre les idées en place. Lui dit-il en lui tendant un autre verre rempli d'un liquide bleu.

— Qu'est-ce que c'est ? s'inquiéta Bastien qui se sentait incapable de refuser tant le sérum avait affaibli sa volonté.

— C'est un antidote... Il va vous faire retrouver vos esprits et votre tête arrêtera de tourner dans tous les sens... C'est très désagréable.

Bastien avala d'un trait le liquide.

— Ah et oui, j'oubliais, cela va mettre quelques minutes avant de faire effet et après vous ne vous souviendrez plus de notre petite discussion... Histoire de ne pas mettre en péril notre confiance réciproque toute retrouvée...
— Confiance ? ? ? En me droguant ?
— Vous ne vous en souviendrez pas de toute manière ! Allez Bastien... Levez-vous ! Retournez à votre place, vous avez un rapport à me rédiger.

Bastien se sentait complément piloté. Il eut l'impression qu'une autre personne avait pris le contrôle de son corps et lui donnait des ordres, sans qu'il ne puisse rien faire.

Il se dirigea vers la sortie du bureau et rejoignit son pupitre comme un automate, s'assit machinalement puis il perdit connaissance.

13. Au sous-sol

***

Tous les postes de police depuis le « grand nettoyage » étaient dotés de sous-sols d'un ou plusieurs niveaux. L'accès se faisait soit par l'ascenseur ou les escaliers de services, soit par l'intermédiaire du parking attenant. Celui-ci permettait un accès discret et une sortie tout aussi discrète des individus qui y séjournaient. Une partie du sous-sol était réservée aux cellules communes de transit et d'autres aux cellules individuelles pour des séjours un peu plus long. Puis, il y avait toujours des salles d'interrogatoire. Certaines, très classiques, étaient dotées simplement d'une table, de deux chaises fixées au sol et d'une vitre blindée sans tain, d'autres étaient plus dépouillées encore et servaient pour des choses plus inavouables.

Bien sûr, toutes disposaient d'un équipement vidéo et audio et parfois de capteurs cardiaques ou de capteurs de température corporelle, ce genre de gadgets parfois très utiles pour percer quelques mensonges...

L'inspecteur Marin avait été conduit dans l'une de ces salles dépouillées, ce qui ne laissait planer aucun doute sur la « qualité » de son interrogatoire.

Il était à présent ligoté sur une chaise en métal au milieu de la pièce, le torse nu. Un policier en tenue de « *robocop* » était avec lui et gardait l'unique porte de cette antichambre de l'enfer. L'officier Delvoise entra.

— Inspecteur Marin ! Je crois qu'il est temps d'avoir une petite discussion tous les deux ! clama l'officier.

— Je n'ai rien à vous dire ! répondit Marin en la fixant droit dans les yeux.

— Comme vous voulez...

Elle attrapa le petit saut d'eau qui était posé près de la chaise et en déversa la moitié sur Marin. Puis elle sortit un appareil de sa poche qui ressemblait à un *teaser* et lui administra une violente décharge électrique. Marin se raidit d'un coup mais aucun cri ne sortit de sa bouche, tout au plus un grognement.

L'officier Delvoise se retourna et s'adressa au « *robocop* » présent :

— Éteignez les caméras, voulez-vous ! Il vaut mieux que tout cela reste entre nous !

Le policier s'exécuta et actionna un interrupteur à peine dissimulé dans le mur.

— Merci ! Sortez maintenant ! Lui ordonna-t-elle en balançant une nouvelle décharge à l'inspecteur stagiaire qui cette fois lâcha un cri à peine contenu.

— À vos ordres ! fit le « *robocop* », peu enclin à assister au spectacle.

Le policier s'empressa de sortir de la pièce et prit soin de bien refermer la porte derrière lui comme le lui avait ordonné l'officier des renseignements.

— Bien nous voilà seuls à présent ! fit l'officier Delvoise en affichant un petit sourire sadique.

— Franchement, c'est bien nécessaire tout ça ? répondit Marin visiblement en colère.

— Oui bien sûr...

— Les décharges aussi ?

— Oh mais lieutenant, ce n'était que de toutes, toutes petites décharges. Il fallait bien que je donne le change ! Je m'en serais voulue de griller votre couverture ! Si je puis dire.

— Vous êtes cynique, expliquez-moi plutôt ce fiasco ! Qu'est-ce qui vous a pris de balancer des informations sur nos communications ? Ce n'était pas le plan initial.

— Bien sûr que si !

— Non le plan initial était d'infiltrer la Crim' afin de récupérer les données ! protesta l'inspecteur.

— Eh bien c'est ce que vous avez fait... Personne n'a rien vu.

— En attendant il n'était pas question de tuer qui que ce soit !

— Ça suffit lieutenant Ecchery ! Vous n'êtes plus un novice dans les opérations spéciales, vous savez pertinemment que parfois il faut se salir un peu les mains et qu'il y a des dégâts collatéraux, c'est inévitables.

— Comme vous y allez ! Vous allez me dire maintenant que le mitraillage de la femme de Thorensen et la destruction de sa maison était un dégât collatéral ?

— Pas du tout... mais les choses ne se sont pas déroulées comme prévu !

— Vous avez failli nous tuer !

— Ce n'est pas ma faute ! Les drones se sont emballés, je n'ai pas compris pourquoi.

— N'importe quoi !

— L'idée était de mettre la pression, pas de tuer qui que ce soit.

— Ce n'est pas l'impression que ça donne, vu d'ici.

— Enfin pourquoi croyez-vous que j'ai désactivé le mode silence sur les drones si ce n'est pas pour vous avertir ?

— Vous auriez pu le faire autrement...

— En vous envoyant un SMS par exemple, « mon cœur, attention, nous arrivons, ça va un peu chauffer », ironisa Delvoise.

— Pfff... Et comment allez-vous faire passer ça sur les médias ?

— C'est en cours, en ce moment toutes les chaînes nationales diffusent le même bulletin. Il serait question d'une fuite de gaz qui aurait été déclenchée à distance par le piratage de l'installation domotique et blablabla. Vous connaissez la musique.

— Et les images de murs criblées de balles, vous croyez que cela va passer ?

— Ça j'en fait mon affaire ! La communication, c'est ma partie ! Avec des images bien choisies, je peux tout faire croire... Concentrez-vous plutôt sur votre mission, lieutenant Ecchery, car nous pensons qu'Hackerman ne va pas tarder à se manifester.

— Qu'est-ce qui vous fait croire ça ?

— Et bien, nous savons qu'Hackerman ne laissera pas passer l'incident du secteur 2 pour un complot terroriste... Il ne voudra surtout pas qu'on le mette sur le dos des activistes ! Et puis la mort de Druaux bien qu'incompréhensible m'arrange ! Tous les soupçons sont maintenant dirigés vers les activistes et les hackers.

— C'est un peu tiré par les cheveux vous ne croyez pas ?

— Bien sûr que non, regardez votre inspecteur... Petit à petit dans sa tête je l'amène à penser que les hackers sont derrière tout ça. Soit Hackerman va se manifester soit il va essayer d'entrer en contact avec lui !

— Bastien est une bille en informatique, comment connaîtrait-il ce Hackerman ?

— Il connaît des hackers, croyez moi, lieutenant... Je pense même qu'il a été autrefois en contact avec Hackerman, sans le savoir !

— Comment ça ?

— Que savez-vous de l'inspecteur Bastien ?

— Bastien ? Rien de plus que ce qu'il y a dans son dossier !

— Je veux votre opinion personnelle lieutenant !

— Eh bien, Bastien est un bon flic, un peu aigri je dirais... Il a une bonne conscience morale et veut mener son enquête à terme. Quoi de plus légitime !

— Et concernant son arrivée à la Crim' ?

— Je n'en sais pas plus que ce qu'il m'a dit, son dossier était vide !

— Bien sûr qu'il était vide, c'est un coup d'Hackerman !

— Comment ça commandant ?

— Hackerman a réussi à passer notre pare-feu et a pu déposer une cyberbombe. Un bon nombre d'informations sensibles que nous avions ont été effacées.

— Dont le dossier de l'inspecteur Bastien !

— Oui mais il a aussi réussi à modifier les programmes de reconnaissance faciale !

— Je comprends... Du coup la reconnaissance faciale devenait inefficace, c'était malin !

— Oui d'autan que nous nous en sommes rendu compte des mois plus tard... S'il avait effacé les fichiers, nous nous en serions immédiatement aperçu.

Le commandant Delvoise tournait autour du lieutenant Ecchery se demandant si elle devait aller plus loin dans l'explication. Puis elle continua.

— L'inspecteur Bastien a déjà travaillé à la Crim' où il était assez brillant je dois dire. Puis un jour, il a demandé à passer au parquet financier.
— Je pense qu'il devait en avoir assez d'élucider des meurtres.
— Pas vraiment, on ne sait pas ce qui a motivé son choix, sa fille, ses divorces, son chat… Toujours est-il qu'il y a fait des étincelles… Et ça n'a pas plu.
— Il avait une fille ? Il m'en a jamais parlé !
— Elle était journaliste et a été tuée dans les événements de Taïwan.
— Je comprends… Son retour à la Crim' c'était pour l'empêcher de continuer ses investigations au parquet financier.
— Oui mais ce n'est pas le plus grave !

L'officier Delvoise faisait à présent les cents pas en jouant avec son *teaser* dans les mains.

— Pas le plus grave ? s'étonna le lieutenant Ecchery.
— Non, le plus grave c'est qu'il a eu accès à des informations hautement confidentielles ! dit Delvoise qui s'était arrêtée de marcher en long en large et le regardait à présent droit dans les yeux.

— Confidentielles ? Enfin c'est un flic, c'est normal ! s'étonna Ecchery.

— Non pas ce genre d'informations confidentielles...

— Je vois ! Le genre qui sont supposées ne pas exister ! fit-il dépité.

— C'est exact !

— Et si je comprends bien, vous pensez qu'à l'époque Hackerman lui avait fourni ces informations ?

— Oui mais à cette époque, Hackerman ne s'appelait pas Hackerman !

— Et il s'appelait comment votre mystérieux hacker qui change de nom sans arrêt ? ironisa le lieutenant Ecchery.

— Nous ne le savons pas !

— Vous ne le savez pas ? Ben voyons ! Donc vous ne savez même pas s'il s'agissait d'Hackerman !

— Écoutez lieutenant, à l'époque, nous avions mis sur écoute l'inspecteur Bastien et sa fille afin d'identifier leur source. Malheureusement le hacker a dû le savoir et n'a plus jamais donné signe de vie.

— Quel rapport avec ce Hackerman ?

— Eh bien nous pensons que la source de Bastien et Hackerman sont une et même personne !

— Pourquoi cela ?

— Hackerman a divulgué des informations dans les médias que nous avions interceptées dans l'affaire Bastien... Seule la source de Bastien de l'époque pouvait avoir connaissance de ces informations.

— Votre analyse est bancale commandant, la source de Bastien aurait bien pu donner ou revendre ses informations à Hackerman.

— J'en doute, la source de Bastien et Hackerman sont tous les deux animés par la même morale... Sorte de Robin des Bois numérique à vouloir rétablir la démocratie, l'écologie, la vérité... Ce genre de choses vous voyez...

— Hum... un activiste...

— Oui !

— Donc que voulez-vous que je fasse ?

— Vous allez continuer à surveiller l'inspecteur Bastien de près. Je sens qu'Hackerman ne va pas tarder à montrer son nez maintenant qu'on a mis la pression. Et dès qu'il le fera, nous serons là pour l'attraper !

— Vous ne voulez pas que je le supprime ?

— Surtout pas ! Il détient une application qui mettrait en péril la sécurité nationale. Il faut absolument la récupérer !

— C'est bien joli tout ça, commandant, mais je fais ça comment ? Maintenant que vous m'avez mis sur la touche c'est un peu plus difficile, vous ne croyez pas ?

— Allons bon... Vous savez bien que les renseignements sont toujours les méchants pour les flics. Il va être facile de vous rétablir dans vos fonctions et de vous donner en dédommagement votre titularisation à la Crim'.

— Et ça va marcher ?

— Disons qu'après l'interrogatoire, vous avez été blanchi et que certains éléments en secteur 2 vont vous innocenter.

— Tiens, donc ? Comme par enchantement !

— Oui c'est ce que dira le rapport, on va vous exfiltrer deux trois jours pour être crédible puis vous reviendrez à la Crim' comme l'« inspecteur titulaire Marin Malaimé ».

— Permettez-moi d'être sceptique, l'inspecteur Bastien n'est pas né de la dernière pluie, il va se méfier.

Et elle lui asséna un violent coup sur la tête avec le *teaser*... Le lieutenant Ecchery perdit immédiatement connaissance et un filet de sang s'échappa de la plaie toute fraîche qu'elle venait de lui infliger.

— Vous aviez raison, lieutenant ! Maintenant ça fait bien plus crédible !

14. Technological disaster

***

L'inspecteur se sentit très bête lorsqu'il se réveilla devant son écran couché sur le clavier. Il avait dû dormir tout au plus une demi-heure, à en juger par la marque des touches imprimées sur sa joue. Jamais il ne lui était arrivé de s'endormir au travail. C'est l'alarme de son ordinateur indiquant un nouveau crime qui le tira de son sommeil. C'était en ville, au siège du magazine « *Technological* ».

— Ça ne pouvait pas tomber mieux ! pensa-t-il.

Il voulut appeler Marin pour l'accompagner mais il se ravisa, se souvenant de son arrestation. Pour l'instant, il ne pouvait rien faire, il fallait attendre. Il partit seul !

Lorsqu'il arriva dans la grande salle de rédaction, la tête encore embrumée, il fut frappé par le peu de monde sur place, deux trois policiers tout au plus. Il présenta son badge à l'agent de faction à l'entrée qui le laissa passer.

— C'est où ? demanda-t-il d'un ton monocorde en passant devant lui.

— Dans la pièce centrale, inspecteur, celle entourée de vitres, l'équipe de la scientifique y est déjà ! répondit le policier sur le même ton blasé.

Il s'avança jusqu'à la porte de l'aquarium et fut là encore surpris de voir qu'en guise « d'équipe de la scientifique », il n'y avait qu'une seule personne en combinaison blanche. La visière dorée qu'il portait interdisait d'ailleurs toute identification.

— Bonjour, lança-t-il, je peux entrer ?

Le technicien qui pianotait sur sa tablette s'arrêta et leva la tête.

— Oui inspecteur Bastien ! J'ai fait un scanner 3D, vous pouvez vous avancer sans crainte mais mettez-ça ! Les prélèvements ne sont pas encore terminés, lui répondit-il en lui tendant une paire de gants caoutchoutés.

Bastien enfila les gants sans broncher...

— On se connaît ?

— Oui mon cher Ange... dit le technicien en relevant sa visière.

— Gilles ! C'est vous qui avez été dépêché sur la scène de crime ? demanda Bastien la mine réjouie.

— Oui je ne chôme pas aujourd'hui, d'ailleurs je vous ai vu tout à l'heure au secteur 2, mais je n'ai pas pu venir vous saluer !

— Vous étiez sur le secteur 2 tout à l'heure ?

— Oui quelle tragédie cette fuite de gaz !

— Une fuite de gaz ? C'est n'imp...

Bastien s'arrêta net ! Gilles lui signifia en posant un doigt sur sa bouche de ne pas en dire d'avantage. Il glissa la main dans la poche de sa combinaison et en tira une espèce de bidule électronique que Bastien reconnu immédiatement : un micro 3D longue portée. La pièce était sur écoute.

— Oui, oui la fuite de gaz ! bafouilla-t-il, quelle tragédie vous avez raison ! continua-t-il.

— C'est triste quand même vous ne trouvez pas ? Cette dame et son mari...

— Cette dame et son mari ? Euh oui, oui, monsieur et madame Thorensen... Des gens sans histoire...

Bastien regarda le gros type affalé dans le fauteuil, les bras ballants et la bedaine en avant. Plus loin par terre, gisait un verre. Il avait dû certainement rouler là lorsqu'il l'avait lâché en mourant. Il remarqua immédiatement sur le corps le filet de sang qui avait coulé le long du cou qui remontait jusqu'à l'oreille.

— Qui est-ce demanda-t-il à Gilles ?

— Hum... Le rédacteur en chef de « *Technological* », un certain Robert Dellos !

— C'est pas de chance, j'avais des questions à lui poser !

— C'est en rapport avec le dossier 768X-24 ?

— Non, non, l'affaire est classée, répondit Bastien en posant lui aussi son doigt sur la bouche. On sait de quoi il est mort ?

— Non... Une hémorragie interne ou une rupture d'anévrisme... Ce type était une véritable éponge à whisky, il n'aurait de toute façon pas fait de vieux os ! fit-il remarquer en désignant un carton de bouteilles vides posé à coté de la poubelle. L'autopsie en dira plus.

— Ah parce qu'une autopsie a déjà été demandée ?

— Oui inspecteur ! C'est la règle lorsqu'un décès survient chez un type de secteur 2.

— Secteur 2, lui aussi ? Je ne pensais pas que les rédacteurs en chef de magazines touchaient autant d'argent !

— Il détenait un tiers des participations du magazine, cela explique beaucoup de choses.

— Je vois, fit Bastien dépité, c'est un des proprios du magazine...

Gilles sortit sa tablette graphique et griffonna quelque chose qu'il montra à Bastien : « scanner crânien déjà fait ». Bastien prit son stylet et y inscrivit : « pourquoi ? ».

Le technicien reprit la tablette et écrivit à son tour : « Jansen + Thorensen + Dellos = mort identique, il faut qu'on parle !!!! ». Bastien répondit par l'affirmative en acquiesçant d'un signe de la tête et demanda par écrit où ils pourraient se rencontrer.

— Au labo, je pourrai vous matérialiser le scanner 3D de la pièce... Vous verrez c'est bluffant inspecteur.

— Je n'en doute pas, répondit Bastien qui comprit immédiatement le stratagème. J'ai hâte de voir ça tout à l'heure. En attendant avez-vous trouvé quelque chose d'intéressant ?

— Franchement non... Les premières analyses ne donnent rien. Il n'y avait pas de poison dans le whisky que ce monsieur ingérait à longueur de temps !

— Ah...

— J'ai même analysé les fragments de verre de l'impact sur la vitre là !

— Et ?

— Rien... Son verre de whisky est légèrement ébréché. J'ai aussi trouvé des traces de whisky dans les fissures et des fragments du verre sur l'impact de la vitre... J'en conclus que le type à dû balancer son verre sur la vitre, peu de temps avant de mourir...

— Hum... Un excès de colère... Ça aurait pu lui déclencher une crise cardiaque non ?

— Je ne suis pas médecin mais ce type ne porte absolument pas les marques d'une crise cardiaque.

— Et vous êtes certain, que ce n'est pas une balle qui aurait laissé cette marque ?

— Tout à fait inspecteur ! En plus il n'y a aucune trace d'impact de balle sur le corps ni dans la pièce.

Bastien ouvrit le petit secrétaire par simple curiosité mais qu'elle surprise ! Une marrée de whisky inondait toutes les étagères... Les bouteilles avaient dû se briser et le liquide coulait maintenant sur les bris de verre, le long du petit meuble.

— Euh Gilles, c'est normal ça ?

— Je n'avais pas encore ouvert le secrétaire... Mais non ! Je ne comprends pas pourquoi ces bouteilles se sont brisées !

Le regard de Gilles était lumineux. Il écarquilla les yeux et fixa attentivement Bastien. Celui-ci comprit qu'il fallait changer de sujet. Au pied du meuble, Bastien remarqua un petit bout de papier chiffonné. Il le ramassa et le déplia. Un numéro de téléphone y était inscrit à la hâte. Il glissa le petit papier discrètement dans sa poche.

— Et l'ordinateur ?
— On n'en tirera rien...
— Pourquoi ça ?
— Regardez par vous même...

Bastien alluma l'ordinateur qui se borna à afficher qu'une seule ligne : « *disk error* ».

— Ça veut dire quoi ?
— C'est un message qui indique une erreur de disque... On ne vous apprend rien à la Crim' ?

— Je n'ai jamais été doué pour la technique, c'est pour ça que j'ai besoin de gars comme vous ! dit-il en esquissant un sourire.

— Ok Bastien... Pas la peine d'user de flatteries... Cela veut dire que le disque n'est plus en état de faire quoi que ce soit !

— Il n'est pas tout simplement absent ? On l'aurait retiré ?

— Vous auriez alors « *no disk* »... et pas « *disk error* » !

— On pourrait le restaurer alors ?

— Enfin inspecteur, vous étiez où ces dernières années ? Ça fait belle lurette qu'on n'utilise plus de disques durs dans les ordinateurs personnels. Ils ont été remplacés par des disques mémoires... Et ça ! Ça ne se restaure pas !

— Et des clefs USB ? Des cartes mémoires ? Ça existe toujours ça ?

— Oui, oui monsieur le dinosaure ! Ça existe toujours ! J'en ai trouvé quelques unes sur son bureau.

— Ah bien ! Et alors ? Elles ont parlé ?

— Ah pour parler, elles ont parlé ! Elles ont même dit leurs derniers mots !

— Enfin Gilles ne parlez pas par énigmes, ce n'est pas bon pour mon cholestérol ! ironisa à nouveau Bastien.

— Bon, eu égard à votre état de santé, mon cher Bastien, répondit Gilles sur un ton tout aussi ironique, je peux vous dire que toutes les cartes mémoire ou clef USB dans cette pièce, présentent la même anomalie : « *disk error* » !

— Elles sont toutes défectueuses ?

— C'est ça !

— Mais ce n'est pas possible !

— C'est ça ! Le plus curieux, c'est que toutes les autres clefs, disques ou cartes mémoires qui étaient en dehors de la pièce de ce côté-là, fit-il en désignant la fenêtre du bâtiment d'en face, sont aussi en « *disk error* » !

— Sérieusement ? Vous voulez dire que...

Gilles posa à nouveau les doigts sur ses lèvres et ajouta :

— Oui c'est certainement une surtension électrique qui a provoqué ça... Vraiment pas de chance !

— Oui c'est pas de chance ! continua Bastien.

L'inspecteur laissa travailler Gilles et se dirigea vers la fenêtre du bâtiment. La construction en face était plus basse. C'était une bâtisse en briques rouges comme on les trouvait autrefois dans le nord de la France. On y voyait le toit et le dernier étage. Une position idéale pour un *sniper*... Mais il n'y avait pas de trace de balle. La fenêtre aurait de toute façon éclaté si ça avait été le cas.

Ce qui l'intriguait c'était cette ligne invisible que Gilles avait tracée depuis la fenêtre et sur laquelle tous les objets magnétiques avaient rendu l'âme. Une sorte d'EMP, « *electromagnetic pulse* » comme ils disent ! pensa Bastien. Mais il avait toujours cru que c'était de la science fiction. Et puis il n'était pas possible de concentrer les ondes sur un point précis.

Il tira de sa poche intérieure son mini-ordinateur et demanda la liste des appels téléphoniques qui avaient transité dans cette salle et le résultat ne se fit pas attendre. Des milliers et des milliers de lignes s'affichèrent à l'écran.

— Bien sûr quel idiot ! Je m'attendais à quoi, c'est une salle de rédaction !
— Vous dites inspecteur ? demanda Gilles au loin, pensant qu'il s'adressait à lui.
— Rien, je ne me parle à moi-même ! Euh si... Savez-vous si ce monsieur possédait un téléphone ?
— Oui... Mais il est dans le même état que son ordinateur !
— Merde....
— Vous voulez peut-être son numéro ?
— Vous l'avez ?
— Bien sûr je vous l'envoie...

Dans la seconde, le numéro de téléphone s'afficha sur son ordinateur. Bastien filtra alors la liste des appels émis et reçus... Le résultat ne fut guère concluant, il restait encore des milliers de lignes. Puis il eut une idée ! Il tira de sa poche le petit papier qu'il avait trouvé dans l'aquarium et filtra à nouveau la liste avec le numéro inscrit. Cette fois le résultat fut plus surprenant, il ne restait que trois lignes, toutes correspondant à des appels émis... Aucun appel reçu ou plutôt à chaque fois un seul appel reçu de moins d'une seconde. C'était louche, d'autant que le numéro semblait provenir d'un mobile prépayé.

Il eut une autre idée, il demanda au programme de n'afficher que les numéros de mobiles prépayés, croisés avec le numéro du téléphone du rédacteur en chef. Là encore, le résultat fut frappant ! Le rédacteur en chef appelait régulièrement des téléphones prépayés mais jamais plus de trois fois. Dès que le numéro avait été utilisé trois fois, il en apparaissait un nouveau. De plus les appels se situaient tous en soirée. Par contre, juste avant, il recevait du même numéro un très bref appel... Une poignée de secondes tout au plus.

C'était très clair pour Bastien. Quelqu'un l'appelait assez régulièrement pour lui donner le nouveau numéro de téléphone à chaque fois que l'ancien était grillé. Des techniques de barbouzes pensa-t-il immédiatement... ou de journalistes enquêtant sur des affaires sensibles ! Pourtant un numéro de mobile prépayé se détachait du lot. Celui-ci n'était jamais rappelé, c'était toujours un appel reçu ! Les dates de réception lui disaient quelque chose, c'étaient toutes des dimanches : le 14 octobre, 21 octobre, 11 novembre...

Puis il eut un flash !

— Joan de Grieck, Ned Ward et Clément Marot ! À chaque fois qu'un de ces types est mort, il y a eu un appel !

Loin d'être une révélation ce constat lui posa un nouveau problème : l'appel avait-il eu lieu avant la mort ou après la mort de ces gens ? Il pensa tout haut.

Si c'était Olaf Thorensen l'origine des appels, il est clair qu'il n'a pas pu appeler la date de sa mort, le 25 novembre ! Ou alors juste avant... Mais là, pas d'appel le 25 ! D'un autre côté s'il avait quelque chose à voir avec ces morts, cela justifierait le bonus de 300 000 euros qu'il a touché... Mais je ne le vois pas complice d'un meurtre. Hum ! En tout cas, cela n'expliquerait pas pourquoi les autres ont touché 120 000 euros... Maintenant si les appels ont cessé le 11 novembre avec la mort de ce Clément Marot alors ce devait être lui l'origine des appels... Mais dans quel but ?

L'inspecteur Bastien resta encore quelques minutes à réfléchir en regardant par la fenêtre cette fichue pluie qui ne cessait pas de tomber. Puis subitement il demanda à Gilles :

— Gilles ! Le nom de Clément Marot vous dit quelque chose ?

— Tiens c'est curieux que vous me posiez cette question !

— Comment-ça ?

— Eh bien je n'aurais jamais imaginé que vous étiez porté sur la littérature du XVe siècle !

— Qu'est-ce que vous dites, Gilles ? Vous trouvez que j'ai la tête d'un littéraire ?

— Euh franchement non ! Mais pourquoi donc me parlez-vous d'un poète du XVe siècle alors ?

— Pardon ?

— Bien oui... Là sur le bureau du rédacteur en chef, je pensais que vous aviez vu !

— Quoi donc ?

— Eh bien le livre, là, « poètes français du XVe Siècle, Clément Marot, Charles Fontaine, Étienne Jodelle, Rémy Belleau... »

— Clément Marot est un poète français ?

— Bien oui !

— Donc E. Jodelle c'est Étienne Jodelle ? demanda-t-il en se souvenant du nom de l'auteur de l'article.

— Je suppose... fit Gilles étonné.

— Merci !

— Euh de rien... répondit Gilles surpris.

E. Jodelle sur l'article du « *Technological* », Clément Marot, le technicien... Son hypothèse prenait forme, cependant il lui fallait effectuer une ultime vérification pour être sûr. L'inspecteur Bastien manipula à nouveau son mini-ordinateur et demanda au programme le propriétaire du mobile prépayé qui avait appelé. Il se doutait bien qu'il verrait apparaître un faux nom, mais celui qui apparut confirma son hypothèse : Rémy Belleau ! Un autre poète du XVe siècle !

— Bon Dieux ! pensa-t-il tout haut. E. Jodelle, Rémy Belleau, et Clément Marot sont une seule et même personne ! C'est sûr ! C'est la source de l'article !

La brève sonnerie d'un SMS retentit sur son portable. Il y jeta un œil et son visage se décomposa. Soudain il balbutia quelques excuses et s'enfuit comme s'il avait rencontré le diable.

15. Mise au point

***

Le local était différent mais tout aussi sombre, cependant il n'y avait aucune ouverture. Tout au moins aucune fenêtre et une seule porte d'accès. Les LEDs vertes et rouges s'allumaient et s'éteignaient comme les guirlandes de Noël d'autrefois.

— Franchement, Joëlle, cette planque n'est pas terrible, en cas d'attaque, elle n'offre aucune porte de sortie ! Joëlle, tu m'écoutes ?

— Oui, oui je t'écoute... Mais combien de fois je t'ai dit de ne pas m'appeler par mon prénom !

— Oh là là ! On est entre nous avec la cage de Faraday... On ne risque rien !

— C'est une question de principe et de sécurité, « Tiramisu », tu le sais bien !

— « Tiramisu »... Je déteste le pseudo que tu m'as trouvé ! Le tien claque plus... Quoique je préférais l'ancien, « Héraclès » c'était top !

— Il était grillé celui-là... Dommage avec mon frère « Iphiclès » ça marchait bien !

— Enfin pour « Tiramisu » tu aurais pu faire mieux !

— Que veux-tu, j'y peux rien si j'adore les tiramisus !

Soudain un écran clignota en rouge. Il se passait quelque chose.

— Tiramisu ! Bouge tes fesses et lance les leurres !

Le jeune homme s'exécuta immédiatement. Il attrapa un clavier et frappa quelques touches.

— Leurres lancés ! On est en mode furtif ! J'active la toupie ?

— Non pas encore, si on la déclenche trop tôt ça va annihiler nos recherches, attendons encore !

— C'est quoi l'alarme cette fois ?

— Des requêtes sur des mots clefs...

— Ah ? Quels mots clefs ? demanda le jeune homme prêt à saisir de nouvelles commandes sur le clavier.

— Hum, les numéros des téléphones prépayés et les pseudos de Julian. Je traque l'origine ! Active le renifleur, 3, 2, 1, top !

— Renifleur activé... S'ils enclenchent une recherche inverse, on va les cramer !

— C'est le but, Tiramisu, c'est le but...

L'écran affichait l'évolution de la recherche en pourcentages et une carte du monde zoomait de plus en plus sur une zone précise au fur et à mesure que la recherche avançait. Un petit « beep » annonça la fin de la recherche.

— C'est au « *Technological* » ! s'étonna la jeune femme.

— Au « *Technological* » ? Tu peux accéder aux *Webcams* des ordinateurs du site ?
— Bien sûr...

Le jeune femme s'affaira sur son clavier et frappa rapidement des lignes et des lignes de programmes incompréhensibles. Toujours est-il qu'au bout de deux minutes, tous les moniteurs de la pièce affichèrent l'image captée par les *webcams* des ordinateurs du « *Technological* ».

Elle pianota encore sur le clavier pour ne retenir à l'écran que les images qui avaient un intérêt.

— Il y a les flics, regarde !
— Oui, il s'est passé quelque chose !
— Tu peux arriver à voir ce qu'il y a dans la pièce du milieu... Je vois deux personnes.
— Attends j'essaye...

La jeune femme continua à écrire des lignes de codes et bientôt, on put voir apparaître Gilles et Bastien en train de discuter.

— Qui est-ce Joëlle ? Euh...
— Je ne suis pas certaine... Le type en blanc ne me dit rien... C'est certainement un technicien de la scientifique. Il faudrait que l'autre se retourne pour que je puisse voir son visage. Je pourrais faire une reconnaissance faciale. Attends ! Il y a quelqu'un dans le fauteuil... Je zoome...

Joëlle rajouta encore quelques lignes de code et on vit apparaître en gros plan le corps boudiné et sans vie de Robert Dellos, le rédacteur en chef.

— Bon Dieu c'est chaud ! L'alcoolo, s'est fait buter !
— Comment tu sais ça ?
— Et bien il a l'air plutôt mort, tu ne crois pas ? Et puis regarde la trace de sang sur le cou... En plus que ferait ici la scientifique si ce n'était pas un meurtre ?
— Tu ne peux pas élargir l'image pour avoir une vue d'ensemble ?
— Non ce n'est pas possible, je n'accède pas à toutes les caméras, certains ordinateurs ne répondent pas !
— Ils ne répondent pas ?
— Non, ils sont H.S. !
— J'ai essayé d'accéder à l'oreillette de Dellos mais c'est pareil l'adresse MAC ne répond pas... L'oreillette a cramé elle aussi !
— Et avec le téléphone des gens dans la pièce ?
— Tu as raison ! Je vais essayer d'activer le micro du portable du flic, s'il en a un.

La jeune femme glissa immédiatement vers un autre ordinateur de la pièce et pianota encore plus rapidement dans le programme qu'elle venait d'ouvrir.

— Je l'ai mais je ne peux l'activer que 10 secondes... C'est une console sécurisée avec un programme d'interception... C'est pas courant comme engin !

Après 10 secondes cela lancera un programme anti-intrusion et on sera découvert !
— Vas-y... Branche-le 10 secondes... Il faut savoir. Je te rappelle que la toupie est toujours chargée et prête à être expédiée.

La voix de Bastien résonna dans le local des jeunes hackers au moment même où il murmura : « Bon Dieux ! E. Jodelle, Rémy Belleau et Clément Marot sont une seule et même personne ! » Puis le micro se coupa !

— Je connais cette voix, je connais ce type ! tempêta Joëlle.
— Soudain, à l'écran, on vit Bastien se retourner, il était devenu parfaitement identifiable...
— Merde alors ! Qu'est-ce qu'il fiche là, lui ?
— Tu le connais Joëlle ?
— Oui... C'est le père de Sophie !
— Sophie ? Sophie... Ta copine qui s'est fait massacrer à Taïwan ?
— Oui !
— C'est son père ? Tu es sûre ?
— Certaine !
— Mais, il n'était pas sur la touche ?
— Si... J'avais coupé tous les contacts avec lui et effacé toutes les traces pour sa protection.
— Mais il n'était pas au parquet financier ?

— Si, si... Mais ils l'ont mis au placard à la Crim' en attendant sa retraite à cause des informations qu'on lui avait transmises !
— C'est lui qui a lancé les requêtes sur Julian ?
— Oui...
— Donc il est ...
— Il est sur l'affaire... Oui... Et il est en danger !
— Merde alors ! Tu crois qu'ils font le ménage ?
— J'en ai bien l'impression...
— Et Julian ?
— Tais-toi ! Veux-tu ! Rien ne dit qu'il n'est pas tout simplement planqué quelque part...
— Enfin Joëlle, Julian...
— Tais-toi s'il te plaît ! dit-elle en haussant le ton.

Le jeune homme n'insista pas... Une larme coulait le long de la joue de sa complice, qui refréna un sanglot. Elle n'était pas dupe mais voulait encore croire que son frère était en vie. Elle se ressaisit...

— Je dois l'avertir !
— Mais comment ? Tu ne vas quand même pas lui envoyer un « hello je suis une copine de votre fille, je suis recherchée par toutes les polices du monde... »
— Mais non idiot ! Je sais comment faire... Il ne va pas aimer mais il comprendra.

Joëlle chargea un nouveau programme pour SMS crypté et frappa une seule ligne :

⦈ Héraclès : Point de non retour pour Angelito !

— Angelito ? C'est quoi ? Un nom de code ?
— Non c'est comme ça que Sophie l'appelait... C'est pour ça qu'il ne va pas aimer.
— Et tu as laissé le nom du destinataire « Héraclès » ! ! ! C'est pas dangereux ?
— Il ne connaît pas mon nouveau pseudo mais Héraclès, si ! Ça, il connaît !
— Pourquoi ça ?
— À l'époque c'est Héraclès qui fournissait les infos à Sophie... Il le savait et il doit penser que c'est à cause de moi que Sophie est morte !
— Mais c'est faux ! Vous étiez toutes les deux dans cette chambre d'hôtel !
— Il ne savait pas que j'étais là ! Puis... Elle y est restée... Et moi j'ai survécu ! Allez ! Balance-moi la toupie, on est resté trop longtemps en ligne !

Le jeune Tiramisu appuya sur la touche « *Enter...* » de son clavier. Un compte à rebours s'afficha à l'écran pendant que la liste des protocoles lancés défilait. Enfin l'écran afficha : « Tempête réseau terminée. Toutes connexions brouillées. Traçage impossible. Historique de connexion effacé. Reboot imminent »... Un gros bouton marqué « Valider » clignotait sur le moniteur. Joëlle n'hésita pas une seconde, elle cliqua sur le bouton et tous les écrans s'éteignirent les uns après les autres. Le réseau mondial allait être réinitialisé et toutes les traces effacées.

Déjà les LEDs ne clignotaient plus sur les appareils électroniques. Les deux jeunes pirates commencèrent à fermer les malles bourrées de matériels informatiques sur lesquelles on pouvaient encore lire « confidentiel défense ».

*
* *

À l'autre bout de la ville dans les sous-sols de la police, le lieutenant Ecchery était toujours inconscient, ligoté sur la chaise en métal. L'officier Delvoise reçut un appel de ses services.

— Allo ?

— ...

— Comment ? Un hacker du nom d'Héraclès s'est manifesté ?

— ...

— Quoi ? Et pourquoi n'avez vous pas pu les identifier ?

— ...

— Hein ? Une tempête réseau ? C'est Hackerman !

— ...

— Il n'y a qu'Hackerman capable de faire un « *reset* » du réseau mondial !

— ...

— Tenez-moi au courant si une des cibles reçoit encore un message d'Héraclès...

Elle raccrocha visiblement très contrariée. Elle jeta un œil au lieutenant Ecchery qui ne bronchait toujours pas, la tête pendante sur son torse. Elle attrapa à nouveau le seau d'eau et finit de le vider sur la tête de son subalterne qui se réveilla d'un coup.

— Putain de merde ! Vous êtes obligée de me frapper tout le temps ! hurla-t-il !

— Un ton au dessous lieutenant ! Héraclès s'est manifesté !

— Héraclès ? Qui c'est encore celui-là ?

— Héraclès c'est Hackerman...

— Ah oui comment savez-vous ça ?

— Héraclès, c'est le nom de code du pirate qui s'était introduit au ministère de l'Intérieur et qui avait révélé par l'intermédiaire de la fille de Bastien nos petites affaires !

— Et ce Héraclès est réapparu ! Juste comme ça ! Ce serait totalement inconscient de sa part !

— Non c'est la seule façon que le pirate avait de contacter l'inspecteur Bastien.

— Ils vont certainement se rencontrer n'est-ce pas ?

— Oui je pense qu'Hackerman lui a déjà donné rendez-vous mais je ne sais pas encore où ! Ni quand...

— Et ?

— Et c'est là que vous intervenez !

— Je croyais que je devais rester sur la touche encore quelques jours pour donner le change.

— Hum je pense que les points de suture qu'on va vous mettre sur la tête suffiront à éteindre les soupçons de vos collègues policiers... Mon cher Marin Malaimé, vous allez pouvoir reprendre du service !

— Il va falloir marquer le coup pour convaincre Bastien !

— J'en fais mon affaire...

Le commandant Delvoise afficha un rictus et composa un numéro sur son téléphone.

— Monsieur le Ministre... Mes respects...

— ...

— Oui vous pouvez lancer la procédure maintenant, on doit remettre immédiatement l'inspecteur Malaimé dans le circuit.

— ...

— Oui c'est plus tôt que prévu mais Hackerman s'est manifesté, nous avons une petite chance d'en finir avec lui et de récupérer son application !

— ...

— Bien je fais le nécessaire, j'attends vos ordres.... Mes respects, Monsieur le Ministre.

Le commandant Delvoise sortit de l'étui le couteau qu'elle portait à la ceinture de son uniforme et s'approcha du lieutenant Ecchery. D'un coup sec, elle trancha ses liens puis elle sortit rapidement de la pièce en lui ordonnant de se nettoyer et de se rhabiller. Elle l'attendrait chez le commissaire Vigier.

16. Point de non retour

***

L'inspecteur Bastien arriva à la hâte devant le kiosque à sandwiches. Cela faisait longtemps qu'il ne s'était pas rendu dans ce quartier de la ville. Sophie disait tout le temps que c'était le quartier le plus sympa à cause des cerisiers qui bornaient l'allée principale. Ça lui faisait penser au quartier Altstadt à Bonn, disait-elle. C'était leur coin à eux... Et à chaque fois qu'ils voulaient se voir dans la journée, ils se donnaient rendez-vous devant la baraque à frites. « Point de non retour » c'est comme cela qu'elle s'appelait et les hot-dogs étaient à se damner ! À ce moment la pluie cessa et Bastien crut y voir un signe.

— Bonjour, vous désirez ? fit le cuistot de la baraque à frites.
— Euh, à vrai dire, j'attends quelqu'un... répondit Bastien maladroitement en guettant à droite et à gauche une éventuelle personne qui viendrait à lui.

Mais personne ne s'intéressait à sa petite personne, à part le marchand de frites. Pourtant, le coin grouillait de passants... Insectes bizarres, la tête enfoncée dans leur téléphone ou marchant les yeux hagards, parlant tout seul à haute voix les écouteurs enfoncés jusqu'aux tympans, plus préoccupés par leur montre connectée que par ce qu'il se passait autour d'eux. D'ailleurs que pouvait-il exister en dehors de leur nombril ?

— Ah bon... J'ai une commande au nom d'Ange Bastien, c'est vous ? tenta le marchand.

— Euh oui... C'est moi ! répondit Bastien un peu surpris par la question.

— Votre commande est prête ça fait 18 euros !

— Comment-ça ?

— Oui, deux hot-dogs « spécial maison » et deux coca, ça fait bien dix-huit euros !

— Oui, oui... balbutia Bastien, en tirant son téléphone de sa poche pour payer en sans contact, puis soudain il se ravisa. Il éteignit son téléphone. Trop dangereux de payer comme ça... Je vais me faire repérer !

— ...

— Vous acceptez le liquide ?

— Le liquide ? De quelle planète débarquez-vous ?

— Mais vous l'acceptez toujours ?

— Oui, oui... Mais c'est trop contraignant ! Il faut aller à la banque, attendre l'heure d'ouverture et...

— Bastien sortit alors son porte-monnaie et tira deux billets.

— Pour la contrainte, on va dire qu'on arrondit à 20 euros, c'est d'accord ?

— Merci ! Monsieur est grand prince ! répondit ironiquement le cuistot en lui tentant la poche papier avec le repas.

Bastien l'attrapa et s'éloigna un peu avant de l'ouvrir. Il fût déçu... Pas de message secret à l'intérieur, pas de téléphone prépayé, seulement les deux hot-dogs encore fumants. Aurait-il mal compris le message ? S'était-il fait des idées ? Il déambula une vingtaine de mètres, perdu dans ses pensées sans trop savoir où aller... Puis sans s'en rendre compte il se retrouva mécaniquement devant le petit square où il avait l'habitude de déjeuner avec Sophie. À la vue de celui-ci son cœur se serra davantage... Il décida tout de même d'y entrer.

Ce n'était pas vraiment un square, seulement un petit coin sympa et perdu, plein de verdure, qui avait résisté aux pluies acides. Il n'y en avait pas beaucoup mais celui-ci était demeuré encore inconnu. Il s'assit sur le seul et unique banc présent, déjà occupé par une jeune fille d'une vingtaine d'années, la trentaine tout au plus... Elle portait un sweat-shirt gris détrempé et un jean qui devait avoir bien vécu. La lessive ne devait certainement pas être faite tous les jours et le trou latéral sur sa basket gauche, le renseigna sur la raison de cette négligence. La jeune femme devait dormir dans la rue, pensa-t-il.

Puis en songeant à Sophie, il se dit qu'il pouvait bien manger ces hot-dogs, après tout, il les avait payés ! Il ouvrit la bouche pour enfourner sa première victime, lorsque la jeune femme lui adressa la parole.

— Bonjour, vous n'en n'auriez pas un pour moi par hasard ?
— Euh... Si, si... fit-il gêné. Après tout, il ne serait pas raisonnable de manger les deux ! Et il lui tendit le deuxième hot-dogs.
— Merci beaucoup, c'est sympa, lui dit-elle gentiment.
— Elle prit une première bouchée et la bouche pleine lui demanda s'il venait souvent ici... Elle ne l'avait jamais vu auparavant.

Étonnamment, Bastien se sentit en confiance avec elle et lui raconta qu'il venait souvent avec sa fille autrefois pour déjeuner, puis la jeune femme lui demanda.

— Où est votre fille à présent ?
— Euh elle... elle est morte ! déclara Bastien surpris par sa propre réponse. Jusqu'à présent il n'avait pas encore réussi à parler d'elle en ces termes. Il avait encore du mal à aborder le sujet. Même avec Socrate, il n'en parlait pas ! Aujourd'hui avec cette inconnue, c'était autre chose. Peut-être se laissait-il influencer pas ses propres sentiments ? Déjeuner avec une jeune femme qui pourrait être sa propre fille...

La jeune femme continua.

— Vous allez me trouver indiscrète mais de quoi est-elle morte ?
— Eh bien... Elle est morte à Taïwan pendant l'invasion.
— Je suis vraiment navrée... Mais elle y faisait quoi à Taïwan ?
— Oh elle s'était rendue là-bas avant ! Elle enquêtait sur des financements occultes et du blanchiment d'argent en lien avec un trafic d'armes et de matériels technologiques.
— Elle était flic ?
— Non, non... Elle était journaliste !
— Et comment est-elle morte ?
— ... Son hôtel a été rasé lors des premiers bombardements.
— Oh là là ! Et toute son équipe aussi ?
— Non... Comme son père elle travaillait seule... Enfin presque !
— Presque ?
— Oui, je crois que ce soir là elle avait rendez-vous avec l'une de ses sources ! Mais bon... Elle est certainement morte aussi...
— Euh... Excusez-moi, j'ai l'impression que je vous ai contrarié...
— Hum... Non... Je... J'enrage qu'elle se soit trouvée là ! Et j'enrage aussi de ne pas avoir pu terminer

ce qu'elle avait entrepris. Vous comprenez, un truc père-fille. Je profitais de ses sources aussi.

— Comment ça ?

— Eh bien, je suis flic et je travaillais pour le parquet financier en ce temps là... Alors je suivais de près son enquête car j'aurais pu l'aider à faire tomber quelques têtes... Maintenant c'est fichu.. Et ça me donne un goût amer dans la bouche à chaque fois que j'y pense. Vous comprenez ?

— Tout à fait Monsieur Bastien... Sophie aurait été jusqu'au bout, comme vous !

— Je, je... Comment connaissez-vous mon nom ? Je ne vous l'ai pas donné ! Et comment connaissez-vous Sophie ?

— J'aurai dû me présenter, pardon !

— Vous êtes des renseignements ?

— Non, enfin je l'ai été... Dans une autre vie...

— Hein ? Bastien sortit immédiatement son mini-ordinateur et lança un programme anti-écoute qui scanna l'endroit.

— Tiens ! Vous l'utilisez toujours ?

— Quoi ?

— L'application que j'avais faite pour Sophie !

— Quoi ? Quoi ? Je... Vous êtes qui à la fin ! vociféra Bastien.

— Vous avez raison, on va reprendre depuis le début. Je m'appelle Joëlle ! Je suis une amie de Sophie et j'étais avec elle quand l'hôtel a explosé.

— Vous étiez à Taïwan ? Mais... Il ne restait rien de l'hôtel et... et... vous êtes vivante !
— Il s'en ai fallu de peu, croyez-moi ! Si je n'étais pas partie aux toilettes... Et si le souffle de la première explosion ne m'avait pas propulsée dans la baignoire qui m'a protégée, je ne serais pas là ! Enfin... Je suis restée dans le coma pendant cinq mois et à mon réveil, j'avais perdu l'usage de ma jambe. Mais avec encore six mois de rééducation et un peu de chirurgie j'ai pu à nouveau marcher ! lui déclara-t-elle en relevant son jean.

Une énorme cicatrice courait sur la jambe de la jeune femme, du genou jusqu'au talon... Toute la peau avait été brûlée au deuxième degré.

— Je peux marcher et sauter, mais il m'est impossible de courir maintenant !

Bastien s'en émut mais il ne comprenait pas ce que cette Joëlle faisait dans cette chambre d'hôtel avec Sophie ce soir-là. Et puis Sophie ne lui avait jamais parlé d'elle.

— Vous êtes sceptique !
— Eh bien j'ai appris à me méfier des vérités toutes faites et comme jamais Sophie ne m'a parlé de vous... Je...
— C'est naturel... Vous permettez que j'emprunte votre appareil ?

Bastien lui donna son mini-ordinateur et vit la jeune femme pianoter quelques lignes dans le programme de détection d'écoutes qu'il avait lancé et qu'elle semblait parfaitement maîtriser !

— Mais.. Comment connaissez-vous ce programme ? C'est un truc fait maison, c'est même pas officiel !

— Je sais, c'est moi qui l'ai créé pour Sophie ! répondit-elle sans sortir le nez de l'écran... Regardez !

Elle lui rendit l'ordinateur et Bastien constata que son programme avait été amélioré, il affichait à présent une carte géographique de l'endroit où ils étaient et sur laquelle grouillait toute une foule de petits symboles multicolores.

— C'est quoi tout ça ?

— Les petits objets qui s'affichent représentent tous les gadgets Bluetooth et les téléphones que les crétins achètent ! Les plus gros sont des relais wifi ou d'autres émetteurs-récepteurs !

— Les gadgets *Bluetooth* ?

— Oui vous savez, les montres connectées, les hauts-parleurs *Bluetooth*, les écouteurs *Bluetooth*, les lunettes connectées, votre bague, votre frigo, votre miroir, votre télé, votre radio, la bagnole, le GPS, la centrale domotique de la maison... Les prises connectées même ! Tout ce qui possède une connexion *Bluetooth* !

— Et alors ?

— Choisissez un point sur la carte et appuyez dessus...

Bastien prit un point au hasard sur la carte... Subitement la fiche du propriétaire apparut avec sa photo.

— C'est illégal ! protesta-t-il.

— Vous savez, depuis les écoutes Pégases, c'est bien hypocrite de dire ça... Tout le monde le fait depuis bien longtemps. Parfois les politiciens s'offusquent devant les caméras, mais cela ne va jamais bien loin, ils en profitent tous, et leur petits copains industriels aussi, plus ou moins légalement d'ailleurs. Vous même, vous effectuez bien des croisements à partir des fichiers bancaires, des téléphones, du fisc, des caméras de surveillance... Sans l'autorisation des gens ! Et je ne parle même pas de la reconnaissance faciale ou des perquisitions qui sont devenues de banals actes administratifs... Une violation permanente de la vie des gens... Sans qu'ils le sachent ! Un poil anti-démocratique tout ça non ?

— Mais c'est normal, c'est pour leur sécurité ! Comme ça la police peut lutter contre le terrorisme ! protesta Bastien.

— La sécurité ? Le terrorisme ? Vraiment ! Combien d'attentats terroristes avez-vous déjoués grâce aux caméras de surveillance ? Aucun... Par contre ça n'a pas gêné les gouvernements de mettre en place la surveillance de masse, le crédit social... Pour notre soi-disant sécurité ! Vous vous sentez légitime à fouiller la vie de n'importe qui sur ce prétexte ?

— C'est une question de déontologie !

— Déontologie... AAAAAh le grand mot ! Pour vous chacun doit connaître la ligne rouge à ne pas dépasser !

— Tout à fait !

— Hum c'est comme la bombe atomique... On fabrique une bombe en promettant de ne jamais l'utiliser... Puis on l'utilise... Une limite à géométrie variable en somme...

— Mais non !

— Ah ? Rappelez-vous... Un grand pays qui se vante d'être le sauveur du monde ? Souvenez-vous, ce n'est pas lui qui l'a utilisée ! Et par deux fois, en plus !

— Je...

— Et puis... Pensez-vous réellement que l'État est si déontologique que ça ? Qu'il est toujours si bien intentionné ? Qu'il agit vraiment pour l'intérêt de tous ? Vous vous souvenez bien de la grande pandémie et des pénuries ? À qui cela a profité ? Certainement pas au peuple !

— Euh ...

— Et vous croyez toujours que nous vivons en démocratie ?

— Je croirais entendre ma fille !

— Et que croyez-vous que font les renseignements avec leurs informations, leurs drones ? Vous avez eu un aperçu des miracles de la technologie, je crois ! Vous croyez toujours que ce sont des gens bien intentionnés agissant avec déontologie ?

— Vous marquez un point !

— Sophie était sur la trace de quelque chose d'énorme ! Et il l'ont tuée pour ça !

— N'importe quoi ! Vous délirez ! Elle est morte dans les bombardements lors de l'invasion à Taïwan !

— Je peux vous le prouver... Laissez-moi faire ! Et elle lui arracha des mains l'ordinateur.

Elle pianota quelques minutes puis le rendit à Bastien.

— Regardez... J'ai piraté les images des satellites militaires qui stationnaient au dessus de nous à l'époque... Et croyez-moi ce n'est pas ce qu'il manquait à ce moment là ! Voici la vidéo du « *Fantaisy Palace* » sur *Xiushui Road* où nous étions.

La vidéo montrait la vue satellite de l'hôtel et on y percevait bien les explosions aux alentours dues à l'artillerie. Les bombes tombaient à plusieurs kilomètres du centre puis une trace lumineuse venue du sud toucha directement l'hôtel. On voyait nettement l'explosion mais l'hôtel était encore bien là. L'explosion avait été très minime.

Au bas de l'image, un compteur s'affichait et on pouvait voir les secondes défiler. Une minute passa, puis deux, puis trois... Joëlle accéléra la vidéo... Puis à la dixième minute plusieurs bombes tombèrent près de l'hôtel sans qu'aucune ne le touche. Enfin une deuxième trace lumineuse arriva presque simultanément par le Sud et cette fois, l'hôtel fut complètement soufflé. Elle accéléra encore mais aucune autre bombe ni missile ne vint tomber dans le quartier.

— Vous avez compris ?
— Je crois... Les traits lumineux en provenance du Sud sont des missiles c'est ça ?
— Oui des missiles alliés ! Car l'invasion provenait du Nord et il n'y avait aucune offensive au Sud ! L'hôtel a volontairement été détruit !
— Mais pourquoi deux tirs ?
— En fait le premier tir avait certainement pour but d'éliminer leur objectif d'où la faible explosion. Une fois l'élimination de l'objectif confirmée, ils ont attendu la salve ennemie suivante pour tirer une nouvelle fois ! Histoire d'effacer leurs traces tout en faisant porter le chapeau aux belligérants !
— Alors Sophie n'est pas une victime collatérale !
— Non... Elle a été tuée délibérément ! On s'est approché trop près !
— On ?
— Sophie et moi !

— Vous... Vous... C'est vous Héraclès alors !

— Je crois que vous l'aviez déjà compris non ?

— Oui dès que vous avez utilisé les fonctions cachées du programmes !

— Écoutez Monsieur Bastien, je pense que vous êtes en danger.

— Moi en danger ? Mais pourquoi ?

— Vous avez vu comment Monsieur Druaux ou Madame Thorensen sont morts ?

— Oui, oui..

— Et pour Dellos ? d'après vous inspecteur ?

— Je ne sais pas... pas encore... Mais c'est à ce moment que vous m'avez envoyé le message.

— Oui il fallait vous avertir... Je devais le faire !

— Et maintenant ?

— Faites vraiment très attention, monsieur Bastien, ils vous surveillent de très, très près et vous avez vu ce qu'ils sont capables de faire !

— Justement ! Je fais quoi ?

— Rien... Enfin rien de plus que votre travail ! Rassemblez les pièces du puzzle comme vous savez si bien le faire... Mais ne vous fiez à personne... Je dis bien à personne !

— Et après ?

— Il vont payer !

17. En hauteur

***

Bastien était rentré au commissariat. À son pupitre l'écran affichait une convocation du commissaire à venir le rejoindre immédiatement dans son bureau.

— Que me veut-il encore ce maudit bureaucrate ? maugréa Bastien. Son fichu rapport certainement !

Bastien déboula dans le bureau de son chef remonté comme un coucou. Les révélations de Joëlle l'avaient mis en pétard, malheur à celui-ci qui viendrait lui casser les pieds ! La porte était ouverte, il entra sans se soumettre au test oculaire.

— Entrez, mon cher Bastien ! lui lança amicalement le commissaire Vigier.
— Vous m'avez demandé, monsieur ?
— Oui... Oui mais je vous en prie prenez un fauteuil, mettez-vous à l'aise mon ami, nous attendons encore d'autres personnes.

Bastien s'exécuta et glissa dans le premier fauteuil qu'il trouva. Le bureau du directeur était exactement comme il l'avait vu en visioconférence la première fois. Un style très *british*, l'imposant fauteuil de velours rouges et la bibliothèque richement garnie d'ouvrages anciens aux couvertures en cuir magnifiques. Pourtant, quelque chose sonnait faux et il ne pouvait s'empêcher de penser à une forêt, sans comprendre pourquoi.

— Le commissaire sirotait tranquillement un martini qu'il posa sur le bureau, le temps de lui tendre un verre de vodka sur deux glaçons. Bastien accepta mais ne put s'empêcher de ressentir de la méfiance à la vue du verre. D'où pouvaient provenir ces boissons ? se demanda-t-il. Il n'y a ni placard, ni tiroir dans le bureau du commissaire !

— Qui attendons-nous au juste, monsieur ? demanda-t-il.

— Ne vous inquiétez pas Bastien ! Ce sont plutôt des nouvelles rassurantes !

Soudain arriva l'officier Delvoise, dans son uniforme noir des renseignements.

— Vous voici donc, commandant Delvoise, vous prendrez bien quelque chose avec nous ? demanda Vigier, la mine réjouie.

— Non, merci, monsieur le commissaire ! Nous serons bref...

— Nous ? demanda Bastien.

Le commandant Delvoise ne répondit pas comme si elle n'avait pas entendu ou plutôt faisait mine de l'ignorer. Puis arriva Marin, un pansement sur la tête et une chemise toute propre sur le dos.

— Tout est réglé ! lança Léa Delvoise. Nous avons abandonné les poursuites à l'encontre de l'inspecteur Malaimé !

— Les poursuites ? Il était évident qu'il n'avait rien fait. Vos accusations étaient grotesques, il suffisait de lire les rapports d'intervention pour s'en rendre compte, commandant ! railla Bastien. En tout cas, je suis bien content que tu sois de nouveau parmi nous, Marin !

— Oui moi aussi, inspecteur... J'ai hâte de me remettre au boulot !

— Alléluia ! s'exclama le commissaire Vigier. Ça tombe bien, j'ai une bonne nouvelle de la part du Ministère !

— Ah bon ? fit Marin étonné.

— Oui vous êtes titularisé, mon cher Malaimé ! Vous allez pouvoir souffler un peu et bientôt vous allez recevoir une nouvelle affectation !

— Eh bien... Si c'est possible, j'aimerais bien continuer avec l'inspecteur Bastien, le temps que ma nouvelle affectation arrive.

— Bien sûr, bien sûr... N'est-ce pas mon cher Bastien ?

— C'est évident, l'inspecteur Malaimé est un policier très perspicace, il fera carrière j'en suis certain et c'est tout ce que je lui souhaite.

— Très bien ! Oh je manque à mes devoirs, inspecteur Malaimé, voulez-vous boire quelque chose ?

— Merci ! À vrai dire, un petit whisky me ferait du bien, j'ai assez bu d'eau pour la journée ! fit il en lançant un regard noir vers le commandant Delvoise qui ne réagit pas.

Le commissaire Vigier sortit d'on-ne-sait-où un verre de whisky écossais qu'il offrit à l'inspecteur Malaimé. Puis le commissaire leva son verre et porta un toast.

— Je lève mon verre à la fine équipe de la Crim' !

L'odeur du whisky propulsa Bastien dans le bureau de Dellos. Il se rappela qu'il devait rendre visite à Gilles, dans les locaux de la police scientifique à quelques pâtés de maisons d'ici.

— À la Crim' ! répondirent-ils à l'exception du commandant Delvoise qui piaffait d'impatience de retourner dans ses pénates.

Bastien avala d'un trait sa vodka et Marin fit de même, soupçonnant que l'inspecteur avait quelque chose en tête.

— Si vous permettez, commissaire, nous devons nous rendre chez le légiste pour les premiers résultats de l'enquête au « *Technological* ».

— Comment ? Dellos est mort ? demanda Marin.

À l'annonce du nom du rédacteur en chef, Delvoise tressaillit. L'inspecteur Marin n'était pas sensé connaître son nom ! Si Bastien le remarquait, il en serait fini de sa couverture.

— Oui, il a été retrouvé mort un verre à la main... Une embolie cérébrale ou une rupture d'anévrisme, sans doute ! s'empressa de répondre Bastien.
— Ah c'est bien triste ! se désola le commissaire. Il appartenait au secteur 3 je crois ?
— Non commissaire, au secteur 2 ! Un tiers du journal lui appartient... euh lui appartenait, je veux dire.

Marin et Bastien prirent congés des deux gradés pour se rendre chez le légiste. En dévalant l'escalier, Marin interrogea Bastien.

— J'ai manqué quelque chose ? demanda-t-il à son mentor.
— Et moi j'ai manqué quelque chose ?
— Comment ça inspecteur ? s'étonna Marin.
— Eh bien oui, mets-toi à ma place, tu disparais dans les sous-sols en état d'arrestation avec l'officier Delvoise qui t'accuse de meurtres et tu nous reviens blanc comme neige, un pansement sur la tête. Je peux m'interroger.
— Vous me suspectez, inspecteur ?
— Mais non voyons ! Mais les renseignements et les sous-sols... Je connais la musique Marin.

— Vous vous méprenez, inspecteur, je me suis pris l'arrête du mur dans les escaliers tout à l'heure... Le béton ça coupe alors il m'a fallu quelques points de suture, rien de plus. Pour le reste, l'officier Delvoise a demandé une confirmation pour les fréquences de téléphone et elle a immédiatement vu qu'elles ne coïncidaient pas. Les charges se sont envolées d'elles-même !

Bastien n'était pas fou ! Un mur de béton de donnait pas de telles ecchymoses à moins qu'on soit projeté dessus. Pourquoi Marin mentait-il ? Avait-il passé un accord avec les renseignements ? Et cette titularisation trop rapide, un dédommagement pour compenser un interrogatoire trop musclé ? Rien que des suppositions mais cela avait au moins le mérite d'expliquer le regard noir que Marin avait lancé au commandant Delvoise ! Tout ça pouvait se tenir, mais son instinct lui murmurait une tout autre musique à l'oreille. Puis il se souvint de l'avertissement d'Héraclès... Il opta pour la prudence en se débarrassant de Marin...

— Écoute, j'aurais besoin que tu me fasses des recherches sur ces trois noms, Étienne Jodelle, Rémy Belleau et Clément Marot.
— Jodelle, Belleau et Marot... Inscrivit Marin rapidement sur son téléphone. Pourquoi ?

— En fait, ces noms sont apparus lorsque j'ai demandé la liste des personnes qui avaient appelé le « *Technological* » depuis un mobile prépayé !

— Qu'est-ce que je dois chercher au juste ?

— La localisation de leurs téléphones, des adresses, les fiches de renseignement... Enfin tu vois le kit complet !

— D'accord, et qu'est ce que vous suspectez derrière ça ?

— Je pense qu'il s'agit d'un réseau d'activistes, sans quoi pourquoi auraient-ils appelé sur des téléphones pré-payés, plus personne ne fait ça de nos jours !

— Oui c'est vrai... Je m'y mets de suite, inspecteur, si j'ai du nouveau, où est-ce que je peux vous contacter ?

— Chez le légiste... J'aimerais bien savoir comment ce Dellos est mort !

— Bien chef ! Répondit l'inspecteur Malaimé en effectuant un demi-tour pour reprendre le chemin des bureaux.

Mais après quelques mètres et en prenant garde de ne pas être vu, Marin dégaina son téléphone.

— Ici Ecchery !

— ...

— Oui Monsieur, je pense qu'il soupçonne quelque chose !

— ...

— Eh bien parce qu'il m'envoie faire des recherches bidons...

— ...

— Oui, Jodelle, Belleau et Marot

— ...

— Clément Marot ! Oui c'est un des techniciens.

— ...

— Je ne sais pas, je n'ai pas pu placer de traceur sur lui.

— ...

— Il a dit qu'il va chez le légiste, mais je suis certain qu'il n'ira pas !

— ...

— Comment ? Il est quand même tracé ?

— ...

— Dans sa vodka ? Nanotechnologie ? Judicieux ! Envoyez-moi la fréquence que je puisse le suivre.

Marin reçu un message sur son téléphone et aussitôt lança son application de *tracking* avec les nouveaux paramètres.

— Je l'ai... C'est bon ! Vassili est-il toujours en cours ?

— ...

— Bien ! Je récupère le matériel et je poursuis ! Puis il raccrocha.

L'inspecteur Malaimé fit à nouveau demi-tour et redescendit quatre à quatre les escaliers sans quitter des yeux l'écran de son téléphone qui affichait maintenant la position de Bastien. Il entreprit de le suivre.

— Jusqu'ici c'est bon ! Il va chez le légiste ! pensa-t-il.

Il remonta encore quelques mètres la rue adjacente lorsqu'il s'arrêta brusquement devant une fourgonnette de nettoyage. Il appliqua sa main sur le logo de l'entreprise et la porte s'ouvrit immédiatement, le système ayant détecté son empreinte ADN. La fourgonnette était complètement vide. Il n'y avait sur le plateau qu'une valise rectangulaire suffisamment longue pour contenir un fusil longue portée.

Marin empoigna la valise et continua sa filature tout en fixant son écran.

— Merde ! Il tourne ! Mais où va-t-il, cet idiot ? grommela-t-il.

Le point orange à l'écran représentant Bastien avait brusquement bifurqué et il ne semblait plus du tout être sur le chemin du légiste.

— Je vois… La scientifique… C'est encore ce Gilles… Ça risque d'être intéressant… Il faut que je me trouve une position en hauteur ! fit-il en scrutant les bâtiments aux alentours.

Soudain il obliqua. Un bâtiment en particulier avait retenu son attention, il s'engouffra précipitamment à l'intérieur et se rendit immédiatement sur le toit.

De-là, il se trouva une position offrant une vue dégagée surplombant le bâtiment de la scientifique.

— Je parie que tu vas passer par l'arrière ! murmura-t-il à lui-même. Maintenant que je sais que tu te méfies...

Il ouvrit la valise et en sortit un drôle d'engin... Une espèce de grand tube noir terminé par une crosse de fusil avec sa gâchette et surmonté par une lunette électronique. L'appareil était branché à la valise et un écran de contrôle indiquait que le système était prêt à tirer. Allongé dans la position du *sniper*, il se mit en joue...

18. Deuxième sous-sol

*　*　*

Bastien sortit du commissariat et fit mine de se diriger vers les locaux du légiste à quelques pâtés de maisons plus bas... Puis lorsqu'il fut certain de ne pas être suivi, il obliqua vers le labo de Gilles. Celui-ci se situait à l'opposé du légiste au deuxième sous-sol. Une fois devant l'entrée de service de la scientifique, Bastien tira son mini-ordinateur et lança le nouveau programme d'Héraclès. À l'écran s'affichait les petits symboles multicolores représentant les appareils à proximité. En bas de la carte, un bouton rouge ne lui avait pas échappé et affichait : « désactivation ». Il appuya dessus et tous les points disparurent. Un message s'afficha « Périphériques désactivés, *reboot* du réseau de surveillance » et un compte à rebours de 5 minutes débuta.

Bastien comprit aussitôt qu'il ne serait invisible que quelques minutes tout au plus, à lui de les mettre à profit pour entrer discrètement dans le laboratoire de la scientifique. Il tira de sa poche une sorte de petit appareil qu'il posa sur le clavier de la porte et subitement celui-ci afficha un code d'entrée en même temps qu'il déverrouilla la porte.

— Pratique ces gadgets ! pensa-t-il en poussant la porte.

L'inspecteur se dépêcha de pénétrer dans l'ascenseur au bout du couloir et sans attendre il appuya sur le bouton du deuxième sous-sol... Le compte à rebours n'affichait plus qu'une minute lorsque la porte se ré-ouvrit sur le labo de Gilles.

— C'est vous qui avez fait péter les caméras, lui lança le technicien en l'apercevant ?
— Vous plaisantez, c'est tout juste si je sais faire fonctionner mon micro-onde !
— Mon cher Ange, un type qui ne sait pas se servir d'un micro-onde n'utilise pas un mini-ordinateur de 13ème génération !

Bastien se sentit pris la main dans le sac avec son mini-ordinateur sous le bras, il balbutia.

— C'est l'ordinateur de ma fille !
— La journaliste ?
— Euh oui ! Vous la connaissiez ?

Gilles ne répondit pas mais sembla satisfait de la réponse que lui donna Bastien. Il le poussa dans une drôle de petite pièce grillagée. Une fois à l'intérieur, il referma la porte et activa un interrupteur.

— C'est une cage de Faraday, inspecteur, aucun signal ne peut sortir d'ici, ni y rentrer !
— Une cage de Faraday ?

— Oui, enfin, je l'ai un peu améliorée... Mais ici personne ne pourra nous entendre !
— Mais qu'est-ce que...
— Vous vous souvenez de la demande d'autopsie pour Jansen ?
— Oui ! C'était fichu, quelqu'un avait ordonné la crémation et...
— Pas tout à fait... J'ai pris l'habitude de passer les corps au scanner ! Au cas où il y aurait un dispositif électronique de caché !
— Comment-ça ?

Gilles remonta la manche de sa blouse qui découvrit une main artificielle très réaliste au mouvement fluide.

— Je l'ai perdue sur une scène de crime. Je devais inspecter le corps d'un terroriste mais celui-ci avait en lui un dispositif explosif. Il m'a pété au nez lorsque j'ai lancé une analyse 3D de l'endroit ! Depuis je me méfie... Je scanne tous les corps avec mon petit scanner à main avant de faire quoi que ce soit.
— Je suis désolé... Je ne savais pas...
— Comment auriez-vous pu ? Et puis c'est une belle prothèse... Enfin pour l'époque... Le dispositif s'est amélioré et s'est allégé. Tout passe par le *Bluetooth* et la 6G maintenant.
— La 6G ?

— Oui pour les mises à jour des fonctions, la maintenance, les statistiques...

— Ah ? Euh oui...

— Finalement, c'est vrai que vous ne savez pas vous servir d'un micro-onde ! ironisa Gilles en remettant en place sa manche.

— Je vous l'ai dit mon cher Gilles...

— Bon... Revenons à nos moutons. Regardez...

Sur la table lumineuse, seul meuble de cette minuscule pièce, étaient disposés plusieurs clichés.

— Regardez, inspecteur, ça c'est le scanner crânien de notre ami Jansen !

— Thorensen !

— Thorensen ?

— Oui son vrai nom c'est Thorensen !

— Thorensen... C'est en rapport avec l'explosion dans le secteur 2 ?

— C'est le mari !

— Ah ? Bon... répondit Gilles à peine surpris par la réponse de l'inspecteur. Regardez, dit-il en désignant les clichés. Ici c'est... Thorensen, le mari... Ça c'est Thorensen, la femme et ici c'est Dellos ! Vous ne remarquez rien ?

— Euh, je vois bien les os et quelques formes de couleurs... C'est comme une radio !

— Justement non... C'est réglé pour colorier toutes les masses organiques en fonction de leur densité.

— Et alors ?

— Ici tout est noir... Pas de couleur, seulement une légère trace jaune, par-là...

— Et ce n'est pas normal ? demanda Bastien qui vraiment ne savait pas du tout ce qu'il devait voir sur ces photos.

— Bien sûr que non, inspecteur ! Cela signifie qu'ils n'ont pas de cerveau !

— Ne dites pas n'importe quoi ! Leur cerveau n'a pas pu disparaître !

— Il n'a pas disparu ! On l'a liquéfié !

— Liquéfié ? ! !

— Ou pulvérisé ! C'est le résidu de jaune que l'on voit ici et là, vous voyez ?

Gilles montrait du doigt les différentes parties du cliché présentant des petites taches jaunes.

— Mais comment c'est possible ça ?

— Je pense qu'il s'agit d'une arme sonique ou à radio fréquence...

— Mais cela n'existe pas !

— À vrai dire, si ! Il y a eu des expérimentations jadis... Mais rien de concluant... De toute façon si ça l'avait été, personne ne l'aurait su, vous pensez !

— Quelles expérimentations ?

— Vous souvenez-vous du syndrome de la Havane ?

— Vaguement... Il me semble que ça à voir avec l'ambassade des États-Unis à Cuba, une mystérieuse maladie, des maux de têtes...

— C'est ça, en 2016 ! Puis ça recommencé en 2017 à l'ambassade du Canada, 2018 à l'ambassade de Chine... Puis dans les années 2020, il y a eu une escarmouche à la frontière entre l'Inde et la Chine... Les chinois se seraient vantés d'avoir utilisé une nouvelle arme à radio fréquence pulsée qui aurait fait détaler l'armée adverse.

— Radio Fréquence Pulsée ?

— Oui ce sont des ondes qui utilisent l'effet de *Frey* mais pas que ! Certaines sont perceptibles pour l'humain, d'autres non.

— Et elle provoqueraient des maux de têtes ?

— Je crois qu'ils ont dépassé ce stade, inspecteur... S'il s'agit bien de cela, on serait face à une nouvelle génération d'armes !

— Les chinois ?

— Les chinois, les russes, les américains... Tiens ceux-là l'avaient même appelé MEDUSA.

— Médusa ? Vous avez dit Médusa ?

— Oui Médusa pour « *Mob. Excess Deterrent Using Silent Audio* » ! C'était une sorte de canon sonore qu'on dirigeait vers les manifestants pour les indisposer... Je crois même que dans les années 2020 les français se sont servis d'un truc similaire pour disperser les manifestants mais ils l'ont vite

abandonné pour utiliser des moyens, disons... plus traditionnels comme le LBD et le lacrymo...
— Et Médusa 2, ça vous parle ?
— Médusa 2... Non mais si c'est la suite de Médusa...

Bastien et Gilles se regardait l'un l'autre sans un mot comprenant l'horreur de leur découverte. Puis Gilles brisa le silence.

— Ce n'est pas tout...

Il posa sur la table une petite boite qui contenait un smartphone portant des traces de brûlures. Bastien le reconnut aussitôt, c'était celui de Marin.

— Un smartphone ?
— Oui mais pas n'importe quel smartphone, mon cher inspecteur. Celui-ci vous ne le trouverez dans aucune boutique !
— Que voulez-vous dire ?
— En apparence c'est un téléphone... Mais c'est un peu plus que ça. Il est en céramique avec empreinte ADN et à multifréquence ! Ce n'est pas n'importe quoi, c'est du top de chez top !
— Quoi ?
— Pour être plus clair, c'est un appareil pratiquement indestructible et indétectable qui peut faire beaucoup de choses et surtout des choses pas très nettes, si vous voyez ce que je veux dire. Il est aussi puissant que l'engin avec lequel vous êtes arrivé tout à l'heure.

— Et ça vient d'où ?

— Bien... Je l'ai trouvé pas très loin de la baie vitrée où je vous ai vu parler avec le commissaire en secteur 2.

— C'était vous ?

— Oui je vous ai fait un signe mais je pense que ce n'était pas le bon moment pour vous montrer ça.

— Vous avez bien fait ! Mais qui fabrique ce genre d'engin ?

— Les services de recherches et développement du département de la défense, les services secrets... Je ne vois pas autre chose !

— L'armée ?

— Oui ou ses prestataires privés comme Ostara, c'est la même chose ! Vu les contrats qu'ils ont avec l'État, c'est du pareil au même, inspecteur ! En tout cas ça n'avait rien à faire chez les Thorensen ! En plus, j'ai vu les historiques de fréquences. Ce jour là, il n'y avait que trois empreintes différentes mais seulement deux téléphones détectés à ce moment : le vôtre et celui de Madame Thorensen ! Qui était la personne qui utilisait ce smartphone, la troisième personne ? Je vous le demande !

— Là-dessus, j'ai ma petite idée !

Mais enfin pourquoi Marin possédait-il ce genre de téléphone ? se demanda-t-il. Le téléphone qu'il avait sorti tout à l'heure devant lui était quasiment identique, sauf qu'il portait le logo d'Ostara. Ça sentait franchement mauvais ! Pourquoi l'espionner, lui, inspecteur à la Crim' ? Et puis comment avait-il su le nom du rédacteur en chef ?

— Ange ? Inspecteur Bastien ?
— Oui, oui ! Gilles je réfléchissais... Mais dites-moi il fonctionne ?
— Bien sûr !
— Vous avez pu voir ce qu'il y avait dedans ?
— Vous êtes fou ? Pourquoi croyez-vous que je l'ai mis dans une boîte étanche et que nous sommes dans ma cage de Faraday ?
— Oui... Oui... Ne vous énervez pas...
— Écoutez Bastien ! Vous pensez-bien que ce téléphone a peut être un micro, un traceur, une bombe ou bien d'autres choses encore... De toute façon, je suis certain qu'il comporte un système d'auto-destruction. Alors franchement, je ne me risquerais même pas à lui chanter une berceuse... Et puis, il ne m'en reste qu'une ! fit-il en levant sa main artificielle. De toute façon votre histoire, elle pue !
— Elle pue ?
— Quand on commence à voir ce genre de choses, on fait ses devoirs !
— Vous avez enquêté sur moi ?
— Non... J'ai juste pris quelques informations pour savoir où je mettais les pieds.
— Et alors satisfait ? demanda Bastien irrité par l'attitude de Gilles.

— Oui... Et je suis désolé pour votre fille.

— Ma fille ? Qu'est-ce qu'elle a à voir là-dedans ?

— Oui, enfin... J'ai voulu savoir ce qui lui était arrivé...

— Et alors ? fit Bastien en fronçant les sourcils...

— Eh bien je suis désolé de vous l'apprendre mais je ne suis pas vraiment certain qu'elle ait été victime des bombardements à Taïwan.

— Que voulez-vous dire ?

— J'ai vu les photos prises de l'hôtel lorsqu'il a été complètement soufflé par les bombes...

— Et ?

— Il est impossible qu'une bombe lui soit tombée dessus... Vu les dégâts et l'absence de cratère, seul un missile tiré depuis le Sud aurait pu faire ça... Or l'invasion s'est faite par le Nord ! Et aucune bombe n'est tombé aussi près des hôtels !

— Ce n'est pas ce que les autorités ont dit...

— Je sais, Bastien ! Et je sais ce que j'ai vu, croyez-moi !

— Et vous croyez que tout ça a un lien avec ma fille ?

— Je ne sais pas... Mais ce que je sais c'est qu'à l'époque vous étiez sur des affaires de blanchiments et de corruptions puis subitement vous avez atterri à la Crim' !

— Hum...

— Je vous donne ma théorie ! Vous en ferez ce que vous voudrez...
— Allez-y...
— Je pense que votre fille a mis la main sur quelque chose de sensible, tellement sensible que ça a dérangé les huiles d'en haut... Vous avez eu accès à ses informations d'une manière ou d'une autre et ça s'est su... D'où votre mutation ! Enfin votre mise sur la touche.
— Et pourquoi tout ça remonterait-il maintenant ?
— Je pense que c'est en lien avec votre enquête du château d'eau... Vous avez dû remuer la merde !

Bastien se demandait s'il pouvait avoir confiance en Gilles ou bien tout cela n'était encore qu'une funeste manipulation de la part des services de renseignement. Mais cette fois son instinct ne lui chanta rien d'inquiétant à l'oreille.

— Thorensen est un chercheur qui travaille pour Ostara ! Il est le chef du projet Médusa 2.
— Thorensen ? Olaf Jansen ? le technicien du château-d'eau ?
— Oui !
— Mais que faisait-il sur ce château d'eau ?
— Allons Gilles ! Nous savons tous les deux qu'il n'y a jamais mis les pieds !
— Mais alors sa femme ?

— C'est elle qui m'a permis de faire le lien entre Jansen et Ostara !

— D'après la société qui l'employait, un prestataire d'Ostara, Thorensen recalibrait les fréquences sur les antennes relais. Mais je pense plutôt que c'était pour brouiller les pistes, il devait installer quelque chose d'autre. Par contre les autres techniciens devaient certainement recalibrer les fréquences.

— Quels techniciens ?

— Il y a eu trois autres techniciens qui ont été victimes de soi-disant accidents du travail ?

— C'était des collègues de Thorensen ?

— Je ne pense pas ! Ils ne figuraient pas sur la photo !

— La photo ? Quelle photo ?

— Ah ! Oui... Vous connaissez le « *Technological* »...

— Bien sûr, j'y étais avec vous ! ! !

— Non je veux dire le journal ?

— Ah ? Oui, c'est un magazine un peu trop Geek à mon goût mais leurs sources sont très fiables et les infos assez pertinentes et de qualité... jusqu'à quelques mois.

— Pourquoi quelques mois ?

— D'après ce que j'ai pu lire dans la presse, le journal faisait faillite et les investisseurs se sont détournés. Puis soudain, l'action est remontée de manière inexpliquée et de nouveaux associés sont entrés avec de l'argent frais. Le magazine a remonté la pente mais du point de vue éditorial, le ton n'y était plus !

— Un changement éditorial influencé par les nouveaux associés ?

— Sans aucun doute !

— Vous connaissez les nouveaux associés ?

— Oui... Enfin je suppose.

— Je ne comprends pas !

— Comprenez bien, Bastien, le secteur de la presse est complètement noyauté par les lobbyistes et les industriels ! Qui pourrait s'intéresser au « *Technological* » d'après vous ?

— Oh, un industriel du domaine, je pense...

— Mais encore ? Si je vous dis qu'un journal n'est jamais rentable et perd énormément d'argent !

— Bien dans ce cas, un groupe puissant politiquement et financièrement ! Comme...

— Comme Ostara, par l'intermédiaire de sa filiale JT Media !

— JT Media ? Jamais entendu parlé !

— Si je vous dis « Jonathan Terry » ?

— Le PDG d'Ostara ?

— Tout juste ! C'est sa boîte, JT pour Jonathan Terry Media.

— Je comprends maintenant pourquoi ils ont retiré le numéro de la vente !

— De quel numéro parlez-vous, Bastien ?

— Du numéro 175 du « *Technological* »... Ils l'ont supprimé à cause d'un article écrit par E. Jodelle. Ça vous parle ?

— E. Jodelle ? Non ! Vous n'auriez pas une photo par hasard ?

— Bastien reprit son mini-ordinateur et chargea les fiches des techniciens d'Up Services qui étaient morts accidentellement et qui se trouvaient encore dans la mémoire cache de la machine.

— Sans connexion je ne peux pas faire grand chose, d'autant que la photo de l'article où l'on voit Thorensen et son équipe a brûlé dans l'explosion. Mais est-ce qu'un de ces gars-là vous dit quelque chose ? demanda-t-il en affichant les portraits.

— Eh bien... Laissez-moi réfléchir un peu...

— Pas de problème... Ici c'est Joan de Grieck, là Ned Ward et là encore Clément Marot !

— Pour les deux premiers ça ne me dit rien mais pour le dernier par contre, je peux vous affirmer qu'il ne s'agit pas de Clément Marot !

— Parce que vous n'aimez pas les poètes français du XVe siècle ?

— Je vous demande pardon ?

— Je plaisante... Dites-moi !

— Ce gars-là ne s'appelle pas Clément Marot ! C'est Julian Aask !

— Julian Aask ? Pourquoi ce nom me dit quelque chose ?

— C'est un journaliste, un reporter plutôt, spécialiste des enquêtes sous couverture !

— En infiltration vous voulez dire ?

— Oui, il a défrayé la chronique il y a deux ans en révélant le système mafieux dans la gestion des infrastructures en Europe et la corruption de certains dirigeants et de hauts fonctionnaires... Ça n'a pas beaucoup plu en haut lieu, vous vous en doutez bien, pas mal de politiciens ont trinqué... Mais son boulot a été remarquable ! C'est pour ça que j'ai reconnu sa tête !

— Maintenant que vous le dites, effectivement ce nom me dit quelque chose. Donc ce gars devait enquêter sur les magouilles d'Ostara en se faisant passer pour un technicien. Et c'est lui qui a écrit l'article ! Mais pourquoi son nom n'est pas remonté plus tôt ?!!

— Eh bien parce qu'il a eu une jeunesse de hacker ! Il sait se rendre invisible !

— Un hacker ? C'était aussi un hacker ?

— Oui, à l'époque il signait tous ses articles avec son pseudo, Iphiclès !

— Iphiclès ?

— Oui... Dans la mythologie grec c'est le frère d'Héraclès !

Le regard de Bastien s'illumina comme celui d'un enfant devant son premier Noël.

— Bon dieu Gilles ! Vous savez s'il a une sœur ?

— Oui, euh peut-être, à vrai dire je n'en sais rien pourquoi ?

— Je ne sais pas... pas encore... Je vous tiens au courant Gilles mais là il faut que je parte, je dois vérifier quelque chose aux archives.

— Mais ??

— Faites gaffe à vous Gilles ! Je vous en prie ! lança Bastien en s'enfuyant encore une nouvelle fois devant lui.

19. Ex nihilo nihil

***

Bastien sortit précipitamment des bureaux de la scientifique. Marin voulut tirer mais l'appareil se bloqua : « connexion interrompue, erreur système ».

— Saloperie d'engin ! C'est bien le moment ! pesta-t-il en regardant Bastien s'enfuir... Cours, cours mon petit lapin ! Tant que tu le peux encore !

Marin comprit immédiatement que Bastien retournait au commissariat et qu'il fallait le devancer... Il remballa à la va-vite son arme, quitta le toit en courant et décrocha son téléphone :

— Ici Ecchery !

— ...

— Non, l'arme s'est enrayée... Pouvez-vous le ralentir ?

— ...

— Oui c'est cela... 10 minutes ça devrait suffire !

— ...

— Bien...

L'inspecteur Bastien courrait toujours puis soudain il s'arrêta net ! Un drone de surveillance s'était planté juste en face de lui. L'œil du cyclope le fixait, la petite lumière rouge au dessus crépitait indiquant que le scanner était en cours. Il fallait seulement attendre que la lumière passe au vert. Bastien resta le plus immobile possible, non par peur de ce petit drone de surveillance, mais parce qu'il n'avait aucune confiance aux cinq autres qui l'entouraient et qui ressemblaient à s'y méprendre à ceux utilisés par le commandant Delvoise. Au moindre mouvement mal interprété par les machines, Dieux sait comment elles allaient réagir. La situation pouvait basculer à tout moment.

La petite lumière passa au vert puis repassa au rouge clignotant. La reconnaissance faciale avait échoué ! Il lui fallait encore patienter quelques minutes, mais le petit drone ne sembla pas être de cet avis et recommença encore deux fois le processus de reconnaissance faciale. Enfin le témoin lumineux se figea au vert et les drones repartirent dans le ciel à la recherche d'un autre individu.

— Curieux, pensa-t-il. D'habitude ça ne plante jamais !

Enfin il arriva au commissariat. À l'étage, il croisa Marin qui continuait les recherches sur son ordinateur.

— Alors tu as trouvé quelque chose ? lui lança-t-il.

— Non inspecteur ! Ces types ne sont pas dans notre système, j'essaye avec les bases Interpol mais ça va prendre du temps.

— Hum, je suis certain qu'il y a un lien entre ces trois individus... Creuse encore et essaye de savoir s'il ne s'agirait pas de pseudos.

— Des pseudos ? interrogea Marin surpris.

— Oui... Des pseudos comme dans l'informatique, quoi ! Ou des noms de code, comme tu veux ! S'il s'agit d'un réseau, je pense qu'ils ne doivent pas utiliser leurs vrais noms.

— Oui en effet... Je vais croiser les données et on verra bien...

— Oui fait ça, en attendant je suis aux archives.

— Aux archives ? Bon...

L'inspecteur Bastien avait à peine disparu dans l'ascenseur menant au troisième sous-sol, lieu commun pour les archives, quand le téléphone de Marin vibra.

- inconnu : Alors ?
- Marin : Rien !
- inconnu : Hackerman ?
- Marin : Toujours rien !
- inconnu : Vous faites quoi ?
- Marin : Des recherches sur un supposé réseau d'activistes.
- inconnu : Pourquoi ?
- Marin : Il pense qu'il y a un lien entre les 3 victimes.

]] inconnu : Continuez... ça va peut être remuer un peu sur le Net.

]] Marin : ok

*
* *

La plupart du temps tout était digitalisé, numérisé en 2D, 3D ou passé à la moulinette numérique. Aussi personne n'avait plus besoin de descendre aux archives. Seuls quelques rats, reliques d'un autre temps, comme lui, se risquaient dans ce sous-sol lugubre à la recherche de quelque chose à se mettre sous la dent. La lumière crue émise par les néons n'arrangeait pas le tableau et les petits soubresauts lumineux dus aux starters vieillissants des lampes ne permettaient pas non plus d'y séjourner bien longtemps. Mais Bastien savait ce qu'il était venu faire. Il marchait d'un pas ferme le long des étagères sur lesquelles étaient rangés tous les cartons contenant les pièces à convictions des affaires non classées. Malheureusement après un certain temps, pour faire de la place, les cartons était détruits quant à leur contenu, il finissait à l'incinérateur. Ça se faisait souvent à la va-vite aussi les erreurs étaient fréquentes et parfois des pièces récentes disparaissaient sans que l'on sache vraiment pourquoi. Le local ne possédait d'ailleurs aucune caméra de surveillance ni aucun vigile. À quoi bon ? C'est dire la valeur qu'on accordait aux archives ! Pour ses supérieurs, seule le dogme de la digitalisation avait d'importance, il fallait tirer un trait sur ces pratiques ancestrales et économiser le budget.

— Dossier... Dossier XT34... euh... Ah le voilà ! s'exclama-t-il.

Il prit son téléphone et scanna le QR-Code de la boite pour afficher le dossier de l'affaire.
Le visage de Julian Aask apparut à l'écran sous le nom de Clément Marot. Le dossier avait été suivi par le commissaire Vigier et concluait à un accident de voiture. Cependant le fichier était pratiquement vide, on y indiquait seulement les circonstances de l'accident. Julian Aask se serait endormi au volant et le système anti-somnolence du véhicule ne se serait pas déclenché. La voiture aurait terminé sa course au pied d'un mur, il était mort sur le coup.
Sur les photos qui figuraient, on y voyait parfaitement l'état de la voiture. L'avant était à peine enfoncé ! Qui aurait pu croire qu'un tel choc eût été mortel ? L'expertise du véhicule avait été manifestement bâclée, pour l'expert, le système central du véhicule avait été effacé, il ne pouvait tirer aucune conclusion.

Chose curieuse, la liste des objets personnels était vide. Pas même un portefeuille ! Bastien regarda à tout hasard à l'intérieur du carton. Il n'y avait qu'un petit boîtier métallique, certainement la boîte noire de la voiture et une pochette en carton. Il ouvrit la pochette et découvrit à l'intérieur, une vieille montre

« Kelton » à aiguilles dont l'écran était fêlé. Au dos étaient gravés ces quelques mots « En souvenir d'Héraclès ».

— Bon dieu ! Mais pourquoi ne figure-t-elle pas dans l'inventaire ? se demanda-t-il.

Il regarda autour de lui et rassuré de ne voir personne dans les parages, il glissa la montre dans sa poche.

— Après tout, elle n'existe pas pour le dossier ! murmura-t-il en pensant la restituer à Joëlle.

Il n'était quand même pas fier de lui. C'était bien la première fois qu'il enfreignait la loi. Il tira de sa sacoche, le mini-ordinateur et lança le programme de détection d'Héraclès, histoire d'estimer au mieux les risques s'il avait été tout de même suivi. Mais l'écran afficha l'image d'une pièce désespérément vide ! Vide certes, si on faisait abstraction des trois symboles lumineux qui persistaient au même endroit... L'endroit exact où il se situait !

— C'est quoi encore ce truc ? vociféra-t-il.

Puis son regard s'illumina, c'était évident, il portait un mouchard ! Quant au troisième élément, ce ne pouvait être que la montre. Comment pourrait-il contacter Joëlle sans se faire remarquer, ni la mettre en péril ?

Il explora le menu de l'application et tomba rapidement sur ce qu'il cherchait : l'envoi de SMS cryptés. Problème, le menu lui proposait d'utiliser le Wifi, mais l'item était grisé, donc inactif, ça ne lui laissait qu'un seul choix : « *Blue Scatter* ». Et ça, il n'en n'avait jamais entendu parlé. Il maugréa un instant contre sa stupide inculture technique puis lança la commande en se disant qu'il pourrait bien l'annuler s'il s'était trompé. L'écran de l'ordinateur afficha alors une carte similaire à la carte des appareils actifs que Joëlle lui avait montrée. Cependant, sur cette nouvelle carte, seuls les appareils *Bluetooth* apparaissaient. L'appareil lui proposa alors de créer un réseau aléatoire. Ne sachant pas quoi répondre, il fit ce que la majorité des gens font dans ce cas-là : il répondit par l'affirmative ! L'appareil traça alors sur la carte une gigantesque toile d'araignée reliant tous les appareils *Bluetooth* entre eux. Puis elle afficha un formulaire contenant un unique champ de saisie de texte. Impossible de spécifier le destinataire.

— Bon Dieu ! Ça connecte tous les gadgets *Bluetooth* entre eux pour faire un réseau parallèle ! s'exclama Bastien surpris. Puis il écrivit :

⟧ inconnu : Angelito, urgent rdv ?

Il appuya sur le bouton « envoyer » mais la machine ne répondit que par un message laconique : « envoi différé, attente point d'entrée piconet ». Dépité par sa propre nullité technique, il ferma l'ordinateur ! Puis il regarda à nouveau à l'intérieur du carton.

— Peut-être que Gilles ou Joëlle pourront décortiquer cette boîte noire ? pensa-t-il. Après tout... Elle ne figure pas non plus sur l'inventaire !

Le petit boîtier alla rejoindre tout aussi discrètement la montre dans sa poche. Il referma le carton d'archive et le replaça sur l'étagère comme si de rien n'était. Puis il eu une idée, il pianota sur son téléphone et afficha les dossiers de Joan de Grieck et de Ned Ward, les deux autres victimes. Son écran afficha instantanément les fiches des individus et leur numéro d'archive : XT67 et XU03.
Il parcourut de long en large les étagères à la recherche de leurs boîtes et au bout de quelques minutes, il finit par les trouver. Mais les boîtes étaient vides ! Pourtant d'après leurs fiches informatiques, il aurait dû trouver à l'intérieur, des badges de travail, des portefeuilles et d'autres objets personnels. Mais rien ! Pas même un post-it ! Comme si ces individus n'avaient jamais existé. Il eut une nouvelle idée. Il se connecta immédiatement au site de l'assurance maladie et frappa la fiche de Joan de Grieck. L'application afficha alors toutes sortes d'informations : des remboursements de soins, des échanges avec sa mutuelle, son carnet de vaccination... Il fit de même pour Ned Ward et le système lui afficha la même chose. Cependant un truc clochait. Tous les actes étaient identiques,

tant pour Joan de Grieck que pour Ned Ward. En gros, ils avaient eu les mêmes maladies au même moment, avaient pris les mêmes médicaments en même temps, possédaient le même médecin traitant qui les avait vacciné à la même date avec les mêmes vaccins... portant le même numéro de lot ! C'était un coup monté ! Quelqu'un s'était donné beaucoup de mal pour construire de fausses identités à ces deux personnes mais avait fait l'erreur d'un bête copier-coller pour les données. Soudain il se souvint que le dossier d'Olaf Thorensen comportait lui aussi des erreurs. Il inspecta alors plus en profondeur les dossiers des deux victimes. Là encore la date de mise à jour était identique mais le contenu du procès verbal était différent. Joan de Grieck serait mort d'un arrêt cardiaque lors d'un spectacle comique au théâtre, tandis que Ned Ward serait mort dans un bar « La taverne de Moorfields ». Ivre, il se serait cogné la tête sur le comptoir, ce qui aurait provoqué une hémorragie interne. Cependant le fichier ne comportait aucune photo, ni des victimes, ni des lieux contrairement à la procédure.

Bien que le commissaire Vigier représentait pour Bastien tout ce qu'il détestait chez un bureaucrate, petit bourgeois friqué, carriériste avec les ambitions politiques, il lui reconnaissait tout de même une qualité : la rigueur de ses enquêtes ! Jamais, il n'aurait bâclé une affaire ! Tous ces fichiers étaient bidons ! Il devenait très urgent de parler à Joëlle.

20. Au petit coin

***

Le commandant Delvoise était au garde-à-vous, bien droite dans son uniforme noir, dans le bureau cossu du Ministre. Jonathan Terry était là lui-aussi, bien confortablement installé dans un fauteuil Second Empire et parcourait ses e-mails sur son téléphone.

— Décidément , ce type est aussi collant qu'une mouche à sa merde, pensa-t-elle.

Soudain le ministre entra comme à l'accoutumé, par la petite porte latérale qui donnait directement sur le bureau du président. Il semblait de bonne humeur.

— Bien, bien, bonjour commandant ! lança le Ministre prompt à s'asseoir dans son fauteuil.
— Bonjour monsieur le Ministre ! répondit-elle sur un ton très protocolaire.
— Je vous en prie, commandant, nous sommes entre-nous, asseyez-vous donc ! lui dit-il en désignant le deuxième fauteuil Second Empire qui stationnait devant son bureau.

Le commandant Delvoise s'exécuta et s'assit à côté du PDG d'Ostara.

— Eh bien ! Commandant ! Où en êtes vous avec ce hacker ?

— Hackerman ne s'est manifesté qu'une fois pour l'instant, Monsieur le Ministre.

— J'ai remarqué oui... Il a déconnecté tout le réseau mondial. Il a planté tout le monde.

— Oui, Monsieur, c'est sa technique pour ne pas être pisté.

— Comment ça ?

— Oui quand il reste trop longtemps sur les réseaux, il désactive tout et efface tous les fichiers journaux... Toutes ses traces... Ça ne peut se faire que pendant un redémarrage du matériel. La méthode est brutale mais efficace.

— Hum...

— Sinon, je pense que notre travail porte ses fruits, l'inspecteur Bastien est entré en contact avec lui.

— Et alors ?

— J'ai un de mes hommes à la Criminelle qui le suit de près. Si Hackerman se manifeste à nouveau, nous le saurons et nous lui tomberons dessus.

— M... oui ! Que vous dites, commandant ! ironisa Jonathan Terry.

— Je vous demande pardon ! claqua Delvoise piquée au vif.

— Eh bien oui... Jusqu'à présent on ne peut pas dire que vos efforts aient été couronnés de succès !

— Hackerman est l'un des meilleurs pirates informatiques au monde. Il est très prudent ! Vous pensez vraiment qu'il est si facile de l'attraper ?

— S'il vous plaît tous les deux ! Nous sommes tous ici pour la même chose : Hackerman ! Ce n'est pas en nous chamaillant que nous allons être plus efficace ! intervint le Ministre.

— Bien sûr, Monsieur ! se reprit le commandant Delvoise. Néanmoins, j'ai doublé nos chances en activant les drones de poursuites.

— Des drones de poursuites ?

— Oui Monsieur, ce sont des drones expérimentaux que votre ami ici présent nous a donnés !

— Jonathan ! Pourquoi n'ai-je jamais entendu parlé de ces drones de poursuite ?

— Bien sûr que si, mon ami... Lorsque tu as signé le marché, tu as bien dû voir que je t'avais mis la mention « drones multifonctionnels ».

— Oui, oui... fit le Ministre, gêné. Mais cela ne veut pas dire grand chose.

— Rappelle-toi notre conversation ! Le marché était pour nous la possibilité d'expérimenter nos drones militaires pour une application civile.

— Oui... et ?

— Et bien il faut bien expérimenter mon ami... Les drones de poursuite entrent dans ce cadre !

— Et ça marche comment ?

— Monsieur, on donne aux drones l'empreinte comportementale d'un individu, puis les drones comparent les comportements de tous les individus qu'ils scannent à cette empreinte. Si le scanner est positif, l'individu est marqué puis pisté. Les drones ne le lâchent plus !

— Très joliment dit commandant, je n'aurais pas mieux fait ! railla Jonathan Terry.

— En fait c'est une reconnaissance du mouvement de l'individu !

— Tout à fait Monsieur le Ministre ! Et couplé à la reconnaissance faciale cela nous donne un certitude à 99,9%

— 99,9% ? Pas 100% ? ironisa le Ministre.

— C'est la marge d'erreur, mon ami ! Il y a toujours une marge d'erreur !

— C'est efficace ?

— Oui, Monsieur ! Ces drones sont capables d'analyser les mouvements d'une dizaine d'individus en même temps sans avoir besoin de les comparer à une base de données, contrairement à la reconnaissance faciale ! Ils sont donc plus rapides !

— Oui certes, mais vous ne savez pas qui vous poursuivez !

— Comment ça, Monsieur ? fit Léa Delvoise déconcertée.

— Oui. Il faut que vous soyez certaine de votre empreinte !

— En effet, Monsieur... D'où l'importance de bien identifier la personne avec des moyens plus traditionnels, en attendant d'avoir une base de données des citoyens, qui intègre le mouvement en plus des données biométriques classiques.

— Et ces drones sont déployés !

— Oui... Ils suivent l'inspecteur Bastien en mode furtif.

— Bien, bien... Je ne saurais que trop vous rappeler l'importance d'Hackerman.

— J'en suis très consciente Monsieur !

— Moi je ne trouve pas... Je trouve plutôt que votre enquête patine ! continua le PDG d'Ostara.

— Tout le service est sur la brèche, Monsieur ! Nous savons très bien que le programme qui a disparu est d'une importance capitale pour notre sécurité nationale !

— Ah oui ? se moqua à nouveau Jonathan Terry.

— Il suffit Jonathan ! Tu dépasses les bornes ! Le commandant Delvoise est tout à fait compétente et patriote ! Elle a parfaitement conscience que ton fichu programme est capital pour le contrôle de nos communications ! s'emporta le Ministre. Tu n'avais qu'à mieux protéger ton matériel !

— Dis-donc ! Dois-je te rappeler à qui tu dois ton poste ? Monsieur le Ministre !

— Et moi dois-je te rappeler comment tu as fait fortune ? hurla le ministre dont la figure avait viré au rouge écarlate.

— Si on m'avait laissé faire, votre inspecteur Bastien aurait déjà tout avoué !

Le commandant Delvoise se sentit de trop dans cette conversation qui dérapait.

— Mais heureusement qu'on ne t'a pas laissé faire, Jonathan ! On aurait eu un autre Taïwan ! s'égosilla le Ministre.

— Laisse donc Taïwan ! C'est de l'histoire ancienne !

— Si on t'avait empêché à Taïwan, nous ne serions pas dans cette merde aujourd'hui ! Monsieur le PDG d'Ostara !

Le commandant Delvoise était vraiment très mal à l'aise devant cette conversation qu'elle ne comprenait pas et à laquelle elle n'aurait jamais dû assister. Elle demanda donc à disposer, ce que le Ministre lui concéda d'un geste de la main.

Une fois le commandant Delvoise partie, les deux hommes restèrent muets quelques minutes. La tension retomba et le Ministre reprit.

— Jonathan, ce n'est pas en allant vite que l'on va loin, je te le rappelle !

— Peut-être, mais il faut parfois se salir les mains pour y arriver.

— Il faut que tu arrêtes ! Je ne pourrais plus longtemps couvrir tes magouilles à ce rythme.

— Allons bon ! Tu le dis à chaque fois ! Il n'empêche que si je n'avais pas pris l'initiative à Taïwan, toutes nos petites affaires feraient maintenant la une des journaux.

— À Taïwan on pouvait faire autrement ! Je me refuse à penser qu'il n'y avait que ça à faire !

— Tu as signé l'ordre, pourtant !

— Sur le moment j'ai pensé que c'était la seule solution !

— Mais c'était la seule solution ! Sinon plus d'Ostara et adieu ta carrière politique.

— Ma carrière politique ? Tu es sérieux Jonathan ?

— Oui nous sommes liés ! Sans moi tu n'es rien ! Si je tombe, tu tombes avec moi !

Le téléphone du PDG d'Ostara vibra.

— Désolé mon ami... Je dois y aller. C'est important.

— Oui ! Oui ! fit le Ministre en le saluant de la main tandis que Jonathan sortait, le téléphone à l'oreille.

Le Ministre regarda un instant par la fenêtre. La pluie tombait toujours, inexorablement... La grisaille du ciel eut raison de son moral déjà bien mal en point. Il espéra voir un moment une éclaircie, un petit coin de bleu... quelque chose de plus joyeux. En vain. Il décrocha son téléphone.

— Bonjour ! Où en êtes-vous de votre côté ?

— ...

— Tout est en place ? Vous avez semé des petits cailloux partout ? Oui, j'avais compris !

— ...

— Je pense que votre théorie est la bonne. Ce hacker veut se venger d'Ostara mais il va le faire en utilisant les médias. Il prépare certainement un coup façon « Panama Papers » ! Nous devons mettre la main sur ses données avant qu'il ne les publie. Et pour cela vous devez lui tomber dessus avant tout le monde et rapidement !

— ...

— Oui...

— ...

— Et surtout que Jonathan Terry n'y soit pas mêlé ! Ce type est devenu incontrôlable !

— ...

— Si tout marche comme vous l'avez prévu, ce Hackerman vous fera confiance. Et vous n'aurez qu'à tendre la main pour ramasser les données.

— ...

— Oui avec ça nous aurons un moyen de pression et Jonathan se tiendra tranquille ! Je vous fais confiance, mon ami.

— ...

— Naturellement, je saurais récompenser votre dévouement...

*
* *

Pendant ce temps là, Gilles réfléchissait dans son laboratoire. La visite de Bastien tout à l'heure l'avait déboussolé. Comment un type aussi nul en technique pouvait déconnecter toutes les caméras du bâtiment ? Heureusement qu'il avait eu la présence d'esprit d'actionner l'interrupteur, ça lui permettait d'avoir un coup d'avance.

L'interrupteur de sa cage de Faraday faisait deux choses. Non seulement il amplifiait le brouillage radio à l'extérieur de la cage mais en plus il lançait un système d'enregistrement d'images par drone. N'importe quel drone classique qui passait par là était intercepté. Le système en prenait le contrôle pour le positionner automatiquement au dessus du bâtiment pendant une vingtaine de minutes. Tout ce qu'il voyait était enregistré. Puis, une fois la connexion rétablie, Gilles recevait toutes les vidéos sur son ordinateur et les drones étaient libérés... Sa mémoire ayant été effacée au préalable !

Il visionna le film où l'on voyait Bastien courir comme un fou en direction du commissariat, puis s'arrêter brutalement. Des petits points noires sur l'image attirèrent son attention. Il zooma et comprit immédiatement qu'il s'agissait de drones non conventionnels qui avaient lancé une procédure de reconnaissance faciale. Mais chose anormale, celle-ci durait bien trop longtemps. En plus il ne comprenait pas la présence de ces autres drones autour de lui. Il décida de reprendre la vidéo depuis le début au ralenti, depuis la sortie de Bastien du bâtiment.

Il s'aperçut rapidement que des drones le suivaient, à quelque mètres tout au plus. Il était pisté, c'était évident ! Une autre chose attira son attention : il y avait un type sur le toit ! Et manifestement il s'agissait d'un *sniper*. Pourtant il pointait sur Bastien un drôle de fusil. Gilles voulut en savoir plus et lança le programme d'identification sur cet inconnu.

Au bout de quelques minutes, l'ordinateur présenta la fiche de Marin Malaimé, inspecteur stagiaire à la Crim'.

— Là je ne pige pas ! se dit-il. Qu'est-ce qu'un flic de la Crim' fait là ? Un stagiaire en plus !

Ça sentait le barbouze à plein nez. Gilles entreprit alors de faire une empreinte du visage de Marin pour lancer le programme de reconnaissance faciale sur l'ensemble des bases de données de la « Maison ». Mais le résultat ne fut guère concluant, l'inspecteur Malaimé n'existait pas. Il lança alors la recherche sur tous les médias...

— Il y aurait bien quelque chose qui remonterait ! Ce type là ne pouvait pas être passé au travers de toutes les caméras de surveillance du monde entier et au travers d'internet ! pensa-t-il.

Par contre le résultat fut plutôt étrange. L'ordinateur remonta des images de conflits africains, d'Europe centrale et de l'Ukraine...
Ce type était partout ! Cependant une image en particulier retint son esprit. Il la reconnaissait, c'était à Taïwan. On voyait le soi-disant inspecteur de la Crim' examiner les débris de l'hôtel, il portait une tenue de technicien estampillée « Ostara ». Cela ne pouvait pas être une coïncidence...

21. La routine

***

Bastien ne comprenait pas. Joan de Grieck et Ned Ward ne possédaient aucune boite d'archive, ce n'était vraiment pas normal vu la date de leur mort. Il ne pouvait y avoir que deux possibilités. La première possibilité était que le contenu des boîtes avait été détruit. Mais était-ce volontairement ou s'agissait-il encore d'une erreur administrative ? La seconde possibilité était qu'elles n'avaient jamais été autre chose que des boîtes vides ! Et dans ce cas, cela voulait dire que les fichiers étaient faux ! De toute façon, quelqu'un s'était donné bien du mal. Mais pourquoi faire ?

L'inspecteur Bastien tapotait sur son bureau tout en observant Marin, qui derrière son pupitre continuait ses recherches sur les noms qu'il lui avait donnés.

— Tu t'en sors ? Tu as quelque chose ? lui demanda-t-il.

— Marin leva les yeux au-dessus de son écran.

— Vous êtes sûr de votre coup ? Parce que je n'ai rien sur ces gens-là ! Qu'est ce que je dois chercher au juste ?

— Hum... Tu n'as vraiment rien trouvé ?

— Pas vraiment, la seule chose que je trouve sur le sujet est dans Wikipédia !

— Dans Wikipédia ?

— Oui... Il s'agirait de poètes du XVIe siècle !

Bastien eut une idée lumineuse...

— Tu pourrais essayer avec Joan de Grieck et Ned Ward ?

— Quoi les deux autres victimes de chez Ostara ?

— Oui mais ils ne sont pas morts dans un accident de travail, ceux-là !

— Pardon ? C'est pourtant ce qui figure dans les documents officiels fournis par Up Services !

— Oui mais j'ai consulté leur dossier. Le premier serait mort d'un AVC en plein spectacle et l'autre complètement bourré se serait ouvert le crâne en chutant dans une taverne.

— Si ce ne sont pas des accidents du travail, de quoi s'agit-il selon vous ?

— À vrai dire, je ne sais pas quoi en penser... Mais l'une des deux versions est fausse !

— Vous pensez à une fraude à l'assurance ?

— Qu'est-ce que tu entends par là ?

— Eh bien que si ces morts ne sont pas des cas d'accident de travail, on a voulu le faire croire pour empocher les primes ?

— Ou l'inverse, Marin !

— L'inverse ?

— Oui que ce sont peut-être de vrais accidents de travail qu'on a essayé de maquiller en autre chose...

— Mais dans ce cas adieu les primes !

— Oui... mais cela permet à Ostara et ses prestataires de rentrer dans les statistiques pour les accidents du travail.

— Quel est l'intérêt ?

— C'est évident, Marin ! Cela évite d'attirer l'attention des autorités et donc pas de visites d'inspection !

— Oui ! Vous avez raison ! Aucune tracasserie administrative, aucun contrôle puisque tout est normal... Ils peuvent continuer leurs petites affaires tranquillement sans être dérangés ! Vous avez raison, inspecteur...

— Entre leur nom dans Wikipédia, s'il te plaît, Marin !

— Mais pourquoi ?

— Fais-le... S'il n'y a rien, il n'y a rien !

Marin s'exécuta et au bout de quelques minutes s'exclama :

— Mais c'est quoi ce truc !

— Qu'est-ce qui t'arrive, Marin, le système a planté ?

— Pas du tout ! Mais ces gars-là sont morts depuis bien plus longtemps d'après Wikipédia ! C'est comme pour les autres noms !

— Qu'est-ce que tu racontes ? s'étonna Bastien en rejoignant Marin devant son pupitre.

Et en effet, la requête Wikipédia remonta deux informations. Joan de Griek était un auteur de pièces de théâtre tragi-comique mort en 1699. Ed Ward était quant à lui un drôle de personnage, à la fois gérant d'une taverne appelée « Bacchus » dans les Moorfields et écrivain.

— Ce sont donc des pseudos ! Encore des pseudos ! s'exclama l'inspecteur Marin.
— Oui et tous proviennent de la littérature ancienne ! Encore le XVIe ou le XVIIe siècle a priori.
— C'est complètement dingue !
— Je ne te le fais pas dire... Plus personne ne s'intéresse à la littérature de nos jours, les gens préfèrent se brancher la cervelle sur des séries télé débiles et formatées. Marin ! Essaye de voir avec la morgue s'ils ont eu des clients ce jour là ?
— Je fais une recherche avec ces noms-là ?
— Oui.. Avec ou sans... L'essentiel est de savoir s'ils ont vu passer des corps ces jours-là !

Marin s'exécuta et replongea dans son écran. Bastien quant à lui venait d'avoir une idée... Et si ces types n'avaient jamais existé ? Dans ce cas, l'argent n'existait pas non plus ! Il rappela son ami Joshua Bali de l'*International Trade Bank*.

— Bonjour Joshua, je ne te dérange pas ?

— ...

— Oui, oui, ça va, je te remercie.... Dis donc, j'ai un autre service à te demander...

— ...

— Oui, je te serais redevable pour l'éternité ! Mais pourrais-tu me faire une recherche sur Joan de Griek et Ed Ward ?

— ...

— Oui ce sont les mêmes personnes que la dernière fois mais je m'intéresse aux mouvements de fonds cette fois !

— ...

— Oui je sais... Il me faut une injonction... Mais rassure-toi je veux juste savoir si les fonds ont vraiment transité, s'ils sont réels ! Je ne veux pas connaître leur origine !

— ...

— Oui je comprends s'ils figurent sur les relevés bancaires, c'est qu'ils existent. Mais j'ai l'impression qu'il y a anguille sous roche.

— ...

— Non ! Je veux seulement ton avis... Si tu juges qu'il faut aller plus loin alors je demanderai une injonction au juge, rassure-toi !

— ...

— D'accord... Tu vois ça et tu me rappelles dans la foulée. À tout à l'heure !

L'inspecteur Bastien raccrocha. Mais quel serait l'intérêt de créer de faux accidents qu'on aurait maquillés ou de trafiquer les dossiers administratifs de gens qui n'ont jamais existé ? Le seul point commun à toutes ces affaires était qu'elles étaient toutes fausses... Mais dans quel but ?

— Inspecteur !

— Oui Marin ?

— J'ai l'info ! La morgue n'a vu passé aucun corps à ces noms !

— Personne ?

— Non j'ai même vérifié auprès des morgues dans les hôpitaux et les crématoriums !

— Les crématoriums ?

— Oui au cas où quelqu'un aurait voulu se débarrasser des corps ! Mais ceux-ci étaient fermés pour la quinzaine.

— Comment ça ?

— Et bien vous le savez-bien, inspecteur, ils ne peuvent fonctionner que tous les quinze jours, à cause des restrictions de gaz.

— Oui, oui, j'avais oublié, hum... et sinon personne ?

— Non aucun corps n'est arrivé ces jours là... J'ai toutes les confirmations par mail, aucune entrée ces dates !

— Donc pas de corps !

— Oui ! Ces types n'existent pas !

Bastien se remit à tapoter sur son bureau... Quelqu'un avait monté tout ça dans un objectif bien précis ! Mais lequel ? Pourquoi quelqu'un voudrait faire croire à des accidents chez Ostara ? Un concurrent certainement, pour attirer l'attention sur lui... Mais dans quel intérêt ? Ostara avait les moyens d'étouffer l'affaire et puis ses avocats auraient vite fait de trouver la faille comme lui l'avait fait. Le téléphone sonna, c'était à nouveau son ami Joshua de la banque.

— Oui ici L'inspecteur Bastien...

— ...

— Ah Joshua, déjà ?

— ...

— Comment ça les comptes sont fictifs ?

— ...

— Les sommes aussi ?

— ...

— Comment ça ? Sauf qui ?

— ...

— Olaf Jansen ! ! !

— ...

— Oui oui tu m'as beaucoup aidé... Je te dois un restau, c'est promis !

— ...

— Bien sûr... Tu me tiens au courant si tu as autre chose...

— ...
— À bientôt !

Marin n'avait pas perdu une miette de l'entretien et brûlait d'impatience.

— Alors, inspecteur ?
— Alors, quoi Marin ?
— Et bien votre ami qu'est-ce qu'il a dit ?
— Les comptes bancaires sont faux !
— Les mouvements de fonds aussi alors ? !
— Oui sauf un !
— Olaf Jansen ?
— Tout à fait. Quelqu'un a utilisé des comptes fictifs !
— Des comptes fictifs ?
— Oui ce sont des comptes brouillons si tu préfères. Les étudiants en études bancaires peuvent s'entraîner sur des faux comptes à passer des ordres de virement, de crédit... Enfin tout ça...
— Et pour Olaf Thorensen alias Jansen ?
— Le compte est vrai mais il a été maquillé en compte fictif...
— Comment ça ?
— Quelqu'un lui a attribué un numéro de la suite Fibonacci !
— Euh Fibonacci ? Je vous avertis, inspecteur, moi et les maths ça fait deux !
— Écoute, Joshua m'a dit que la banque attribuait à tous les comptes fictifs des numéros à onze chiffres

qui commencent par la suite de Fibonacci : 01 1 2 3 5 8 13 21... Mais pour Olaf Jansen les deux derniers numéros n'étaient pas 21 mais 17.

— Et du coup c'était un vrai compte bancaire ?

— Oui ! Un compte que personne n'a repéré car il se fondait au milieu des comptes fictifs.

— C'est tordu !

— Mais efficace ! En tout cas ça nous apprend que Thorensen s'est fait descendre et qu'on a voulu brouiller les pistes en cachant ce meurtre au milieu d'autres accidents... fictifs.

— Mais pourquoi faire croire que ces gens-là recevaient de fortes sommes ?

— Pour nous faire croire à des escrocs, peut-être... Des paiements contre quelques services particuliers... Pour commanditer des meurtres... Nous orienter sur une piste mafieuse... Tout est possible !

— Oui mais n'importe quel flic un peu futé en creusant aurait trouvé la faille, sans vouloir vous manquer de respect, inspecteur.

— Oui tu as raison, Marin... La personne qui a fait tout ça est quelqu'un de très méticuleux, il s'est donné beaucoup de mal et pourtant il a fait des erreurs grossières.

— Vous pensez qu'il a fait exprès ?

— C'est certain... Quelqu'un a voulu nous mettre sur la piste d'Olaf Jansen ou Thorensen. Quelqu'un a voulu mettre le focus sur Ostara et nous pousser sur les traces de cette entreprise. Et il reste encore la question des 300 000 euros qu'à touché Thorensen ! Une rémunération ?

— Vous pensez à des activistes, inspecteur ?

— Hum... Ils n'ont pas ce genre de moyens !

— Hackerman ?

— Qui ça ?

— Hackerman ! Un pirate qui joue les redresseurs de torts.

— Mais quel serait son intérêt ?

— Je ne sais pas... Simplement attirer l'attention sur Ostara...

— Tu dis que c'est un redresseur de torts ? C'est une sorte de Robin des bois ?

— En quelques sortes inspecteur ! Il s'en prend généralement à des entreprises qui ne respecteraient pas une certaine éthique, ou cacheraient des choses que le public devrait connaître... Enfin selon ses opinions.

— Comme une sorte d'éco-terroriste ?

— Oui sauf que son domaine c'est l'information, bien qu'il soit capable de toutes sortes d'actions.

— En tout cas cela n'explique pas ce qui c'est passé au secteur 2, lorsqu'on a voulu se débarrasser de Madame Thorensen et peut-être de nous par la même occasion !

— On aurait voulu nous tuer, inspecteur ?

— Ou bien c'était un avertissement pour nous dire de ne pas aller plus loin...

Un petit jingle sonore avertit l'inspecteur Bastien de la réception d'un message. Il regarda ses SMS sur son téléphone.

— Ah mince... fit-il ! Socrate a un problème !
— Comment ça ?
— La voisine l'a trouvé en train de vomir sur le palier et l'a emmené chez le vétérinaire !
— Et alors ?
— Je vais y aller... Le pauvre, il doit se sentir désemparé !

Bastien attrapa son imperméable, le salua et disparut dans le couloir en moins de temps qu'il fallait pour le dire, laissant Marin complètement déconcerté.

— Tant d'histoire pour un chat ! pensa-t-il. Puis il se souvint, Bastien n'avait pas de voisine. Il tira son téléphone et commença à chatter.

⏲ Marin : On a un problème.
⏲ Inconnu : Quel problème ?
⏲ Marin : il y a un autre joueur dans la partie !
⏲ Inconnu : Hackerman ?
⏲ Marin : C'est plus compliqué. Il faut se voir.
⏲ Inconnu : Impossible
⏲ Marin : Pas le choix
⏲ Inconnu : Ok. Lieu habituel, heure habituelle.

Puis il composa un numéro :

— Ici Ecchery !

— ...

— Quelqu'un essaye d'attirer l'attention sur vous !

— ...

— Delvoise ? Non, elle n'est pas au courant c'est quelqu'un d'autre !

— ...

— Quoi ? Bien... Oui, Oui, bien reçu, j'identifie et j'élimine !

L'inspecteur Malaimé raccrocha. Il resta quelques instant à méditer en fixant son écran, les yeux vides. Puis, il réserva la salle 22 pour le reste de la journée.

22. Rendez-vous

***

Héraclès avait enfin reçu le message de Bastien qui s'était débloqué dès le premier appareil *Bluetooth* rencontré. Il lui avait répondu immédiatement en lui fixant un rendez-vous dans un magasin pour animaux de compagnie. Bastien avait trouvé très amusante cette idée d'animalerie. Il y trouverait certainement quelque chose pour Socrate qui décidément s'ennuyait, confiné à l'intérieur tant il pleuvait.

Lorsqu'il arriva au magasin, il fut surpris de voir que Joëlle l'attendait devant la porte. Sans un mot, elle lui fit lire un petit bout de papier lui indiquant de laisser ses appareils électroniques dans la pochette aluminisée qu'elle lui tendit. Il s'exécuta puis elle lui fit signe d'entrer dans le magasin. Dès qu'il passa le portique antivol, Bastien ressentit une vive brûlure au ventre qui s'estompa rapidement.

— Désolé pour ça, monsieur Bastien, dit Joëlle, mais vous portiez un mouchard !
— Oui je m'en doutais, votre application me l'a montré, mais honnêtement je ne sais pas où il était !

— Vous l'aviez ingéré ! Mais ne vous inquiétez pas, il est détruit à présent !

— Ingéré ? s'étonna Bastien.

— Oui, ce sont des nanotechnologies, le mouchard s'assemble et s'active tout seul, 5 à 10 minutes après avoir été avalé et une fois assemblé on peut vous suivre à la trace.

— Incroyable ! Mais comment aurais-je pu l'avaler ? La seule chose que j'ai prise c'est un hot-dog coca avec vous !

— Vous êtes sûr que vous n'avez pas bu quelque chose d'autre ?

— Non !

— Pas même un apéritif ?

— Un apéritif ? Euh si... Peut-être une vodka...

— Avec glaçons ?

— Oui pourquoi ?

— Les nanotechnologies peuvent chauffer un peu quand elles s'activent alors on les masque dans des boissons alcoolisées. Un apéritif c'est l'idéal ! Et où avez-vous bu ça ?

— Eh bien, le seul verre que j'ai pris... Enfin je crois... C'était dans le bureau du commissaire Vigier.

— Hum... Un multibar ?

— Un multibar ?

— Oui... C'est un gadget très cher. En fait, il s'agit d'un synthétiseur de boissons dissimulé dans le mur. Ça vous fabrique n'importe quelle boisson... Vous avez l'illusion de boire un véritable jus d'orange ou bien un grand millésime... Alors que tout est faux, ce n'est qu'un produit de synthèse.

— Incroyable... Qui fabrique ça ?

— C'est un des nombreux domaines d'Ostara.

— Donc ce serait Ostara m'aurait fait avaler un mouchard ?

— Ostara oui... Mais peut-être aussi la personne qui vous a proposé le verre...

— Mais... Mais... Pour Ostara, il aurait fallu que quelqu'un agisse à distance ! !

— Oh inspecteur Bastien, je pense que vous êtes suffisamment dans le bain maintenant pour comprendre que tous les objets sont connectés. Il est très facile pour quelqu'un d'Ostara de se connecter à son propre matériel et de lui faire faire ce qu'il veut ! Enfin quelqu'un de haut placé quand même ou de techniquement avancé !

— Que voulez-vous dire ?

— Eh bien ce multibar aurait très bien pu réaliser un poison de synthèse et vous empoisonner par exemple.

— Vous voulez dire qu'Ostara a les moyens de contrôler tous ses produits ?

— Tout à fait... Votre frigo Ostara peut vous espionner, votre téléphone aussi, mais ça vous le savez déjà... Sinon leurs drones, leurs voitures automatiques, leur armement, tout quoi... Du moment que c'est connectable...

— Et un hacker, par exemple ?

— Franchement ? Oui c'est possible ! Mais de vous à moi, il faut quand même être super calé... Ce genre de gadget pour espion est vraiment très protégé. Il se ferait rapidement repérer. Il vaut mieux dans ce cas risquer de s'introduire chez Ostara et de contrôler depuis l'intérieur de leurs locaux.

— Mais quel serait l'intérêt ?

— L'information... Le trafic d'influences, le pouvoir d'agir sur les gens, j'imagine... Leur faire faire n'importe quoi et si ce n'est pas possible de les éliminer comme monsieur Druaux.

— Quoi ? Druaux ? Que savez-vous à son sujet ?

— Ça fait un bon moment que je piste Ostara avec Sophie...

— Sophie ? Ça a à voir avec Taïwan ?

— Eh bien... À l'époque, nous avions Ostara dans le collimateur. Nous étions sur le point de prouver l'ingérence d'Ostara dans le conflit à Taïwan à des fins spéculatives !

— À des fins spéculatives ?

— Oui ! Toutes ces grandes entreprises ont intérêt à manœuvrer pour déclencher des guerres et prendre la main sur les marchés internationaux... C'est très juteux vous savez ! On a plein d'exemples dans le passé, l'Irak, l'Ukraine... Ensuite elles s'arrangent pour verrouiller le business et pour cela elles ont besoin des politiciens... qu'elles soudoient ou corrompent d'une manière ou d'une autre. Elles appellent ça du lobbying, ça fait plus chic ! Quant aux politiciens, ils justifient tout ça derrière des pseudo valeurs démocratiques... Histoire de passer pour les gentils de l'histoire !

— Des politiciens locaux ?

— Bien sûr mais surtout nos propres dirigeants ! Mon frère l'avait démontré dans son enquête sur les institutions européennes ! Toutes leurs magouilles et leurs collusions avec des intérêts privés...

— Oui on m'en a parlé... blêmit Bastien qui voulait annoncer la mauvaise nouvelle à Joëlle mais ne savait pas comment s'y prendre.

— Avec Julian, nous sommes en train de poursuivre ce qu'a fait Sophie... On veut faire tomber Ostara et tous les politicards et les hauts fonctionnaires corrompus qui gravitent autour.

— Alors pourquoi tuer Druaux ?

— Nous n'avons rien fait ! Pourquoi pensez-vous que nous pourrions commettre des meurtres ?

— Eh bien qui alors ?

— Je ne sais pas ! Druaux voulait vous parler d'après ce que j'ai compris, c'est sur les fichiers !

— Donc le problème d'enregistrement avec les drones c'était vous !

— Les drones ?

— Oui.. Les caméras qui n'ont pas fonctionné, c'était bien vous les caméras ?

— Pas du tout ! Je n'ai pas besoin de ça pour accéder aux fichiers... Tout arrive sur leurs serveurs ! Ça fait des mois que je les siphonne... Alors des drones qu'est-ce que j'en ai à faire ! En plus je serais bien incapable de les piloter.

— Donc les fichiers se trouvaient sur les serveurs d'Ostara ?

— Bien sûr... Et un fichier sur Druaux est apparu !

— Comment ça ?

— Mon système est programmé pour faire une recherche intelligente dans les serveurs. Les fichiers sensibles sont toujours cryptés alors mon système y porte une attention très particulière. C'est comme ça que nous avons su pour Druaux.

— Mais... comment ? Il paraît que ces fichiers sont inviolables.

— C'est exact ! C'est pourquoi je me suis invitée chez Ostara... J'ai accès à toutes les clés de chiffrement, privées comme publiques !

— Mais alors... Le message crypté envoyé à Druaux venait d'Ostara !

— Voilà vous y êtes !

— Ils ont commandité le meurtre de Druaux !

— Pire que ça... Il l'ont organisé et déclenché à distance !

— Et vous pouvez le prouver ?

— Oui... si nous parvenons à publier les documents que nous avons récupérés.

— Vous voulez faire comme pour les « *Panama papers* » en 2017 ?

— Quelque chose comme ça, oui ! Mais je vais les publier directement sans passer par le consortium de journalistes ! Et je peux vous dire que ça va faire mal.

— Beaucoup de gens sont impliqués ?

— C'est pour ça que je ne veux pas passer par le consortium des journalistes, leurs donateurs ne sont pas tous très clairs... En plus curieusement certaines entreprises ne figurent jamais à leurs palmarès, alors qu'elles sont notoirement corrompues. Si vous voyez ce que je veux dire... Les scandales révélés arrangent toujours les mêmes pays... Quant à leur probité... Ça reste à voir !

— Et Taïwan ?

— Oui... J'ai récupéré les documents qui ont validé la frappe des missiles sur notre hôtel. Il y a des noms !

— Il faut les donner à la justice !

— Non inspecteur ! Réfléchissez ! Si je les donne à la justice que croyez-vous qu'il va se passer ?

— Et bien je ...

— Rien ! Absolument rien ! L'affaire va être étouffée, il y aura des pressions, et puis on tentera de nous discréditer puis de nous faire disparaître. Ils ont

le pouvoir des médias ! Rappelez-vous ! Ils ont eu Sophie ! Et moi, il s'en est fallu de peu...
— Et... Ils... Ils ont eu aussi votre frère ! osa timidement Bastien.
— Julian ?
— Oui...
— Comment savez-vous ça ?

Bastien tira de sa poche le petit boîtier noir qu'il remit à Joëlle.

— Qu'est-ce que c'est ?
— La boîte noire du véhicule que conduisait votre frère...
— Où avez-vous trouvé ça ?
— Aux archives... Sous le nom de Clément Marot.
— Clément Marot ! Oui, c'était le nom d'un poète révolutionnaire français qu'il a choisi pour infiltrer Ostara.

Bastien posa sur le comptoir son mini-ordinateur et afficha à l'écran le compte-rendu de l'accident de Clément Marot. Joëlle ne bronchait pas et lisait attentivement le document comme si elle savait depuis longtemps que son frère était décédé.

— C'est n'importe quoi ! vociféra-t-elle brusquement.
— C'est ce que je pense aussi, c'est pour ça que j'ai ramené la boîte noire... Vous pourrez peut-être en tirer quelque chose ?

Joëlle brancha le petit boîtier à l'ordinateur de Bastien et chargea son programme. Après quelques manipulations, elle eut accès au journal de bord. Le listing détaillé indiquait que quelques minutes avant l'accident tous les systèmes répondaient correctement et étaient parfaitement fonctionnels. Puis d'un seul coup, tout s'est mis à partir en vrille. Les uns après les autres tous les éléments tombaient en panne. Le véhicule étant doté d'un système d'arrêt d'urgence, la voiture s'était arrêtée sans causer le moindre accident. Le capteur de vigilance notait cependant que le conducteur n'était plus actif... Julian était mort mais pas à cause de l'accident. Et tout le reste avait été effacé.

— Il a certainement été frappé par une impulsion électromagnétique !

— Et ça l'aurait tué ?

— Normalement non ! Ce truc dérègle les appareils électroniques mais pas les organismes vivants.

— Bastien reprit le contrôle de son ordinateur et afficha les photos prises par la scientifique.

— Je suis désolé de vous infliger ça, Joëlle, mais regardez les photos de votre frère...

Joëlle regarda attentivement les photos sans laisser paraître la moindre émotion. Mais Bastien remarqua tout de suite qu'elle se cramponnait au guichet comme si elle avait voulu l'arracher. Toute sa peine était contenue.

— Que faut-il voir ?

— Vous remarquez ce filet de sang le long de son cou ?

— Oui et alors ?

— Il s'agit d'une hémorragie interne...

— Et ?

— On retrouve les mêmes caractéristiques sur Olaf Thorensen et Robert Dellos.

— Vous voulez dire que tous les trois ont été tués de la même manière ?

— Oui... Et ça ne va pas vous plaire... Je pense qu'ils ont été tués par une arme sonique.

— Une arme sonique ?

— Oui quelque chose qui permet de liquéfier le cerveau d'une personne à distance !

— Liquéfier le cerveau ? Vous délirez !

— C'est ce que j'ai cru moi aussi... Mais a priori ce n'est plus de la science fiction ! Dans le passé le projet s'appelait Médusa et Thorensen en était le responsable.

— Quoi ? Vous avez dit Médusa ?

— Oui pourquoi ?

— Parce que dans les serveurs d'Ostara, c'est la seule chose sur laquelle je bute.

— Pardon ?

— Oui ce sont des fichiers que j'ai décodés... mais c'était bourré de chiffres que je ne comprenais pas. Au début j'ai cru qu'il s'agissait d'un double codage mais Julian m'avait dit y travailler et que cela avait à voir avec la fréquence des antennes. Normalement il devait me donner le fichier principal, la clef d'assemblage. Mais il n'est jamais venu à notre rendez-vous...

— Je... Je ... Je ne sais pas quoi dire Joëlle... balbutia Bastien.

— Puis il se souvint de la vieille montre Kelton qu'il avait trouvée. Ça lui était sorti de la tête. Il l'a tira de sa poche et la posa délicatement sur le comptoir.

— Mais c'est la montre de Julian !

— En tout cas, c'est celle que j'ai trouvée aux archives... Mais il n'y avait rien d'autre, je suis désolé.

— Joëlle prit la montre et la regarda attentivement.

— Euh c'est normal qu'il n'y ait pas de clients dans cette boutique ? s'étonna Bastien.

— Oui c'est une de nos planques... Elle est sécurisée, on peut parler en toute sécurité. Et puis le magasin est fermé aujourd'hui, inspecteur !

— Ah oui.. Je comprends mieux pourquoi il n'y a pas de vendeur, non plus.

Joëlle manipulait la montre et tira sur le remontoir en lui faisant faire un double tour. Puis elle actionna le quadrant d'un quart de tour. La montre s'ouvrit et laissa deviner l'embout d'une prise USB. En guise de montre, il s'agissait bel et bien d'une clé USB. Joëlle l'enficha dans l'ordinateur.

— Astucieux !

— Oui c'était une idée de Julian. Transformer la montre de grand-père en clef USB. Il était certain que personne s'en apercevrait.

— Et qu'est-ce qu'elle contient ?

— A priori des fichiers techniques. On dirait que ce sont des calibrages de fréquences... Bon Dieu ! Ils ont trouvé le moyen de manipuler les fréquences des antennes relais !

— Quoi ?

— Ils... Ils ont transformé les antennes en arme de guerre.

— Non... Non Joëlle ! Là, il faut m'expliquer !

— Eh bien d'après ce que je lis, ce Thorensen a trouvé le moyen de faire converger les ondes des antennes relais en un seul point, n'importe où dans le monde.

— Et comment il fait ça ?

— D'après ces notes, ce serait un système basé sur le calibrage très précis des fréquences sur chaque antenne... Au final, ça amplifierait le signal tout en le faisant converger en un seul point.

— Et qu'est-ce qui se passe à la convergence ?

— La même chose que si vous étiez dans un four à micro-onde... Une cuisson instantanées... C'est bien mieux qu'un drone qui vous envoie une bombe sur la figure.

— Mais pour les cerveaux liquéfié ? C'est ce truc là ?

— Non... Mais s'ils savent manipuler les ondes comme ça... Je pense qu'ils ont dû mettre au point des armes mobiles.

— Et comment ça fonctionnerait ?

— Bien, au lieu de faire converger les ondes des relais, ce serait l'arme qui enverrait une sorte d'onde vers une cible. Mais dans ce cas tout matériel électronique qui se situerait dans son sillage, comme pour une impulsion électromagnétique...

— Serait irrémédiablement détruit... et afficherait « disk error » !

— Oui monsieur Bastien, c'est tout à fait ça ! Mais ne me demandez pas comment ça fonctionne, j'en ai aucune idée !

— C'est bien ce qui s'est passé pour Dellos et les Thorensen, et aussi pour votre frère, mais pour Druaux, c'est le téléphone l'arme du crime !

— Là effectivement c'est moins clair. Mais ce qui est certain, c'est qu'un signal est parti depuis les serveurs d'Ostara. Il a transité jusqu'au téléphone pendant l'appel. Et là deux hypothèses : soit le téléphone était piégé, auquel cas ça a déclenché l'explosion ; soit c'était un galop d'essai, le signal servait à marquer le téléphone pour cibler la zone plus précisément pour ensuite activer les antennes relais et faire la convergence dessus. Du coup la batterie aurait explosé.

— Ils n'étaient pas au point alors ?

— Pas forcément, ils ont pu décider que c'était plus efficace de marquer le téléphone. Je suppose que la convergence des ondes n'est pas très précise... Ils auraient fait d'autres victimes et cela aurait attiré l'attention.

— Oui c'est probable... Mais pourquoi éliminer toutes ces personnes ?

— Ce doit être un protocole Vassili !

— Un protocole Vassili ?

— Cela vient du nom d'un certain Vassili Blokhine...

— Qui ça ?

— Vassili Mikhaïlovitch Blokhine... Un sale type du XXe siècle. En fait c'était l'exécuteur en chef de Staline... Il était personnellement responsable de l'exécutions en masse des opposants politiques. Du coup le protocole de nettoyage s'appelle Vassili... Cherchez pas, monsieur Bastien, c'est du jargon de services secrets.

— Charmant personnage, et je suppose que votre protocole consiste à éliminer tout le monde ?

— Oui toutes les traces d'une opération... Documents et témoins compris.

— Mais d'où savez-vous ça ?

— C'est mon père qui me l'a appris !

— Votre père avait de drôles de fréquentation !

— Oh mais non... Il travaillait dans les services secrets militaires et un jour il en a eu assez et il a tout lâché.

— Il est mort ?

— Non... Il vit toujours ! Il a changé d'identité et s'est fondu dans la masse... Depuis je n'ai plus de nouvelles de lui.

— Décidément... Mais mais... Comment avez-vous obtenu toutes ces informations sur Druaux ?

— Euh... Pour tout vous dire, inspecteur, vous utilisez l'ordinateur de Sophie n'est-ce pas ?

— Oui et alors ?

— En fait, j'ai accès à tout ce que vous faites... Mais je suis désolée, j'aurai dû vous le dire plus tôt...

— Oui ça aurait été plus correct !

— Mais rassurez-vous, monsieur Bastien, j'ai aussi d'autres sources dans la police...

— Marin ?

— Qui ça ?

— Marin Malaimé ! Mon inspecteur stagiaire !

— Vous plaisantez !

— Euh non... Pourquoi ?

— Eh bien, rien qu'avec un nom pareil, on sait que ce type travaille pour les renseignements !

— Les renseignements ?

— C'est certain, je reconnais là leur humour... Et puis, il vous a suivi à la scientifique et il n'a pas arrêté de faire des rapports depuis son téléphone.

— Mais comment savez-vous ça ?
— Écoutez, depuis la mort de Sophie, je n'ai pas arrêté d'avoir un œil sur vous... Je peux vous garantir que ce type n'est pas net !

23. Pas de ballon sur le zinc

***

Au fond de la salle, on distinguait à peine la silhouette du commandant Delvoise, engoncée dans son imperméable noir. Accoudée au bar, elle jouait avec la cuillère de son café en la faisant passer entre ses doigts. Plus loin, assis à une table, trois personnes, certainement des habitués, jouaient aux cartes et misaient avec des allumettes en tirant longuement sur leur cigarette électronique. La vapeur qu'ils rejetaient embrumait l'atmosphère et les saveurs se mélangeaient insidieusement au risque de donner la nausée à quiconque les inhalerait...

En arrivant devant le bar, l'inspecteur Malaimé jeta un dernier regard derrière lui avant d'entrer. Simple précaution d'usage pour s'assurer de ne pas avoir été suivi. Il rejoignit la jeune femme et commanda un café crème.

— Qu'est-ce qui était si urgent, lieutenant, qu'il fallait se voir ? demanda l'officier Delvoise un poil agacée.
— Je vous l'ai dit commandant, nous avons un troisième homme dans la partie !
— Vous en êtes certain ?

— Oui...

— Voulez-vous préciser, je vous prie, lieutenant !

— Quelqu'un s'est introduit dans les serveurs du ministère et à modifié nos dossiers !

— Hackerman ?

— À vrai dire, je n'en ai aucune idée mais il s'est inventé une belle petite histoire.

— Je ne vous suis pas, Ecchery, quelqu'un a piraté des informations ?

— Non c'est plutôt l'inverse, cette personne ou ce hacker a inventé des éléments !

— Franchement Ecchery, soyez plus clair !

— Vous savez que nous enquêtons toujours sur l'affaire du château d'eau !

— Oui le type, ce Jansen qui a fait une chute de 40 mètres...

— Pas du tout ! Ce type a été tué et abandonné là-bas pour nous faire croire à un accident.

— Et alors ?

— En fait, en creusant, on s'est aperçu qu'il y avait eu d'autres accidents mortels, très suspects dans la société.

— Ecchery !

— Oui... Oui... Mais en fait ces morts n'existent pas !

— Pardon ? Je ne comprends plus !

— Il n'y a pas de cadavre et les dossiers ont été fabriqués de toutes pièces.

— Dans quel but ?
— D'orienter l'enquête vers Ostara !
— Ça n'a pas de sens !
— Si ! L'objectif est de faire croire, à torts ou à raison d'ailleurs, qu'Ostara a des choses à cacher.
— Vous insinuez que quelqu'un s'est donnée beaucoup de mal pour les piéger ?
— En tout cas, si on n'enquête pas en profondeur et qu'on en reste aux dossiers de la Crim', tout montre qu'Ostara est très peu soucieuse de ses employés et de leurs conditions de travail...

L'inspecteur Malaimé tournait ostensiblement la petite cuillère dans la tasse comme s'il cherchais à vérifier que le sucre avait bel et bien disparu dans le liquide marron. Le commandant Delvoise, quant à elle, se frottait lentement le nez avec l'index.

— Mais ce serait très insuffisant pour créer un scandale !
— Hum... Pas si on met en lumière une série de morts... Fictifs ou non !
— Ne dites pas de bêtises, vous pensez bien qu'Ostara a les moyens d'étouffer ce genre d'histoire.
— Admettons qu'il s'agisse d'un préambule !
— Que voulez-vous dire, Ecchery ?
— Eh bien, oublions le fait que les morts n'existent pas ! En révélant ces accidents au public dans la presse et les médias, on met le focus sur Ostara.

L'opinion publique demandera une enquête plus approfondie, non pas sur ces affaires mais sur Ostara. Et à ce moment, Ostara sera en difficulté !

— Mais qui aurait intérêt à faire ça ? s'exclama Delvoise.

— Je ne sais pas, quelqu'un qui a une dent contre Ostara ou son PDG ! Et qui veut faire chuter le cours de l'action Ostara...

— Et cela aurait un lien avec la mort du rédacteur en chef au « *Technological* » ?

— Vous savez qui est le type du château-d'eau ?

— D'après le rapport, il s'agirait d'un technicien, un certain Jansen !

— Oui mais en fait il s'appelle Thorensen ! C'est sa femme que vous avez mitraillée !

— Ecchery, je n'ai jamais fait ça ! D'ailleurs je ne sais toujours pas ce qui s'est passé dans le secteur 2.

— Hum... Mais savez-vous ce que faisait Thorensen ?

— Bien sûr ! Il travaillait au labo de recherche d'Ostara... J'ai quand même fait mes recherches, Ecchery !

— Vous voyez ! Même si les autres morts n'existent pas, n'importe quel journaliste aura vite fait de tirer la conclusion de cette affaire de château-d'eau et dire qu'il s'agit d'un meurtre impliquant Ostara...

— Humm...

— Voyez-vous commandant, quelque soit la façon de s'y prendre, on revient toujours à Ostara.

— Et qui est supposé avoir signé ces rapports, Ecchery ?

— Vigier ! Le commissaire Charles Vigier !

— Un proche du ministre dont l'intégrité n'a jamais été mise en doute... C'est certainement signé Hackerman.

— Vraiment je ne pense pas, mon commandant !

— Pourquoi pas ? Il a bien les compétences pour le faire ?

— Oui... Mais si Hackerman est bien le crack dont vous me parlez tout le temps, il n'aurait pas bâclé le travail !

— Que voulez-vous dire ?

— Il a utilisé des comptes bancaires factices, n'importe qui aurait pu le découvrir rapidement.. En plus il y a des erreurs grossières dans des dossiers de santé des pseudo-victimes.

— Peut-être par manque de temps ?

— Franchement, mon commandant, je n'y crois pas ! Ça ne ressemble pas aux activistes. D'habitude ils font des actions très médiatiques ou divulguent des informations dans la presse. Ici ce n'est ni l'un ni l'autre ! Ils ne se risqueraient pas à faire fuiter des informations sans en avoir les preuves et risquer de se faire discréditer !

— Ils auraient pu changer de méthode, ne croyez-vous pas ?

— Non en général chaque cellule a ses petites manies et garde ses habitudes... À moins qu'une nouvelle cellule se soit invitée au jeu... Auquel cas, nous aurions affaire à un nouvel Hacker.

— Un deuxième Hackerman ?

— Non, non... Il est bien moins fort celui-là.

Le commandant Delvoise resta silencieuse. Elle réfléchissait... Puis soudain elle déclara :

— Bon je vais enquêter sur cette nouvelle cellule et si je trouve quelque chose de probant je vous appelle. En attendant qu'est ce que vous avez sur l'inspecteur Bastien ?

— Pas grand chose, mais ça fait deux fois qu'il me fausse compagnie.

— Il soupçonne quelque chose ?

— Je ne sais pas, j'ai plutôt l'impression qu'il enquête en solitaire... Une vieille habitude de célibataire certainement...

— Et là où est-il ?

— Ne vous inquiétez pas, il porte un mouchard ! Je le tiens à l'œil.

— Je vous demande de me dire où il est, lieutenant ? Je vous rappelle qu'il est fort probable qu'Hackerman soit en contact avec lui. Dois-je vous rappeler les enjeux ?

— Inutile ! Il est dans la zone commerciale...

— Un lundi matin ?

— Oui pourquoi ?

— C'était quand la dernière fois que vous avez fait du shopping, lieutenant ?

— Je ne vois pas le rapport...

— Si.. Si.. Vous allez voir... Combien de temps, dites-moi ?

— Si vous insistez... Je ne sais pas moi, je dirais trois, quatre ans...

— Ahhh ! Je comprends mieux ! Eh bien à l'avenir vous apprendrez que les magasins des zones commerciales sont tous fermés le lundi matin. Mais je ne vous en veux pas, Ecchery, vous n'êtes qu'un mec après tout ! Mais posez-vous la question, lieutenant, que peut-il bien faire un lundi matin dans une zone commerciale fermée ? Je vous le demande Ecchery !

— Euh je...

— Vous êtes pitoyable !

Ecchery, alias l'inspecteur Malaimé, sortit fébrilement son téléphone portable de sa poche et afficha immédiatement la carte du pistage... Bastien s'était volatilisé ! Le point orange représentant l'inspecteur avait disparu de l'écran.

— Merde ! J'ai plus de traceur !

— Non pas possible ! se moqua le commandant Delvoise. Vous avez maintenant la réponse lieutenant ! S'il ne vous a pas déjà grillé, il sait que quelqu'un le surveille ! Le jeu va devenir plus compliqué pour vous maintenant.

— Comment aurait-il pu savoir ? C'était un nano-traceur !

— Un nano-traceur ? Je ne savais pas qu'on avait ça en stock dans nos services !

— Enfin ce n'est pas possible, normalement ils sont actifs une bonne semaine !

— Eh bien il faut croire, lieutenant, qu'il vous a mené en bateau ! Quelqu'un l'aide c'est évident !

Ecchery, furieux, rangea son téléphone dans sa poche et jeta sa petite cuillère sur le comptoir.

— Oui et bien tout inspecteur qu'il est, il ne va pas me la faire à l'envers, c'est moi qui vous le dis ! enragea-t-il.

— Vous feriez mieux de ne plus lui lâcher les basques, lieutenant ! Sinon nous allons rater l'occasion de mettre la main sur ce maudit hacker !

— Oui je sais ! fit-il en détalant.

Delvoise resta seule un instant dans le bar. Ecchery parti sans payer, il ne lui restait plus qu'à régler pour deux. Ce n'était franchement pas son plus gros souci. L'arrivée d'une nouvelle cellule ou d'un nouveau protagoniste dans l'opération risquait de tout compromettre. Il lui faudrait alors procéder à des liquidations.

Elle laissa dix euros sur le comptoir et sortit en saluant au passage les trois joueurs qui lui renvoyèrent la politesse.

Pendant ce temps là, Ecchery courait dans la rue en direction du commissariat. Cette fois, il se débarrasserait de tout ce petit monde, il n'aurait certainement plus d'autre occasion de le faire.

— Allo, ici Ecchery !

— ...

— Matricule B45-870... C'est urgent !

— ...

— Oui... Avez-vous des drones pisteurs en activité ?

— ...

— Bien ! pouvez-vous me donner le code de contrôle pour la zone commerciale ?

— ...

— Oui j'attends...

— ...

— OK, je répète OAK-1213 !

— ...

— Merci !

Arrivé au commissariat, Ecchery, s'enferma dans la salle 22.

24. Pression en bar

***

Soudain, l'écran de l'ordinateur vira au rouge.

— Qu'est-ce qui se passe Joëlle ? demanda Bastien.
— Rien de méchant c'est une alarme qui se déclenche en cas de problème...
— En cas de problème ? Quel problème ?
— Oh rien, le système a simplement détecté un de mes mots-clés !
— Mais encore ?
— Attendez je regarde...

Joëlle naviguait de fenêtre en fenêtre dans le système de l'ordinateur de Bastien en lançant quelques recherches en parallèle... Après deux bonnes minutes, elle déclara.

— Quelqu'un a fait fuiter des informations sur votre affaire à la presse !
— Comment ça des fuites de l'affaire ? demanda Bastien sur un ton plus ferme.
— Inspecteur ! J'y suis pour rien moi ! Je constate seulement que des journaux *mainstream* sont en train de rédiger des articles en utilisant les noms de

Joan de Grieck, Ned Ward, Clément Marot et Olaf Jansen ! J'en sais pas plus !

— Mais c'est de la folie ! s'offusqua Bastien. Qui a bien pu les renseigner ?

— À vous de me le dire ! C'est vous l'inspecteur ! Qui a pu avoir accès à ces informations ?

— Pas grand monde ! Mon chef ! Il a accès au dossier, puis Marin mon assistant sur l'enquête... Et euh, pourquoi pas cet officier Delvoise des renseignements... Mais je ne suis pas certain qu'elle ait toutes les informations.

— Et parmi ces gens, qui a intérêt à étaler tout ça sur la place publique ?

— Certainement pas le commissaire Vigier ! Il serait le premier à subir les foudres du ministère, il risquerait sa carrière et croyez-moi, vu ses ambitions, aucune chance qu'il nage à contre courant !

— Je suppose qu'on peut exclure les renseignements... Ceux là ne feront rien qui mettrait le pouvoir en péril...

— Il ne reste que Marin... Mais je ne vois pas pourquoi. En plus ça lui coûterait sa carrière et puis de toute façon je ne vois pas en quoi un inspecteur stagiaire serait une source suffisamment crédible pour un journaliste !

— Donc il ne reste que vous Bastien !

— Moi ?

— Oui... Vous... Vous la forte tête... Vous qui vous permettez d'enquêter sur une affaire que votre commissaire vous a expressément demandé de clore ! Vous encore qui traînez les casseroles de votre ancienne affectation ! Vous, toujours, qui êtes présent quand Druaux et Thorensen sont tués... Vous qui savez que votre fille a été tuée sur ordre... Je pense comme on dit dans votre jargon, pour le mobile vous avez l'embarra du choix !

— Enfin Joëlle... Ne me dites pas que vous me soupçonnez ? fit Bastien totalement déconcerté.

— Vous ? Non ! Bien sur que non ! De toute façon je l'aurais su ! Mais je pense que c'est la soupe qui sera servie aux médias. Vous êtes le coupable idéal.

— Mais ça créera un scandale qui va ébranler l'institution judiciaire, Ostara et le pouvoir en place !

— Oh ce ne sera qu'un ixième prétexte à légitimer la privatisation des services publics ! Et puis vous savez, inspecteur Bastien, les gens oublient vite...

— On parle de quels journaux, là ? Si ça se trouve ce ne sont que des petits médias locaux qui n'auront pratiquement pas d'impact sur le public !

— Euh... Je regarde...

Joëlle continua à pianoter sur le clavier quelques minutes puis déclara :

— Pas de bol, ce sont les gros *mainstreams* !

— Ceux du groupe JT-Média ?

— Euh, oui pourquoi ?

— Ça n'a pas de sens !

— Pourquoi ça ?

— Eh bien JT-Média est une filiale d'Ostara ! Pourquoi écriraient-ils quelque chose qui irait à l'encontre de leurs propres intérêts ? Et en plus ça ferait plonger les actions de la boîte, ils perdraient énormément d'argent.

— Vous avez raison... Mais ces articles ne sont pas encore publiés !

— Alors comment savez-vous que les articles parlent de ces affaires ? interrogea Bastien qui commençait à perdre confiance.

— À cause du *Cloud* !

— Le *Cloud* ?

— Oui le *Cloud* ! Je vous explique. Les entreprises et les administration n'achètent plus leurs logiciels, elles s'abonnent et elles mutualisent. Elle concentrent l'information et leurs données sur des espaces de stockages en ligne qui ne leur appartiennent pas, le *Cloud* ! Tout est sur le *Cloud* ! Logiciels, données, tout... Si un type tape dans un traitement de texte connecté au *Cloud*, j'ai accès en temps réel à ce qu'il écrit.

— Et... Là ça voudrait dire que les journalistes sont en train de rédiger des articles contre Ostara... En ce moment même ? s'étonna Bastien.

— Je ne sais pas... Mais les mots clés sont bien présents dans les fichiers...

— Donc quelqu'un aurait pu les déposer dans le *Cloud* exprès ! Simplement pour attirer l'attention !

— C'est possible... En tout cas, la rédaction de ces journaux va le savoir...

— Et donc immanquablement Jonathan Terry va en être informé et aussitôt étouffer l'affaire.

— C'est certain !

— Alors c'est une opération de déstabilisation !

— Pardon ? Je ne comprends pas, monsieur Bastien.

— C'est pourtant clair, la personne qui a fait fuiter ces informations dans les journaux du groupe, savait pertinemment qu'ils ne seraient jamais publiés. L'objectif n'était donc pas de créer un scandale, mais plutôt de faire savoir directement à Ostara, qu'un scandale était possible. C'est un instrument de pression !

— Un instrument de pression ?

— Oui pour tenir en laisse Ostara... En menaçant de divulguer des informations qui le compromettraient... L'information c'est le pouvoir Joëlle !

— Oui... Et si cela arrive... C'est vous qui êtes sacrifié !

À ce moment le téléphone de Bastien sonna...

— Mais nous ne sommes pas dans une cage de *Faraday* ici, Joëlle ?

— Non bien sûr que non ! Nous sommes dans une animalerie !

Bastien décrocha et mit sur haut-parleur...

— Bonjour, ici Ange Bastien, que puis-je pour vous ?

— Bonjour inspecteur ! Delvoise à l'appareil.

— Delvoise ? Que voulez-vous ?

— Écoutez inspecteur, je sais que vous ne me faites pas confiance mais je dois quand même vous avertir de quelque chose...

— Encore des informations ?

— Oui inspecteur, vous en ferez ce que vous voudrez comme d'habitude, mais écoutez-moi ! Cette ligne est sécurisée.

— Je suis tout ouïe officier Delvoise !

— Nous avons un problème !

— Nous ?

— Oui moi, vous, la sécurité nationale... Il y aurait un deuxième hacker.

— Un autre hacker ?

— Oui...

— Ne croyez-vous pas, officier Delvoise, qu'il serait grand temps ne me mettre au parfum et de partager vos informations ?

— Vous avez raison... Tout d'abord vous devez comprendre que tout cela doit rester entre nous.

— Pas de problème ! Je n'en parlerai même pas à Socrate !

— Inspecteur Bastien ! Je suis sérieuse !

— Oui, oui, continuez...

— Comme vous le savez certainement, nous cherchons à mettre la main sur un pirate informatique qui se fait appeler Hackerman...

— Hackerman ? Pas très original comme nom !

— Peut-être mais il est très doué ! Notre problème est qu'il a dérobé un système qui permet de prendre le contrôle de n'importe quel réseau dans le monde !

— Un système qui appartiendrait à Ostara ?

— Euh oui... Comment savez-vous ?

— Disons qu'il ne faut pas sortir de la cuisse de Jupiter pour deviner de qui il s'agit.

Joëlle écrivit frénétiquement sur un bout de papier quelques mots qui disait approximativement ceci : « Mensonge... C'est moi qui ai développé cette application, ils veulent me la voler ! »

— Et comment savez-vous qu'il a été dérobé ? Ça pourrait tout aussi bien être sa propre application !

— C'est une possibilité, inspecteur Bastien... Mais je vous avoue que ça m'est égal ! Que cela soit la sienne ou celle d'un autre, ça reste un outil dangereux s'il est mis dans de mauvaises mains ! Il faut vraiment que nous l'attrapions !

— Et après ? Vous donneriez l'application à Ostara ?

— Personnellement je n'y suis pas favorable, cela devrait rester dans les mains des services de la défense... Mais ce n'est pas moi qui décide.

— Mouais ! Vous connaissez les politiciens, on peut leur faire confiance pour deux choses : mentir et s'enrichir... Alors personnellement votre application, je préférerais la détruire...

— Ce serait peut être la meilleure solution...

— Vous voyez que nous pouvons tomber d'accord sur certains points, officier Delvoise ! dit-il en esquissant un sourire. Mais vous vouliez me parler d'un deuxième hacker ?

— Oui ! À vrai dire je ne suis pas certaine qu'il s'agisse d'un pirate informatique, mais en tout cas, vous devez savoir que quelqu'un a piraté les fichiers de la Crim' et y a placé de fausses informations... Notamment dans votre affaire du château-d'eau !

— Et ce ne pourrait pas être l'œuvre de votre Hackerman ?

— Je ne pense pas... En tout cas ce serait inhabituel de sa part !

— Et si je vous disais, commandant Delvoise, qu'il s'agirait d'une opération de déstabilisation ?

— Une opération de déstabilisation ? Vous savez quelque chose que je ne sais pas ?

— En fait... Je pense que tout ça n'a qu'un seul objectif, faire pression sur Ostara.

— Le faire chanter ?

— Pourquoi pas, commandant Delvoise ! De faux articles de presse ont été déposés sur les serveurs de la rédaction de JT-Média.

— Et comment savez-vous ça ?

— J'ai mes sources... Et je peux dire qu'elles sont très fiables ! fit-il en faisant un clin d'œil à Joëlle.

Il y eut alors un silence de quelques secondes qui parurent une éternité ! Puis l'officier Delvoise continua.

— Qui aurait intérêt à faire ce genre de chose, selon vous ?

— Pour moi ça ne porte pas la marque des activistes... Donc il faudrait plutôt regarder du côté de la concurrence, le pouvoir en place...

— Hum...

— Que savez-vous des armes soniques, commandant ?

— Des armes soniques vous dites, inspecteur ?

— Oui...

— Pourquoi ça ?

— Je vous en prie, commandant, répondez-moi !

— Eh bien, pour moi, c'est de la science fiction ! Mais pour être honnête avec vous, je sais qu'il y a eu des essais dans le passé, mais rien de très concluant ! Tout cela a été vite abandonné.

— Abandonné ? Et si je vous disais, qu'elles existent bel et bien ?

— Je dirais que vous délirez inspecteur Bastien !

— Vérifiez donc les autopsies de Dellos et Thorensen... Après on en reparle si vous voulez.

— Thorensen ? La femme ?

— Oui

— Mais elle est morte dans l'explosion due à une fuite de gaz.

— Allons bon, vous pouvez faire mieux que ça, commandant Delvoise ! Vous oubliez que j'étais sur place..

— Eh bien, je...

— Madame Thorensen était morte bien avant que des drones ne passent et que la maison n'explose dans votre soit-disant fuite de gaz ! Tout ça c'était pour effacer les traces !

— Vous êtes en plein délire complotiste, inspecteur !

— Tout de suite les insultes ! Regardez les autopsies ! Et pendant que vous y êtes, regardez aussi celle de Julian Aask, que vous trouverez sous le nom de Clément Marot.

— Le reporter ?

— Oui !

— Il est mort ?

— Lui aussi enquêtait sur Ostara !

Bastien n'avait plus le choix, l'affaire était partie bien trop loin et il lui fallait avoir une petite discussion avec le commissaire Vigier, histoire de se couvrir. Bien que cela ne l'enchantât pas, il ne voyait pas comment il pourrait s'en sortir s'il n'en informait pas son supérieur. Aussi il termina rapidement la conversation avec l'officier Delvoise avec quelques banalités puis il raccrocha.

— Qu'est-ce qu'on fait, monsieur Bastien ?

— Je ne sais pas... Je dois voir mon supérieur avant que ça ne m'explose à la figure.

— Et pour la presse ?

— Vous n'avez pas siphonné les serveurs d'Ostara ?

— Si !

— Vous en savez suffisamment pour tout déballer ?

— Oui... Nous avons fait plusieurs lots ! Les trois premiers sont déjà prêts ! On peut les mettre en ligne. À quoi pensez-vous ?

— Eh bien si l'objectif de ce petit malin est de faire pression sur Ostara, que se passerait-il si vous publiez tout ?

— Je suppose que la personne en question perdrait son moyen de pression !

— Tout à fait... En plus de révéler leurs petites combines, ça nous mettrait à l'abri s'il leur prenait de nous faire des misères. Et avec un peu de chance ce hacker pourrait paniquer et faire une erreur...

— Vous voulez dire qu'en faisant ça, on serait tranquille, monsieur Bastien ?

— C'est notre assurance vie, Joëlle ! Notre assurance vie !

25. Un pas trop loin

***

Marin avait entré son code et pouvait maintenant contrôler les drones depuis la salle 22. Il avait positionné les engins d'après les dernières coordonnées envoyées par le mouchard de Bastien. Pour doubler ses chances, il était passé en mode audio et captait tous les bruits ambiants, toutes les conversations dans l'espoir que la reconnaissance vocale intercepte la voix de l'inspecteur. Il tenait fermement les joysticks de contrôle, prêt à réagir au moindre signe. Soudain Bastien apparut sur un des moniteurs en pleine discussion à l'entrée de l'animalerie. Il attrapa son portable.

- Marin : Bastien localisé.
- Inconnu : Seul ?
- Marin : Non, quelqu'un avec lui
- Inconnu : Hackerman !
- Marin : Certain ?
- Inconnu : 100%
- Marin : Mission ?
- Inconnu : Attrapez Hackerman !

Marin étouffa un juron et fit passer les drones en mode combat. Puis il enclencha le pilotage automatique.

D'un seul coup les drones foncèrent sur la magasin et se mirent à mitrailler la devanture. Joëlle poussa violemment Bastien à l'intérieur et pressa de toutes ses forces le bouton rouge fixé dans l'encadrement de la porte. Le lourd rideau de fer de la devanture tomba d'une seul bloc dans un fracas assourdissant à peine masqué par le bruit des impacts de balles sur le métal.

Les drones n'arrêtaient pas de canarder la porte et concentraient leurs tirs pour créer une brèche dans laquelle ils pourraient s'engouffrer. Pour Bastien c'était très clair : dès qu'il y aurait un trou assez grand, ils balanceraient leurs grenades incendiaires et il ne resterait d'eux qu'un petit tas de cendres fumant.

— Il y a une autre sortie ? hurla-t-il à Joëlle dans le brouhaha de la mitraille.
— Oui, il y a une trappe qui nous amène dehors ! La rue parallèle !
— C'est un protocole Vassili ? C'est ça ? hurla-t-il.
— J'en ai bien peur, monsieur Bastien !

Cette fois-ci ils l'auront voulu ! J'en ai marre de risquer ma peau et celle des autres pour ces fumiers !

Joëlle s'empressa d'ouvrir la trappe et tous les deux s'engouffrèrent dans l'ouverture.

À ce moment une énorme explosion fit trembler le sol. La porte de fer avait cédé, les drones avaient lancé leurs grenades dans la brèche. Mais les tirs ne cessaient toujours pas.

Pendant ce temps-là, Marin avait actionné l'infrarouge sur les drones pour rechercher d'éventuels survivants. Chose absurde s'il en est, la chaleur de l'incendie était trop intense pour repérer ce genre de chose. Aussi continua-t-il de badigeonner la façade du magasin à grand coup de plomb.

Très vite pourtant, il tomba en panne de munitions. Il scruta alors tous les moniteurs mais ne décela aucun survivant, aucun corps... Tout avait été pulvérisé.

Satisfait, il sortit de sa poche une clef USB qu'il encficha dans l'ordinateur principal. Aussitôt un programme se lança et s'immisça dans le système pour effacer toutes les traces de son passage. Il ne lui restait plus qu'à annuler de son poste sa réservation de la salle 22 et personne ne saurait ce qu'il venait de se passer.

*
* *

Peu de temps après, Bastien arriva tout haletant au commissariat et fila d'une traite vers le bureau du commissaire Vigier. En l'apercevant, Marin faillit s'étouffer avec son café.

— Bastien vivant ? Impossible !

Il fut brièvement pris d'un doute, mais non ! C'était bien Bastien qu'il avait vu sur les marches de l'animalerie.

— Décidément cet type à une chance incroyable ! étouffa-t-il dans son mug..

L'inspecteur Bastien s'engouffra dans le bureau de Vigier après s'être authentifié. Le décor du bureau de son supérieur avait changé. Il se trouvait au milieu d'une forêt de pins et sentait même l'odeur de la résine.

— Mais enfin qu'est-ce qui vous prend d'entrer comme ça, inspecteur Bastien ? Vous n'êtes pas bien ?
— Je viens juste d'échapper à un attentat !
— Les activistes ?
— Ne dites pas de bêtises commissaire, vous savez bien que les activistes n'ont jamais recours à la violence !
— Vous voulez dire que vous avez échappé à la mort ?
— Oui, qu'est-ce que vous ne comprenez pas dans le mot « attentat » ? cingla Bastien.

Le commissaire Vigier faillit avaler de travers l'olive de son « Martini Dry » lorsque l'inspecteur Bastien lui annonça qu'il s'agissait de drones.

— Mais qui peut avoir fait ça ? Hackerman ?

— Qu'est ce que vous avez tous avec ce hacker ? Pourquoi un hacker, un activiste en plus, voudrait-il me faire la peau ? Vous voulez bien m'expliquer commissaire ?

— Eh bien, peut-être parce que vous traquez les activistes ! Vous avez bien commencé à traquer les activistes, inspecteur ? N'est-ce pas ?

— Pour être franc, non commissaire ! L'affaire du château-d'eau est plus importante qu'il n'y paraît !

— Mais que... Je vous avais ordonné de laisser tomber cette affaire, inspecteur Bastien ! Par deux fois en plus ! s'énerva le commissaire.

— Je sais bien commissaire, mais avouez que l'explosion du secteur 2, chez les Thorensen...

— La fuite de gaz ?

— Je vous en prie, commissaire Vigier, ne me prenez pas pour un imbécile ! Et n'insultez pas votre intelligence, non plus ! Vous savez très bien que ce n'est pas une fuite de gaz !

Le commissaire Vigier dévisagea son inspecteur à la recherche du moindre signe de bluff. Puis se rendant à l'évidence, il lui répondit plus calmement.

— Vous avez raison...

Le commissaire appuya alors sur un petit boîtier situé sur son bureau et le décor de la pièce changea. Ils était à présent dans le bureau Victorien avec la grande bibliothèque en acajou... Bastien fit immédiatement le rapprochement et adopta une attitude plus culottée.

— Je suppose que les noms de Joan de Grieck et Ned Ward vous disent quelque chose...

— Vous êtes donc allés aussi loin ? dit le commissaire en faisant tourner l'olive dans son verre avec la petite cuillère.

— Et Clément Marot ça vous parle aussi ?

— Bien sûr ! Mes parents étaient universitaires. Mon père était un passionné d'histoire tandis que ma mère ne jurait que par la littérature anglaise...

— Très humoristique votre dossier sur Ned Ward... Ivre mort dans sa propre auberge et Joan de Grieck mort de rire je suppose devant l'une de ses pièces !

— Disons que c'est ma façon de glisser un peu d'humour dans ce monde gris !

— D'humour ? Nous parlons de meurtres, là !

— N'exagérons rien... Vous savez que tout est faux !

— Pour Clément Marot, aussi ?

— Non, certes non, inspecteur ! fit le commissaire manifestement troublé par cette dernière question.

— Néanmoins vous avez couvert son meurtre ! Vous l'avez peut-être même réalisé ?

— Jamais ! Inspecteur, jamais je ne ferais une chose pareille ! hurla le commissaire en balançant violemment son poing sur le bureau.

Bastien ne l'avais jamais vu s'énerver comme ça ! D'ailleurs, jamais il n'aurait pensé que ce type toujours affable et mielleux à souhaits aurait était capable de sortir de ses gonds. Le commissaire reprit rapidement son calme et sortit un verre de whisky d'un tiroir dérobé.

— C'est un multibar ? Demanda Bastien.
— Oui en effet ! C'est très pratique, ne trouvez-vous pas ?!
— Très pratique pour poser des nanos-traceurs, vous voulez dire !
— Des nanos-traceurs ? Ne dites pas de bêtises, inspecteur Bastien ! Mon propre salaire ne suffirait pas à payer un seul de ces bidules !
— Et pourtant... C'est bien ici que j'ai ingéré le mien !
— Vous plaisantez ?

Le commissaire Vigier ne plaisantait pas. C'était très sincèrement qu'il avait posé la question. Bastien le voyait bien dans la façon qu'il avait de le regarder... Il n'était pas au courant aussi il décida de le pousser plus loin dans ses retranchements.

— Vous m'avez drogué quand même !

— Ça oui ! Je veux bien l'admettre mais j'ai eu tort ! Je vous prie d'ailleurs de m'excuser pour ce petit malentendu entre nous ! Mais des nano-traceurs... Non !

— Dans ce cas je vous conseillerais de ne plus utiliser ce multibar !

— Vous pensez qu'il a été piraté ?

— Sans aucun doute... Comment vous l'êtes vous procuré ? Vous vous l'êtes acheté ?

— Bien sûr que non, je n'en ai pas les moyens, voyons ! C'est un cadeau !

— De qui ? Si je puis me permettre...

— Du ministre ! Vous n'ignorez pas inspecteur, que nous sommes amis...

— Oui, oui... C'est une information qui a circulé dans la presse lors de votre nomination à la Criminelle. Et c'est un produit d'Ostara ?

— Je suppose que oui. Je vous avoue que je ne me suis pas intéressé à la chose. Mais comme le ministre est lui-même très ami avec Jonathan Terry, je suppose qu'il l'a obtenu par son intermédiaire... C'est un cadeau, inspecteur, il aurait été impoli de ma part de demander...

— Oui, oui bien sûr. Mais vous saviez pour Clément Marot ?

— Vous voulez dire Julian Aask...

Le commissaire fixait à présent intensément l'inspecteur. Il reprenait la main sur la discussion et tenta de le sonder.

Ignorant la recommandation de Bastien, le commissaire Vigier se resservit un autre verre de whisky, le premier ayant été vidé d'un trait dès que le nom de Clément Marot eût été prononcé. Cependant il posa le verre un peu plus loin, comme pour mettre de la distance entre lui et le breuvage doré. Sorte de duel de western hollywoodien où il ne faisait aucun doute sur l'issue du match.

— C'est moi qui étais le premier sur les lieux de l'accident !

— Du meurtre vous voulez dire !

— Je ne sais pas ce qui s'est réellement passé ! Mais lorsque je suis arrivé j'ai reconnu immédiatement Julian Aask dans la voiture d'Up Services ! Et là j'ai compris.

— Qu'est-ce que vous avez compris exactement ? demanda Bastien.

— Eh bien qu'il travaillait en infiltration !

— Et pour la voiture ?

— Quoi la voiture ?

— Oui vous avez vu la voiture ?

— Oui... Une panne électronique qui lui a fait quitter la route.

— Mais ça ne l'a pas tué !

— Je ne sais pas. Pour être honnête avec vous, il n'y avait que très peu de tôles froissées ! Il était évident que le système de sécurité du véhicule avait fonctionné. Aussi je ne sais pas comment il est mort. Puis, j'ai été immédiatement dessaisi de l'affaire !
— Comment ça, dessaisi de l'affaire ?
— Eh bien... Lorsque j'ai vu qu'il s'agissait de Julian Aask et qu'il se cachait derrière le pseudonyme de Clément Marot, j'en ai averti mes supérieurs...
— Les services du ministre ?
— Oui...
— Et ?
— Rien ! On m'a fait comprendre qu'il ne fallait pas ébruiter l'affaire ni enquêter plus avant. Il fallait en rester à Clément Marot et l'affaire a été classée.

Le suspens était atroce. Les yeux du commissaire étaient à présent rivés sur le liquide doré dont tout l'arôme avait envahi la pièce. Un « *Blended Malt* » de 30 ans d'âge, sans aucun doute. La main droite n'était pourtant pas très loin, prête à dégainer.

— Et cela ne vous a rien fait de classer le dossier ?
— Qu'est ce que vous croyez Bastien ? Je suis flic ! Et tout commissaire que je suis, je reste un flic !

Pas de chance ! Le liquide doré venait de finir dans son gosier.

— Et Hackerman dans tout ça ?

— Hackerman est un dangereux criminel... Et selon Ostara, il aurait dérobé un logiciel permettant de prendre le contrôle de n'importe quel réseau dans le monde. Il est primordial pour notre sécurité nationale de récupérer ce software.

— Même s'il n'appartient pas à Ostara ?

— Vous dites n'importe quoi, Bastien ! C'est la propriété d'Ostara ! Le ministre me l'a confirmé.

— Eh bien moi, je vous confirme, mon cher commissaire, que c'est Hackerman qui a développé ce logiciel et qu'Ostara veut mettre la main dessus pour son seul profit et ne pas voir ses projets compromis !

— Quels projets ?

— Que savez-vous des armes soniques, commissaire ?

— Les armes soniques ? De la science fiction !

— Et pourtant, le département de la défense a travaillé dans le passé sur le sujet notamment avec le projet Medusa...

Oui, oui, je sais tout ça, je sais même que les français avaient aussi tenté de développer une solution sonique contre les manifestants... Mais tout ça s'est soldé par un échec !

— En êtes-vous certain ?

— Euh... Oui... Sinon nous en aurions entendu parlé.

— Je pense que si vous vous donnez la peine de vérifier les autopsies de Julian Aask et de Dellos par exemple, vous reviendrez sur votre affirmation, commissaire !

— Bastien, vous êtes en train de me dire qu'ils ont été tués par des armes soniques ?

— Oui ! Tout comme madame Thorensen et ce n'est qu'un des projets d'Ostara !

— Parce qu'ils auraient d'autres saloperies du même genre ?

— Oui... Une sorte de projet Medusa version deux point zéro, basé sur la manipulation des fréquences !

— Dites-m'en plus Bastien !

— Ostara a trouvé le moyen de manipuler précisément les fréquences des bornes de relais téléphonique de sorte qu'en faisant converger les ondes en un lieu précis, toute chose vivante ou toute matière électronique qui s'y trouverait, serait réduite en cendres !

— Si ce que vous dites est vrai, Bastien, cela signifie que le programme de prise de contrôle réseau d'Hackerman lui donne accès à une technologie extrêmement dangereuse... Ce qui serait pour les cellules activistes franchir une étape supplémentaire vers le terrorisme et l'élimination d'opposants.

— Je pourrais vous retourner l'analyse, commissaire !

— Pardon ?

— Eh bien dans les mains d'un gouvernement, d'une société ou d'un groupe de personnes, disons, haut placées... Nous aurions la même chose à l'échelle planétaire.

— Ne soyez pas stupide, Bastien, nos gouvernants ne sont pas ce genres de personnes !

Bastien ne répondit rien mais n'en pensait pas moins. D'ailleurs pourquoi développer ce genre de technologie et y investir des millions si ce n'était pas pour s'en servir, ne serait-ce que pour faire pression, un peu comme le principe de la dissuasion nucléaire. Devait-il lui révéler que sa fille avait été tuée sur ordre d'une de ces personnes ?

— Et les articles sur le Cloud, je suppose que c'est vous... Mais pourquoi ?

— Pourquoi quoi ? Inspecteur !

— Pourquoi cette manœuvre d'intimidation ? Car il s'agit bien d'intimidation envers Ostara ! Vous n'avez aucunement l'intention de publier quoi que ce soit, n'est-ce pas ?!

— Disons que c'était pour envoyer un signal.

— Pourtant je croyais que nos gouvernants et Ostara étaient en très bons termes...

— Oh ! Ils le sont ! Mais disons qu'il faut parfois rappeler aux gens où se trouve leur place !

Bastien avait très bien compris ce que voulait dire le commissaire.

— En attendant, qu'est-ce que je fais, moi, avec tout ça, commissaire ?

— Récupérez le programme d'Hackerman par tous les moyens, après nous aviserons.

— Et concernant Ostara ?

— Je vais voir avec le ministre, je vous tiendrai au courant.

— Et pour mon attaque de drones ? Je vous rappelle qu'ils s'agit de la deuxième fois !

— Je vais enquêter, rassurez-vous, Bastien. En attendant je vais mettre l'inspecteur Malaimé à demeure sur la salle 22. Il pourra ainsi vous protéger en permanence.

Bastien n'était pas véritablement ravi d'avoir quelqu'un en permanence sur son dos, cependant il ne pouvait pas non plus contester la décision du commissaire. D'ailleurs celui-ci avait déjà convoqué l'inspecteur Malaimé dans son bureau par l'intermédiaire de son pupitre et lui avait octroyé des droits étendus sur la salle 22. Il fit signe à Bastien qu'il pouvait s'en aller. La conversation était terminée.

Bastien quelque peu surpris par cette attitude décida néanmoins de laisser faire les choses et de retourner à son bureau. Il croisa Marin dans l'encadrement de la porte...

— Vous avez besoin de moi, patron ? lança l'inspecteur Malaimé au commissaire.

Le commissaire Vigier ferma la porte derrière lui avant de regagner son fauteuil.

— Je vous en prie inspecteur Malaimé, asseyez-vous donc ! Nous avons à parler ! dit-il en désignant le fauteuil en face de lui.

L'inspecteur Malaimé obéit mais à peine installé, il se leva d'un bond. Le commissaire s'était raidi et hyperventilait… Un filet de bave écumeuse commençait à couler le long de sa bouche. Malaimé ouvrit la porte et se mit à hurler.

— Vite appelez les urgences, le commissaire a été empoisonné !

En entendant ceci, Bastien fit demi-tour et voulut s'empresser de secourir son supérieur mais Malaimé continua.

— Arrêtez l'inspecteur Bastien ! C'est lui le coupable !

Bastien changea immédiatement de direction et s'enfuit vers les escaliers qui menaient aux sous-sols.

26. L'étau se resserre

* * *

En voyant Bastien débouler dans son labo, trempé, couvert de boue et haletant, Gilles crut avoir une hallucination puis il se ressaisit et entra sur son ordinateur quelques lignes de commandes.

— Que faites-vous, Gilles ?
— À en juger par votre état, je crois que j'ai intérêt à sécuriser l'endroit avant toute chose, non ?
— Oui... Faites ce que vous-voulez... De toute façon, je ne sais plus quoi faire ! Je suis fichu !
— Enlevez déjà vos fringues, inspecteur, vous empestez ! Je vous apporte une combinaison de technicien.

L'inspecteur Bastien ne se fit pas prier davantage et s'empressa d'enlever ses habits poisseux et puants.

— Je suis désolé, Gilles... Mais je ne savais pas vers qui me tourner...
— Et vous avez décidé de passer par les égouts pour me le dire ? Vous savez l'entrée principale est quand même plus... propre, inspecteur !
— C'est le seul moyen que j'ai trouvé pour échapper aux caméras de surveillance et aux drones.

— Mettez vos affaires dans ce sac en plastique, voulez-vous ! Vous n'ignorez quand même pas que certains tronçons dans les égouts possèdent des détecteurs de mouvements ?

— Ah ? Euh, non je l'ignorais... Ça va poser problème ?

— Non... Je vous ai vu arriver sur mon moniteur ! J'ai effacé vos traces.

— Vous avez effacé mes traces ? Mais comment avez-vous fait ?

— Je suis méfiant voilà tout... Et si vous me racontiez ce qui vous arrive ?

— Je suis recherché pour meurtre !

— Pour meurtre ? Voyez-vous ça !

— Je ne plaisante pas Gilles ! On m'accuse vraiment de meurtre !

— Et quel affreux personnage avez-vous donc assassiné, mon cher inspecteur ? ironisa Gilles, qui décidément n'en croyait pas un mot.

— On m'accuse d'avoir empoisonné le commissaire Vigier.

— Vigier ? Le toutou du ministre ?

— Oui !

— Et c'est vrai ?

— Non ! Bien sûr que non ! fit Bastien en fronçant les sourcils.

— Je demandais juste comme ça, inspecteur !

— Vous ne me croyez pas ?

— Si, si, inspecteur...

Gilles retourna un ordinateur portable en direction de Bastien. L'écran affichait sa tête en plein écran avec les mots : « Recherché, dangereux et armé ». Bastien paniqua et voulut s'enfuir. Il empoigna la poignée de la porte mais celle-ci était verrouillée. Puis d'un coup, il se sentit complètement paralysé dans la combinaison. Gilles quant à lui s'était remis à son ordinateur.

— Qu'est-ce que vous m'avez fait ? hurla Bastien.
— Calmez-vous, Bastien ! C'est une de mes petites inventions... La combinaison paralysante ! Vous appréciez ?
— Laissez-moi partir ! tempêta Bastien.
— Taisez-vous et laissez-moi réfléchir un instant ! Voulez-vous ?
— Je vous en prie Gilles, nous devez me croire ! Je n'ai rien fait !
— Ça je le sais bien !
— Quoi ? Mais alors laissez-moi partir !
— Non ! Taisez-vous s'il vous plaît ! Je dois réfléchir à la situation pour que tout cela ne parte pas en vrille.

Gilles actionna néanmoins un bouton sur la minuscule télécommande qu'il sortit de sa poche et Bastien retrouva l'usage de ses mouvements.

— Merci ! répondit Bastien soulagé.

— Je vous en prie, mais laissez-moi réfléchir un petit moment s'il vous plaît ?

— Il suffisait de le demander ! De toute façon je suis coincé ici.

Gilles continuait de frapper des lignes de commande sur le clavier de l'ordinateur... Manifestement il effectuait des recherches mais il ne semblait pas satisfait par ce qu'il voyait à l'écran. Au bout d'un bon quart d'heure, Bastien n'en pouvant plus de ce silence, lâcha :

— C'est bon, Gilles ? Vous avez trouvé ce que vous cherchez ?

— Non !

— Quoi non ?

— Non ! Je réponds à votre question, je n'ai pas trouvé ce que je cherchais ! Je dois passer par le *Darkweb*.

— Mais que cherchez-vous enfin ?

— La clé d'assemblage pour les fichiers d'Ostara !

— Quoi ?

— Vous ne pouvez pas comprendre, inspecteur Bastien ! Julian l'a caché profondément dans le *Deepweb* d'Ostara. Mais pour que je sache où chercher, je dois faire un tour dans le *Darkweb* et ça ne m'enchante pas.

— Mais... Vous connaissez Julian Aask ?

— Oui... Nous étions en contact.

— Et pourquoi ?
— Julian avait découvert qu'Ostara avait relancé le projet Medusa en se servant d'Up Services comme façade.
— Oui je sais ! C'est pour ça qu'il est mort !
— Pas uniquement pour cela !
— Que voulez-vous dire Gilles ?
— Julian a essayé d'alerter l'opinion par l'intermédiaire de son journal, le magazine « *Technological* » mais il ne savait pas que tout ce qu'il donnait au journal tombait immanquablement dans les mains d'Ostara.
— Et donc le « *Technological* » l'a piégé !
— Oui mais Julian s'en est aperçu et c'est à ce moment qu'il m'a contacté.
— Dans quel objectif ?
— De mettre un terme à tout ça !
— Donc vous êtes dans le coup depuis le début !
— Non... Depuis bien avant à cause de Sophie !
— Quoi ? Que vient faire ma fille dans cette histoire ?
— Vous ne saviez pas que Julian et elle était... hum... ensembles ?
— Hein ? Je... Non vous me l'apprenez ! Mais alors c'est Julian qui l'a entraînée avec lui ?
— Pas exactement, tous les deux voulaient enquêter sur Ostara. Sophie voulait se focaliser sur les montages financiers de l'entreprise alors que Julian

voulait trouver les projets douteux sur lesquels Ostara travaillait. Alors ils sont venus me voir...

— Espèce de salaud ! Vous connaissiez Sophie et vous ne m'avez rien dit !

— J'en suis pas fier, je vous assure, Bastien, mais écoutez la suite, s'il vous plaît...

— Ai-je le choix ?!

— Lorsqu'ils m'ont présenté le début de leurs enquêtes, je leur ai tout de suite déconseillé d'aller plus loin. Il y avait trop de collusion avec le pouvoir et ils allaient aller vers de gros ennuis !

— Et ils ne vous ont pas écouté, c'est ça ?

— Ils voulaient se laisser un temps de réflexion... Mais le destin en a décidé autrement.

— Que voulez-vous dire ?

— Sophie est partie à Taïwan pour couvrir les événements de l'invasion.

— Oui je m'en souviens c'était pour son travail, c'est son journal qui l'a envoyée !

— Oui mais Sophie savait qu'Ostara était présent à Taïwan, elle y a vu une opportunité d'obtenir en même temps des informations supplémentaires... Une pierre deux coups !

— Je connais la suite...

— Pas tout à fait... Savez-vous à qui appartient le journal où travaillait votre fille ?

— Euh... à un groupement d'actionnaires, il me semble.

— Hum... C'est un des nombreux montages financiers d'Ostara... En fait le journal lui appartient...

— Comme le « *Technological* » ?

— Exactement... Tous les deux se sont fait piégés par Ostara qui les a éliminés.

— Je suppose qu'après la mort de Sophie, Julian ne vous a pas écouté... Il a choisi de continuer coûte que coûte, quitte à y laisser sa peau !

— Oui... Je n'ai pas pu l'arrêter. Je n'étais de toute façon pas en état de le faire.

— Comment ça ?

— J'étais à Taïwan, moi aussi, tout comme Julian... Et c'est en les cherchant dans les décombres que j'ai perdu ma main. Un bloc de béton m'est tombé dessus.

— Donc vos histoires de scanner et de terroristes c'était du pipeau !

— Non... Ce que je vous ai dit est vrai ! Sauf qu'à cette époque là je travaillais pour une unité de déminage. Je portais une combinaison spéciale quand la bombe a explosé... Elle m'a protégé.

— Mais qui êtes vous bon sang, Gilles ?

— Désolé Bastien, on fera les présentations plus tard. Pour l'instant fichez-moi la paix je dois me concentrer.

— Pour trouver la clef ?

— Oui, si je parviens à trouver cette clé, je pourrai assembler les fichiers de fréquences que vous avez trouvés sur la clef USB de Julian.

— Comment savez-vous ça ?

— C'est moi qui ait inventé le code de cryptage que Julian a utilisé.

— Et vous aviez installé une porte dérobée sur sa clé ?!

— En quelque sorte...

Décidément ce Gilles était vraiment surprenant, se disait Bastien. Et s'il s'était trompé sur le commissaire Vigier ? Après tout, il aurait pu utiliser les services de quelqu'un comme Gilles pour trafiquer tous les dossiers... Ce serait bien son genre. Mais pourquoi Gilles était à Taïwan ? Et que veut-il faire avec cette clef d'assemblage ?

Le cerveau de l'inspecteur Bastien, fonctionnait à plein régime. Qu'est-ce qui était vrai ou faux dans tout ça ? Vu le nombre de mensonges et de contre vérités auxquels il avait dû faire face jusqu'à présent, il ne raisonnait plus qu'en termes de probabilité. Toutes ses certitudes s'étaient envolées...

— Je suppose que vous n'avez pas amené avec vous le mini-ordinateur de la dernière fois ? demanda tout d'un coup Gilles.

— Euh non ! Il est resté dans l'animalerie ! Je pense qu'il a été détruit. C'est pour ça que je suis passé par les égouts !

— Parfait !

— Comment ça « parfait » ?

— Oui... Il n'y a plus de traces ! Passez-moi votre téléphone !

— Que voulez-vous faire avec ?

— Passez-moi votre téléphone je vous dis !

Devant l'insistance de Gilles, Bastien lui tendit son portable. Quel autre tour de cochon Gilles pourrait-il lui jouer s'il s'y refusait ? Le coup de la combinaison-camisole lui avait suffi. Gilles commença un message.

- Bastien : % data ?
- Inconnu : % complete
- Bastien : processus ?
- Inconnu : 100% outline. 89% decrypted.
- Bastien : temps estimé ?
- Inconnu : environs 20 minutes.
- Bastien : dans 25 minutes activation du protocole.
- Inconnu : reçu

— Mais à qui écrivez-vous Gilles ?

— À des amis...

— C'est quoi ce protocole ?

— Vassili, vous connaissez ?

— Vous allez me tuer ?

— Pourquoi dites-vous ça ?

— Vassili c'est le protocole d'effacement... On efface tout et on tue tous les témoins !

— C'est exact ! Mais... Pour l'instant il faut s'occuper de votre cas ! répondit Gilles avec un sourire de satisfaction non dissimulé.

Bastien ne savait plus trop quoi penser. Le sourire de Gilles pouvait tout dire mais il n'allait pas l'éliminer tout de même ?

Gilles continuait à frapper des codes sur son clavier et ouvrait des dizaines de fenêtres à l'écran puis les refermait... Le manège dura une bonne dizaine de minutes, lorsqu'il s'exclama :

— Voilà... C'est fait ! Il ne reste plus qu'à valider et balancer la procédure !

— Qu'est-ce que vous avez encore fait ?

— Je suis en train de vous innocenter mon cher inspecteur Bastien !

— M'innocenter ? Mais comment ?

— En effaçant certains éléments et en révélant d'autres... Un jeu de passe-passe, en sommes...

— Mais c'est de ma vie dont il s'agit ! Ce n'est pas un tour de passe-passe ou un jeu.

— Bastien ! Je sais ce que je fais croyez-moi ! J'ai publié les informations concernant le multibar et le bureau de Vigier. Il est clairement établi que son bureau était sur écoute ! Comme j'ai pu établir que le multibar a été programmé pour concevoir un poison de type cyanure. En plus on vous voit très nettement sur la vidéo de contrôle. Jamais vous n'avez touché ni le verre du commissaire, ni le multibar. Cela contredit les déclarations de votre assistant. D'ailleurs il a déclaré vous avoir vu mettre quelque chose dans le verre de l'inspecteur.

— L'inspecteur Malaimé ! Quel salaud !

— Oui mais vous allez être surpris !

Gilles affichait constamment ce petit sourire ironique. On aurait dit que tout cela n'était qu'un jeu pour lui, un bien drôle d'amusement.

— Allez-y... Au point où j'en suis, je suis prêt à tout entendre ! fit Bastien totalement désabusé.

— Le signal pour le cyanure du multibar venait du ministère, pas d'Ostara !

— Cela n'a pas de sens ! Pourquoi le ministre aurait-il éliminé son toutou de service ?

— Vassili !

— Vous voulez dire que c'est le ministre qui a lancé le protocole Vassili et pas Ostara ?

— Ne vous emballez pas, Bastien ! Ostara et le ministre vont prendre très cher si leurs magouilles sont découvertes. Et cela va être bien pire lorsqu'on va savoir qu'Ostara développe pour le ministère de l'intérieur, un système de meurtres contrôlés à distance grâce aux antennes relais des téléphones !

— Le marché des mobiles va s'effondrer !

— Non... C'est bien plus que ça, Bastien ! Que pensez-vous qu'il va arriver si les gens savent que leur téléphone peut exploser à tout moment du fait du gouvernement ou de n'importe quel groupe de pression ? Ce n'est pas l'économie du mobile qui va s'effondrer, c'est tout un pan de l'économie mondiale qui va disparaître ! Tout ce qui est basé sur le Wifi mobile, la 5G, la 6G, l'industrie du *streaming*, les réseaux sociaux... Tout ! Les gens ne voudront plus d'antennes relais !

— C'est une catastrophe !

— Pas du tout ! Imaginez ! Plus de drones, plus de reconnaissance faciale, plus de crédit social, plus de réseau social !

— C'est une utopie !

— Oui... Mais c'est un début et cela rendra les choses plus difficile pour tous ceux d'en haut !

Gilles plongea à nouveau la tête dans son ordinateur.

— Encore 5 minutes Bastien, et vous serez complètement blanchi.

— Pourquoi 5 minutes ? s'inquiéta Bastien.

— Dans 5 minutes, Tiramisu aura terminé de siphonner le serveur d'Ostara. Les preuves de votre innocence sont à l'intérieur. Il faut être synchrone !

— Synchrone ? Pourquoi ?

— Eh bien, inspecteur Bastien, on peut vraiment dire que vous n'êtes pas futé dans le domaine informatique !

— Répondez-moi Gilles !

— Je vais publier les preuves de votre innocence sur les serveurs de la police et pour être certain que le ministère ne va pas trafiquer ses serveurs, je dois en même temps les publier dans le Cloud du Consortium International des Journalistes et fiche en l'air les systèmes d'Ostara par la même occasion pour ne pas qu'ils entrent à nouveau dedans et effacent tout ça !

— Ostara a accès aux serveurs de l'administration ?

— Cela vous surprend ? Pourtant Ostara est partout ! Sur votre smartphone, dans le système de votre ordinateur, dans votre frigo...

— Oui quelqu'un m'a déjà chanté la même chanson !

— Donc vous savez que lorsqu'on installe le *Cloud* par l'intermédiaire de logiciels propriétaires ou étrangers, c'est comme si on leur donnait les clés de la maison ! Peut être que le « *Cloud Act* » américain ne vous dit rien, mais sachez que si vos données personnelles atterrissent sur un serveur américain, elles deviennent une marchandise, propriété de la firme américaine... Après vous pouvez vous asseoir sur vos droits. « *Business as usual* ! »

— Et vous allez faire comment ?

— En récupérant la clef de Julian. J'assemble les fichiers et j'aurai l'algorithme pour le réglage des antennes. Après je pourrai piloter leur système et diriger les antennes sur les fermes de serveurs d'Ostara et le tour est joué. Je vais tout griller !
— Mais vous allez tuer des gens, Gilles !
— Non... Dans ces fermes, il n'y a pratiquement personne et je ne suis pas un terroriste, j'ai prévu d'envoyer un message d'évacuation 5 minutes avant la convergence des ondes. Les gardiens auront tout le temps pour ficher le camp ! Et pour être crédible, j'ai récupéré la vidéo où l'on voit monsieur Druaux se faire exploser la tête !
— C'est vous qui aviez le contrôle des drones alors ?

*
* *

Pendant ce temps, Joëlle avait rejoint Tiramisu dans leur première planque. Les ordinateurs tournaient à plein régime.
— As-tu des nouvelles de l'inspecteur Bastien ? demanda Joëlle.
— Tu sais qu'il est recherché ?
— Je m'en doute... Il a dû se faire piéger comme nous tous. Tu sais où il est à présent ?
— Oui... J'ai reçu une alerte via le système des égouts mais tout a été effacé.
— Tout a été effacé, par qui ?

— Ne t'inquiète pas, j'ai reconnu la signature !

— Et où est-il maintenant ?

— Je dirais qu'il s'est réfugié dans le labo de la police Criminelle.

— Bon, parfait ! Et où en est-on avec le siphonnage ?

— Dans deux minutes c'est terminé mais on n'aura pas tout décrypté !

— Et qu'est-ce qu'il en a dit ?

— Qu'on lance le protocole quand même !

— Mais il lui faut la clef sinon c'est fichu ?

— Je pense que c'est ce qu'il est en train de faire...

— Il est sur le *Deepweb* alors ?

— Je pense...

— Bon... Tu me prépares une toupie... Là, il ne faut pas se louper Tiramisu ! Dès qu'on aura la confirmation de la destruction des fermes de données d'Ostara, il faudra larguer la toupie... Sinon je ne donne pas cher de notre peau.

— Oui j'ai déjà commencé... J'attends plus que sa confirmation.

— Et on aura que trois minutes pour balancer les dossiers sur les médias sinon c'est foutu, on ne pourra pas recommencer l'opération une fois que le système aura redémarré...

*
* *

L'inspecteur Malaimé était descendu dans la salle 22. Il était surexcité. Il voulait en finir avec toute cette histoire. Il commença par récupérer toutes les alertes intrusion de la ville qu'il passa à l'analyseur d'anomalies. Avec ça il verrait bien ce qui ne tourne par rond dans la ville. Pendant que l'analyseur travaillait, l'inspecteur Malaimé passait en revue toutes les vidéos prises par les caméras du commissariat. Soudain il s'exclama :

— Je te tiens cette fois !

Bastien avait été piégé par la caméra du sous-sol. On le voyait distinctement se glisser dans une bouche d'égout. Aussitôt il reparamétra l'analyseur qui lui signala immédiatement les anomalies en provenance des égouts...

— Ça y est ! Je sais où tu es... Je ne t'ai pas eu la première fois mais là...

Malaimé dirigea un flot de drones militaires vers le bâtiment de la police scientifique en prenant soin de les passer en mode combat. Puis il déclencha le pilotage automatique avant de filer se positionner sur toit du bâtiment avec son arme sonique.

27. Échec et mat

***

— Alors cette clé ? Vous y arrivez Gilles ?
— Si vous croyez que c'est facile vous ! Ça y est je l'ai ! Il me reste plus qu'à faire l'assemblage !
— Et où l'avez-vous trouvé ?
— Oh Julian l'avait caché dans une facture, entre deux lignes de commande de papier toilette ! Un numéro de compte bidon.
— Et maintenant ?
— C'est fonctionnel ! Je programme les points de géolocalisation des fermes et je lance l'attaque !

Gilles se saisit du mobile de Bastien et envoya un nouveau message.

> Bastien : processus de ciblage en cours, je balance aux médias.

Puis il reprit ses claviers...

— Et hop, maintenant on s'occupe des médias et de votre innocence... Encore quelques secondes et les paquets seront livrés... J'attends les accusés de réception.

Tout à coup l'écran clignota en rouge...

— Qu'est-ce que c'est ? Une alerte ? Ils m'ont retrouvé ? s'inquiéta Bastien.

— Non ! Soyez plus cool ! Tout est sous contrôle c'est l'accusé de réception que j'attendais.

Il envoya un nouveau message :

⟧ Bastien : tout est ok - phase 2
⟧ Inconnu : 30 secondes avant toupie

— Merde... Ils ont fait court !

— Que se passe-t-il ?

— Rien j'espère que 30 secondes suffiront pour griller tous les serveurs d'Ostara ! Puis il appuya sur le bouton « Enter ».

Ce furent les secondes les plus longues et les plus angoissantes que l'inspecteur Bastien avait vécues de toute sa vie ! Soudain tout s'éteignit. Plus aucune lumière, plus un ordinateur en marche, même le téléphone s'était éteints. Ils restaient dans le noir.

— Qu'est ce qui se passe Gilles ? Une panne de courant ?

— Non c'est la toupie ! Tout a été déconnecté !

— Déconnecté ?

— Oui ! Comme tout est géré par des ordinateurs interconnectés quand vous les éteignez tous, d'un seul coup, vous plantez tout le système et plus rien ne marche !

— Ah ! Et ça sert à quoi sinon, à part tout planter ?

— Eh bien lors du redémarrage tous les fichiers journaux, les fichiers techniques, tous les traceurs sont écrasés, c'est comme un gros « *reset* », une remise à zéro des compteurs quoi !

— En fait, vous effacez vos traces...

— Oui ! C'est peut être radical mais c'est imparable.

La télévision qui séjournait dans un coin de la pièce s'alluma subitement et afficha la chaîne d'info en continue. On parlait de la panne générale de courant et de problèmes de connexion sur le réseau mobile sur tout le pays. Mais rien sur le meurtre du commissaire Vigier.

— Ils ne parlent pas de moi, ni du meurtre ! Ça n'a pas marché Gilles !

— Ne vous inquiétez pas, mon cher Ange ! Tous les serveurs n'ont pas encore redémarré. Mais si ça peut vous rassurer, j'ai aussi envoyé un dossier complet à l'agence Reuter et à l'AFP et toutes les autres agences de presse. En attendant pour nous remonter le moral, que diriez-vous de sortir manger quelque chose ?

— Mais vous croyez que je peux ? On ne me traque plus ?

— Les alertes ont été effacées... Aucun flic n'a l'ordre de vous arrêter !

— Vous êtes certain ?

— Venez voir en surface...

Gilles entraîna l'inspecteur Bastien dans l'ascenseur. Une fois dans la rue, Bastien sentit que quelque chose avait changé. Des débris de drones gisaient par terre. Ils avaient dû certainement s'écraser lorsque le système s'était éteint. Les pièces jonchaient le sol sur plusieurs mètres carrés... Les écrans géants qui ornaient la plupart des immeubles n'affichaient plus rien... Rien que du noir terne laissant la couleur blanche des façades reprendre possession du paysage. Et puis quel silence !

Bastien ne s'était même pas aperçu que la pluie avait cessé et qu'un petit rayon de soleil caressait la chaussée qui scintillait sur son passage.

— Alors inspecteur Bastien ? Vous ne trouvez pas que c'est mieux ? lui glissa-t-il à l'oreille, un large sourire accroché sur le visage.
— Je ne saurais dire, Gilles... C'est un sentiment étrange...
— Moi je vais vous le dire ! dit une voix derrière eux !

C'était l'inspecteur Malaimé, très énervé. Il tenait en main un drôle de fusil relié par un fil électrique à une petite mallette.

— Marin ? qu'est ce que tu fais ?
— Ça vous surprend ? Inspecteur !
— Comment m'as tu trouvé ?
— Quand on a le contrôle dans la salle 22, c'est pas très sorcier !

— Posez votre engin ! On va discuter !

— Tut, tut, tut ! Tous les deux restez bien côte à côte je pourrais m'en faire deux pour le prix d'un.

— Ecchery ! Posez ça ! hurla une jeune femme en imperméable noire un peu plus loin.

— N'y comptez pas, commandant ! C'est la mission ! cria-t-il sans quitter des yeux ses cibles.

— Je vous ai dit de poser ça ! Ecchery !

Le commandant Delvoise avait dégainé son arme de service et tenait maintenant en joue l'inspecteur Malaimé.

— Pour la dernière fois Ecchery, posez votre arme ! lança à nouveau le commandant.

Mais Ecchery ne l'entendait pas de cette oreille. Il enclencha le chargement de son arme qui émit un petit bruit strident. La réplique du commandant ne se fit pas attendre. Un claquement rompit le silence tout jeune de la rue et résonna le long des murs comme une balle de tennis dans un gymnase. Le lieutenant Ecchery s'effondra. Le canon du pistolet de Delvoise fumait encore lorsqu'elle rengaina. Elle s'approcha de Gilles, la main crispée sur la crosse de son arme, prête à s'en servir à nouveau.

— Hackerman, je vous arrête pour vol, espionnage, violation du secret des affaires et du secret défense.

Gilles éclata de rire.

— Vous pensez réellement que je suis Hackerman ?

— Oui ! C'est vous je le sais, j'en suis certaine !

— Ma pauvre fille, vous n'avez décidément rien compris !

— Comment ça ?

— Hackerman n'existe pas ! Il n'a jamais existé !

— Mais si c'est vous ! C'est vous qui êtes à l'initiative de tout ce bazar !

— Ah ça mon cher commandant Delvoise, je ne nie pas être un peu la cause de vos malheurs, mais je vous répète que je ne suis pas Hackerman !

— Où est le programme ?

— Quel programme ? répondit Gilles qui décidément avait repris son petit sourire narquois.

Le commandant Delvoise s'énervait toute seule sur sa radio qui décidément ne voulait rien savoir.

— Fichu camelote ! Le programme que vous avez dérobé à Ostara pour prendre le contrôle des réseaux ! s'impatienta Delvoise.

— Je ne l'ai pas ! Et d'abord ce n'est pas la propriété d'Ostara, ni la mienne d'ailleurs ! ironisa à nouveau Gilles. Ensuite il est inutile de vous acharner sur cette pauvre radio. Elle ne fonctionnera pas.

— Pourquoi cela ?

— C'est une radio Ostara ?

— Oui...

— Tous les systèmes basés sur la technologie Ostara vont être en panne un bon moment, croyez-moi. Vous pouvez le constater déjà avec vos drones ! fit il en désignant les débris qui s'étalaient sur le sol non loin d'elle.

— Mais enfin qu'est-ce qui se passe ? somma le commandant Delvoise.

— Regardez ! Regardez sur l'écran qui vient de se rallumer là-haut. Lança Gilles.

En haut de l'immeuble d'en face, un écran géant venait de s'allumer en affichant la photo du PDG d'Ostara et titrait : « Espionnage de masse et fabrication d'armes de destruction massive chez Ostara ». Et là encore sur un autre écran : « Des milliards d'euros détournés par le Ministre de l'intérieur. », « Implication en haut lieu dans le bombardement d'un hôtel à Taïwan »...

Les écrans sur les façades se rallumaient au fur et à mesure et étalaient le scandale dans toutes les rues.

— Je pense commandant Delvoise, que votre priorité n'est plus vraiment d'arrêter Hackerman mais plutôt de savoir comment sauver les fesses de votre ministre ! ironisa encore Gilles.

— Je... Je... Je dois en référer ! balbutia Delvoise complètement déboussolée au milieu de cet océan d'images compromettantes.

Gilles et Bastien en profitèrent pour filer à l'anglaise plantant le commandant au milieu de la rue et ne sachant plus où donner de la tête. Un peu plus loin Bastien se risqua à demander.

— Vraiment ? souffla-t-il.

— « Vraiment » quoi ? demanda Gilles.

— Vous êtes bien Hackerman !

— Enfin mon cher Bastien, Hackerman n'existe pas !

— Mais ce que vous avez fait dans le labo, tout ce piratage...

— Hackerman n'est pas un individu, voyons ! C'est un groupe, une famille... D'ailleurs j'aimerais bien savoir où vous vous procurez ces fameux hot-dogs dont Julian me parlait tout le temps...

— Des hot-dogs ?

— Oui... Un truc comme « Au bout du monde » je crois ?

— Non ça s'appelle « Point de non retour » !

— « Point de non retour » ? Ça me plaît ! Et ils sont bons ?

— Les meilleurs du monde...

COLLECTION NEUF MONDES

Tome 1 - Le secret de la dernière rune
Tome 2 - La confrérie de l'ombre
Tome 3 - Les épées maudites

CONTES FANTASTIQUES

Petits contes diaboliques
Roman fantastique et philosophique ne faisant pas peur!

Der ungewöhnliche Reisende - Erzählungen
« Le voyageur insolite », contes fantastiques en langue allemande

OUVRAGES TECHNIQUES

EPUB 3.0 - Concevez et réalisez des eBooks enrichis, Éditions Pearson

EPUB 3.2 - Concevez des eBooks modernes et accessibles

Mémento EPUB 3.2

Éditions BOD

Retrouvez-nous sur :
https://www.lyam-books.com

Couverture et mise en page
Landry Miñana

ISBN : 978-2-3225-4260-4

Édition :
BoD - Books on Demand, info@bod.fr

Impression :
BoD - Books on Demand, In de Tarpen 42, Norderstedt (Allemagne)
Impression à la demande
Dépôt légal : juillet 2024

© 2022 Landry Miñana